George Sand

Die kleine Fadette

George Sand

Die kleine Fadette

ISBN/EAN: 9783956976384

Auflage: 1

Erscheinungsjahr: 2015

Erscheinungsort: Treuchtlingen, Deutschland

Literaricon Verlag Inhaber Roswitha Werdin, Uhlbergstr. 18, 91757 Treuchtlingen

www.literaricon.de

Dieser Titel ist ein Neudruck eines gemeinfreien Werkes.

George Sand

Die kleine Fadette

Erstes Kapitel

Der Vater Barbeau in la Cosse war ein Mann, der sich keineswegs in schlechten Verhältnissen befand; und dass er Mitglied des Munizipalrates in seinem Orte war, mag als Beweis dafür dienen. Er besaß zwei Grundstücke, deren Ertrag ihn und seine Familie ernährte, und noch darüber hinaus einen Überschuss lieferte. Von seinen Wiesen erntete er tüchtige Fuder Heu, und ausgenommen von derjenigen, welche an den Ufern des Baches lag und durch die Binsen ein wenig beeinträchtigt wurde, war dies Heu als eins von der besten Sorte in der ganzen Gegend bekannt.

Das Haus des Vaters Barbeau war von solidem Bau und mit Ziegeln gedeckt. Es stand in gesunder Lage auf einem Hügel und war mit einem Garten von reichlichem Ertrag und mit einem Weinberge von sechs Tagewerken verbunden. Schließlich befand sich hinter der Scheune noch ein Baumgarten, wie man bei uns zu sagen pflegt, der einen Überfluss von Früchten lieferte, sowohl an Pflaumen und süßen Kirschen wie auch an Birnen und Vogelbeeren. Sogar die Nussbäume längs der Umzäunungen waren die ältesten und größten auf zwei Meilen weit in der Runde.

Vater Barbeau war ein Mann von tüchtiger Sinnesart, ein sorglicher Familienvater, ohne Neid und Missgunst, ohne seinen Nachbarn und Ortsgenossen je zu nahe zu treten.

Er hatte schon drei Kinder, als die Mutter Barbeau, – jedenfalls, weil sie der Meinung war, dass sie genug hätten, um deren fünf zu ernähren, vielleicht auch, weil es galt sich zu beeilen, da ihr das Alter näher rückte, – sich's einfallen ließ, ihren Mann mit einem Zwillingspaar, zwei schönen Knaben, zu beschenken. Da die beiden sich einander ähnlich sahen, dass man sie kaum zu unterscheiden vermochte, waren sie auf den ersten Blick als Zwillinge zu erkennen. Die Mutter Sagette, welche sie bei ihrem Eintritt in die Welt in ihrer Schürze auffing, vergaß nicht dem zuerst Geborenen mit ihrer Nadel ein kleines Kreuzchen auf dem Arme zu punktieren. Sie war der Meinung, dass ein als Erkennungszeichen umschlungenes Band oder Halskettchen, leicht verwechselt werden könnte, und so das Recht der Erstgeburt in Gefahr gerate, verloren zu gehen. Wenn das Kind kräftiger geworden sei, müsse man es mit einem Zeichen versehen, das sich nie verwischen lasse, und man verfehlte nicht, dies zu tun.

Der Ältere erhielt den Namen Sylvain, woraus man bald Sylvinet machte, um ihn von seinem ältesten Bruder zu unterscheiden, den man ihm als Taufpaten gegeben hatte. Der jüngere Zwilling wurde Landry genannt, und diesen Namen ließ man ihm unverändert, wie er ihn in der Taufe erhalten hatte, weil sein Onkel, der ihm als Pate gedient hatte, von frühester Jugend auf Landriche genannt worden war.

Der Vater Barbeau war ein wenig erstaunt, als er bei seiner Heimkehr vom Markte zwei kleine Köpfe in der Wiege erblickte. »Oh! Oh!« sagte er, »da seht einmal, die Wiege ist zu klein. Morgen früh muss ich daran, sie etwas größer zu machen.« Er verstand sich ein wenig auf das Handwerk des Zimmermanns, ohne es erlernt zu haben, und die Hälfte seiner Möbeln war von ihm selbst verfertigt. Er wunderte sich nicht weiter, sondern wandte sich lieber seiner Frau zu, die ein großes Glas Glühwein trank, nach dessen Genuss sie sich um so besser befand. – »Du bist so gut im Zuge, Frau,« sprach der Mann zu ihr, »dass ich wirklich meine Kräfte zusammennehmen muss. Es gilt jetzt zwei Kinder mehr zu ernähren, die wir gerade nicht nötig gehabt hätten. Das will soviel sagen, als dass ich nun ohne Rast noch Ruhe auf unseren Äckern und bei unserem Vieh im Stall schaffen muss. Aber sei nur ruhig, Frau; ich werde mit der Arbeit schon fertig werden, wenn du das nächste Jahr nur nicht mit Drillingen herankommst; das wäre des Guten zu viel!«

Die Mutter Barbeau war dem Weinen nahe, worüber ihr Mann sehr bekümmert wurde. – »Ruhig, ruhig! Liebe Frau,« sagte er; »lass dich's nicht verdrießen. Ich sagte dir's ja nicht, um dir einen Vorwurf zu machen, sondern ganz im Gegenteil, um dir meinen Dank auszusprechen; diese beiden Kinder sind gesund und wohlgestaltet; am ganzen Körper haben sie nicht einen einzigen Fehler, und ich freue mich darüber.«

»Ach Gott,« sagte die Frau, ich weiß recht gut, dass du mir keine Vorwürfe machen willst; aber ich selbst bin voller Sorgen, da es in der Welt nichts Lästigeres und Unsicheres geben soll, als ein Paar Zwillinge aufzuziehen. Der eine beeinträchtigt den anderen, und fast immer muss einer von ihnen zugrunde gehen, damit der andere gedeihen kann!«

»Ei, was!« sagte der Vater, »sollte das wirklich so sein? Diese da sind in meinem Leben die ersten Zwillinge, die ich sehe; dergleichen kommt nicht oft vor. Aber, da haben wir ja die Mutter Sagette, die sich darauf verstehen muss, und die uns sagen kann, was man davon zu halten hat.«

Die Mutter Sagette, die sich in dieser Weise dazu aufgefordert sah, erwiderte: – »Lasst's euch von mir gesagt sein: Diese beiden Zwillinge werden schön und gut gedeihen, und mit Krankheiten nicht mehr zu schaffen haben, als andere Kinder auch. Seit fünfzig Jahren betreibe ich mein Geschäft als Hebamme und sehe alle Kinder, die im Bezirk geboren werden, leben oder sterben. Es ist also auch nicht das erste Mal, dass ich dabei bin, wenn Zwillinge geboren werden. Zunächst tut's ihrer Gesundheit keinen Schaden, dass sie einander ähnlich sehen. Es gibt aber auch Zwillinge, die sich ebenso wenig gleichen, wie ihr und ich, oft kommt's auch vor, dass einer von ihnen kräftig und der andere schwach ist: Dann geschieht's, dass der eine lebt und der andere stirbt. Nun betrachtet aber einmal die eurigen! Seht! Wie sie beide gleich schön und richtig gebaut sind; als ob sie jeder ein einziger Sohn wären. Im Schoße ihrer Mutter haben sie sich also keinerlei Schaden zugefügt; der eine wie der andere sind sie leicht zur Welt gekommen, ohne ihrer Mutter, oder sich selbst viele Schmerzen verursacht zu haben. Sie sind wunderniedlich und haben kein anderes Verlangen als zu leben. Tröstet euch also, Mutter Barbeau; es wird euch großes Vergnügen machen, wenn ihr seht, wie sie gedeihen. Wenn sie so bleiben, wie sie da sind, wird es außer euch und denjenigen, die sie täglich vor Augen haben, kaum jemanden geben, der sie voneinander unterscheiden könnte, denn noch nie habe ich zwei so vollkommen gleiche Zwillinge gesehen. Man könnte sagen: Sie sind wie zwei Feldhühner, die aus demselben Ei gekrochen sind. Da ist alles so niedlich und so gleichartig, dass niemand als die Mama Feldhuhn sie voneinander unterscheiden kann.«

»Das wäre!« ließ sich der Vater Barbeau vernehmen, indem er sich den Kopf kraute; »ich hörte aber sagen, dass Zwillinge mit der Zeit aneinanderhängen sollen, dass sie nicht mehr leben können, wenn sie voneinander getrennt werden; dass wenigstens einer von ihnen sich vor Kummer verzehren würde, bis er daran gestorben sei.«

»Das ist die reine Wahrheit,« bestätigte die Mutter Sagette; »aber merkt euch, was eine Frau von Erfahrung euch sagen wird. Vergesst es nicht! Denn um die Zeit, in der eure Kinder das Alter erreicht haben, wo sie das elterliche Haus verlassen, werde ich vielleicht nicht mehr in der Welt sein, um euch mit meinem Rat beistehen zu können. Sobald euere Zwillinge anfangen verständig zu werden, seid auf euerer Hut, sie nicht immer beisammen zu lassen, schickt den einen zur Arbeit hinaus, während der andere zu Hause bleibt. Wenn der eine auf den Fischfang geht, schickt den anderen auf die Jagd. Wenn der eine die Schafe hütet, lasst den anderen die Ochsen auf die Weide treiben; gebt ihr dem einen ein Glas Wein zu trinken, so reicht dem anderen ein Glas Wasser, und so umgekehrt. Scheltet oder bestraft sie ja nicht beide zu gleich, lasst sie auch nicht beide gleich gekleidet sein: wenn der eine einen Hut trägt, setzet dem anderen eine Kappe auf; und vor allem achtet darauf, dass ihre Blusen nicht von derselben blauen Farbe sind. Schließlich bietet alles auf, was in eurer Macht steht, sie daran zu verhindern, sich so leidenschaftlich aneinander anzuschließen und sich so zu gewöhnen, dass der eine ohne den anderen nicht mehr sein kann. Ich fürchte sehr, ihr werdet das, was ich euch da gesagt habe, ins eine Ohr hinein und zum anderen wieder hinausgehen lassen. Aber, wenn ihr euch nicht darnach haltet, werdet ihr es eines Tages bitter zu bereuen haben.«

Mutter Sagette sprach goldene Weisheit, und man glaubte daran. Man versprach ihr, nach ihren Worten zu tun, und entließ sie mit einem schönen Geschenk. Da sie dringlichst empfohlen hatte, die Zwillinge nicht mit derselben Milch zu ernähren, war man darauf bedacht, sich rasch eine Amme zu verschaffen.

Es war indessen im ganzen Orte keine aufzutreiben. Mutter Barbeau hatte in dieser Hinsicht keine Vorkehrungen getroffen, da sie auf Zwillinge nicht gerechnet, und alle ihre anderen Kinder selbst genährt hatte. So geschah es also, dass Vater Barbeau sich auf den Weg machen musste, in der Umgegend nach einer passenden Amme zu suchen. Mittlerweile nahm die Mutter, die ihre

Kleinen doch nicht darben lassen konnte, eins nach dem anderen an die Brust.

Bei uns zu Hause sind die Leute nicht eben rasch von Entschluss, und wie reich man auch sein mag, so muss bei jedem Geschäft doch immer etwas gehandelt werden. Man wusste, dass die Barbeaus es bezahlen konnten und war auch der Meinung, dass die Mutter, die nicht mehr in der ersten Blüte stand, unmöglich würde zwei Säuglinge stillen können, ohne sich selbst zu erschöpfen. Die Ammen alle, die Vater Barbeau auftreiben konnte, verlangten für den Monat achtzehn Franken, nicht mehr, noch weniger, als sie von einem Bürger gefordert haben würden.

Vater Barbeau wollte nur zwölf bis fünfzehn Franken geben und meinte, dies sei für einen Bauersmann schon viel. Er wandte sich überall hin und knüpfte Unterhandlungen an, ohne jedoch zum Abschluss kommen zu können. Die Sache drängte auch nicht so sehr, denn die beiden noch so kleinen Kinder konnten der Mutter nicht beschwerlich werden. Dabei befanden sie sich so wohl, waren so ruhig, so durchaus keine Schreihälse, dass sie fast nicht mehr Störung im Hause verursachten, als wenn nur ein einziges da gewesen wäre. Sobald der eine schlief, schlief auch der andere; auch hatte der Vater die Wiege in passender Weise verändert, und wenn sie beide zu weinen anfingen, wiegte und beruhigte man sie zu gleicher Zeit.

Endlich war man so weit gekommen, dass Vater Barbeau mit einer Amme einen Kontrakt abschloss, der auf fünfzehn Franken pro Monat lautete; es handelte sich nur noch um die Bewilligung eines Nadelgeldes von hundert Sous, als seine Frau plötzlich zu ihm sagte: – »Ei was! Lieber Mann, ich sehe nicht ein, warum wir jährlich hundertundachtzig oder gar zweihundert Franken hinauswerfen sollen, als wären wir eine große Herrschaft, oder als ob ich über die Jahre hinaus wäre, meine Kinder selbst nähren zu können. Ich habe mehr Milch, als dazu nötig ist. Unsere Buben sind jetzt schon einen Monat alt, und sieh nur, ob sie nicht dick und rund sind. Die Merlaude, die du dem einen von beiden zur Amme geben wolltest, ist nicht halb so kräftig und gesund wie ich. Ihre Milch ist schon achtzehn Monate alt, und das ist nicht mehr das richtige für ein so kleines Kind. Es ist wohl wahr, die Sagette hat uns geraten die Zwillinge nicht mit derselben Milch zu nähren, damit sie nicht eine zu große Anhänglichkeit füreinander gewinnen sollten. Aber sie hat uns ja auch gesagt, dass die Kinder beide gleich gut gepflegt werden müssen, weil alles in allem genommen, Zwillinge nicht ganz dieselbe Lebenskraft hätten, wie andere Kinder. Mir ist es lieber, wenn die unsrigen sich künftig zu lieb haben, als wenn eins dem anderen geopfert werden sollte. Und dann, welches von den beiden sollten wir der Amme übergeben? Ich muss dir gestehen, dass ich mich gerade so ungern von dem einen wie von dem anderen trennen würde. Ich kann sagen, dass ich alle meine Kinder sehr lieb hatte; aber ich weiß nicht, wie es kommt, ich meine doch, diese hier wären die niedlichsten und hübschesten, die ich auf dem Arm gehabt hätte. Ich habe für sie eine sogar eigene Empfindung, die mich immer fürchten lässt, ich könnte sie verlieren. Ich bitte dich, Mann, denke nicht mehr an die Amme. Im Übrigen wollen wir alles tun, was die Sagette uns so dringlich empfohlen hat. Wie sollte das nur zugehen, dass Kinder an der Mutter Brust eine zu große Anhänglichkeit füreinander gewinnen könnten. Zur Zeit der Entwöhnung werden sie doch nicht weiter sein, als dass sie höchstens ihre Hand von ihrem Fuß zu unterscheiden wissen.«

»Was du da sagst, Frau, lässt sich hören,« erwiderte Vater Barbeau, indem er seine Frau betrachtete, die noch immer frisch und kräftig war, wie man wenig andere Frauen in ihrem Alter sah. »Wenn nun aber trotzdem, wie die Kinder zunehmen, deine Gesundheit verkümmern würde?«

»Sei unbesorgt deshalb,« sagte Frau Barbeau, »das Essen schmeckt mir noch so gut, als wenn ich erst fünfzehn Jahre alt wäre. Überdies verspreche ich dir, sobald ich fühlen werde, dass es mich erschöpfen könnte, dir dies nicht zu verbergen, und dann wird es noch immer Zeit sein, eins von den beiden armen Kindern aus dem Hause fort zu tun.«

Vater Barbeau fügte sich diesen Vorstellungen um so lieber, da er selbst sehr geneigt war, überflüssige Ausgaben zu vermeiden. Mutter Barbeau nährte ihre Zwillinge, ohne zu klagen, und ohne darunter zu leiden; sie war von so trefflicher Konsumtion, dass sie sogar zwei Jahre, nachdem sie ihre Zwillinge entwöhnt hatte, einem allerliebsten Töchterchen das Leben gab, welches in der Taufe den Namen Nanette erhielt, und das gleichfalls von ihr selbst genährt wurde. Dies war jedoch des Guten zu viel, und sie würde Mühe gehabt haben, ihre Aufgabe zu Ende zu führen, wenn nicht ihre älteste Tochter, die gerade ihr erstes Kind hatte, sie von Zeit zu Zeit in ihren mütterlichen Pflichten unterstützt hätte, indem sie ihrer kleinen Schwester die Brust gab.

In dieser Weise wuchs die kleine Familie heran und tummelte sich bald in der Sonne herum: die kleinen Onkel und Tanten mit den kleinen Neffen und Nichten, die sich einander nichts vorzuwerfen hatten, wer von ihnen am meisten lärmte, oder wer verständiger war.

Zweites Kapitel

Die Zwillinge wuchsen munter heran, ohne häufiger von Krankheiten heimgesucht zu werden, als andere Kinder auch; ja sie waren sogar von so sanfter und gutartiger Gemütsart, dass man hätte meinen können, das Zahnen und Wachsen mache ihnen lange nicht so viel zu schaffen, als der ganzen übrigen kleinen Welt.

Sie waren blond und blieben blond, ihr Leben lang. Sie waren von überaus einnehmender Erscheinung, hatten große blaue Augen, schön abfallende Schultern, einen ebenmäßigen Wuchs und eine gute Haltung. Dabei waren sie größer und von kühnerem Vorgehen, als alle ihre Altersgenossen. Die Leute aus der Umgegend, welche durch den Marktflecken la Cosse kamen, blieben stehen, um sie zu betrachten und wunderten sich über ihr gutes Benehmen. Im Weitergehen sagte jeder: »Wie allerliebst die beiden kleinen Buben sind!«

Dies war die Ursache, weshalb die Zwillinge sich beizeiten daran gewöhnten, Auskunft zu geben, wenn Fragen an sie gerichtet wurden, und dies keineswegs in verschüchterter oder einfältiger Weise zu tun. Zwanglos begegneten sie jedermann, und statt sich hinter Gesträuch zu verbergen, wie dies die Kinder bei uns zu tun pflegen, wenn sie einen Fremden erblicken, hielten sie jedermann stand, waren immer sehr höflich und antworteten auf alles, was man sie fragte, ohne den Kopf hängen, oder sich dazu nötigen zu lassen. Auf den ersten Blick vermochte man keinen Unterschied zwischen ihnen wahrzunehmen, und man glaubte sie wären einander so ähnlich wie ein Ei dem anderen. Aber hatte man sie eine Weile betrachtet, dann erkannte man, dass Landry um ein Atom größer und stärker war, dass er ein etwas dichter gewachsenes Haar, eine etwas stärkere Nase und ein lebhafteres Auge hatte. Auch hatte er eine breitere Stirn und eine entschlossenere Miene, und sogar ein Mal, welches sein Bruder auf der rechten, und er auf der linken Wange hatte, trat bei ihm viel deutlicher hervor. Die Leute im Orte wussten sie daher recht gut zu unterscheiden; allein sie bedurften dazu doch eines kurzen Besinnens, und beim Eintritt der Dunkelheit, oder in geringer Entfernung täuschten sich fast alle, umsomehr, da bei den Zwillingen die

Stimme von ganz gleichem Klange war; und da sie recht gut wussten, dass sie miteinander verwechselt werden konnten, antworteten sie oft der eine im Namen des anderen, ohne sich die Mühe zu geben dritte Personen über den Irrtum aufzuklären. Selbst Vater Barbeau war es einige Male begegnet, dass er sich irrte. So geschah es, wie die Sagette es vorher gesagt hatte, dass allein die Mutter sich niemals täuschte, mochte es mitten in der Nacht oder in der größten Entfernung sein, wo ihr Auge die Gestalt ihrer Kinder noch eben zu erreichen, oder ihr Ohr deren Stimme noch zu vernehmen vermochte.

In der Tat, einer war des andern wert; wenn Landry auch etwas fröhlicheren und kühneren Sinnes war, als sein älterer Bruder, so war Sylvinet dagegen von so zutraulicher und sinniger Gemütsart, dass man ihm nicht weniger gut sein konnte, als dem Jüngeren. Während des ersten Vierteljahres war man wohl darauf bedacht zu verhindern, dass sie sich nicht zu sehr aneinander gewöhnen sollten. Drei Monate, das ist eine lange Zeit auf dem Lande, um etwas, das gegen die Gewohnheit ist, zu beobachten. Indessen, auf der einen Seite erkannte man, dass es keine besondere Wirkung hatte, und andererseits hatte der Pfarrer gesagt, die Mutter Sagette sei eine unverständige Schwätzerin, und was Gott durch die Gesetze der Natur angeordnet habe, könnte durch den Menschen nicht wieder aufgehoben werden. Das war einleuchtend und so kam es, dass man allmählich alles vergaß, was man sich zu tun vorgenommen hatte. Das erste Mal, als man bei den Zwillingen die Kinderkleidchen fortließ, und ihnen Höschen anzog, um sie mit in die Messe zu nehmen, waren diese aus demselben Tuche gefertigt, denn es war ein Unterrock der Mutter, der für die beiden Anzüge hingereicht hatte; auch waren sie von ein und demselben Schnitt, da der Schneider der Ortschaft sich nur auf diesen einen verstand.

Als die Zwillinge heranwuchsen, stellte es sich heraus, dass sie in Bezug auf Farben denselben Geschmack hatten. Als ihre Tante Rosette jedem von ihnen zum Neujahrstage ein Halstuch schenken wollte, wählten sie bei dem hausierenden Händler, der seine Ware auf dem Rücken seines Pferdes von Haus zu Haus führte, sich jeder ein Tuch von derselben Lilafarbe. Die Tante fragte sie darauf, ob sie dies täten, weil sie sich dabei dächten, dass sie immer gleich gekleidet sein wollten. Die Zwillinge aber suchten ihre Gründe nicht so weit, und Sylvinet antwortete, dass dies die schönste Farbe sei, und das Tuch das schönste Muster habe von allen die in dem Ballen des Händlers zu finden wären. Gleich darauf versicherte Landry, dass an alle den anderen Halstüchern ihm nichts gelegen sei.

»Und was haltet ihr denn von der Farbe meines Pferdes?« fragte lächelnd der Handelsmann.

»Sehr hässlich!« sagte Landry. »Es sieht aus wie eine alte Elster.«

»Ganz abscheulich!« bekräftigte Sylvinet. »Grade wie eine schlecht befiederte Elster.«

»Ihr seht wohl,« wandte der Händler sich mit verständnisvoller Miene an die Tante, »dass diese Kinder alles mit demselben Auge ansehen. Wenn der eine etwas für gelb hält, was rot ist, wird der andere sofort für rot halten, was gelb ist. Man muss ihnen darin nicht widersprechen, denn es heißt: wenn man Zwillinge verhindern wolle, sich als Abdrücke nach ein und demselben Vorbilde zu betrachten, würden sie blöde im Kopf werden und gar nicht mehr wissen, was sie sagen sollten.«

Der Händler sagte dies, weil seine Tücher von lila Farbe schlecht gefärbt waren, und er gern zwei davon los werden wollte.

Mit der Zeit ging es mit allen Dingen in dieser Weise fort; und die Zwillinge waren immer ganz gleich gekleidet, sodass die Gelegenheit sie zu verwechseln, noch viel häufiger vorkam. Mochte es nun kindischer Übermut sein, oder mochte es durch die Gewalt jenes Naturgesetzes geschehen, wogegen nach des Pfarrers Ansicht nicht anzukämpfen war, – kurz, wenn der eine von den Zwillingen etwas an seinem Holzschuh zerbrochen hatte, beschädigte rasch auch der andere etwas an dem seinigen, und zwar an dem desselben Fußes. Hatte der eine an seinem Wams oder seiner Mütze etwas zerrissen, so machte der andere ohne Zögern den Riss an den seinigen so genau nach, dass man hätte sagen können, er sei durch denselben Zufall verursacht worden. Wenn die Zwillinge darüber befragt wurden, lachten sie und nahmen eine harmlos verstellte Miene an.

Ob es nun zum Glück oder zum Unglück war: Diese Freundschaft nahm mit den Jahren immer mehr zu, und mit dem Tage, da sie zu denken begannen, sagten die beiden Kinder sich, dass es ihnen unmöglich sei, sich am Spiel mit anderen Kindern zu erfreuen, wenn einer von ihnen nicht dabei sei. Wenn der Vater den Versuch machte, den einen seiner Zwillinge den ganzen Tag über bei sich zu behalten, während der andere bei der Mutter blieb, waren die Kinder beide so niedergeschlagen und lässig bei der Arbeit, und blickten so bleich und verkümmert drein, dass man hätte glauben sollen, sie seien krank. Fanden sie sich dann aber am Abend wieder zusammen, dann machten sie sich miteinander Hand in Hand auf den Weg, und waren nicht so bald wieder nach Hause zurückzubringen, so wohl war es ihnen wieder beisammen zu sein; auch grollten sie ihren Eltern ein wenig, ihnen solch ein Entbehren auferlegt zu haben. Man machte eigentlich auch keinen weiteren Versuch mit diesen vorübergehenden Trennungen, denn um die Wahrheit zu sagen, war es unverkennbar, dass Vater und Mutter, ja sogar die Onkel und Tanten, die Brüder und Schwestern eine an Schwäche streifende Vorliebe für die Zwillinge hatten. Sie waren stolz darauf, wegen der Schmeicheleien, die sie in Bezug auf diese Kinder zu hören bekamen, und auch, weil dies wahrlich ein Paar Knaben waren, die sicherlich nichts von Hässlichkeit, Dummheit oder Bosheit an sich trugen. Von Zeit zu Zeit machte es dem Vater Barbeau noch einige Sorge, was schließlich aus dieser Gewohnheit des beständigen Beisammenseins werden sollte, wenn sie einmal das Alter der Reife erlangt haben würden. In Erinnerung an das, was die Sagette gesagt hatte, versuchte er manchmal durch verschiedene Neckereien sie zur gegenseitigen Eifersucht aufzustacheln. Wenn sie zum Beispiel etwas Verkehrtes angestellt hatten, zupfte der Vater Sylvinet an den Ohren, während er zu Landry sagte: »Dir mag es für dieses Mal hingehen, da du sonst meistens der Vernünftigste bist.« Indessen, wenn es Sylvinet heiß um die Ohren wurde, fand er gerade darin seinen Trost, dass man wenigstens seinen Bruder verschont hatte, und Landry weinte, als ob er es gewesen wäre, der die Strafe erlitten hatte. Man versuchte es auch damit, dass man etwas, nachdem sie beide Verlangen trugen, nur dem einen von ihnen gab; bestand dies aber in irgendeiner Näscherei, so wurde diese sofort unter ihnen geteilt. Oder, war es irgendeine andere artige Spielerei, so nahmen sie dieselbe gemeinschaftlich in Besitz; oder der eine nahm sie an und gab sie abwechselnd dem anderen, ohne einen Unterschied zwischen dem mein und dein gelten zu lassen. Belobte man den einen wegen seines guten Betragens, und nahm dabei die Miene an, als ob man dem anderen die gerechte Anerkennung versagen wollte, so bezeigte dieser seine Zufriedenheit und war stolz darauf, seinen Zwillingsbruder ermuntert und geliebkost zu sehen; ja er schickte sich an, ihn gleichfalls zu streicheln und zu liebkosen. Schließlich wäre es nur eine verlorene Mühe gewesen, hätte man noch weitere Versuche anstellen wollen, sie innerlich oder äußerlich voneinander zu trennen. Gleich wie man Kindern, die man liebt, nur ungern verweisend entgegentritt, selbst dann, wenn es zu ihrem besten wäre, so machte man es auch bald mit den Zwillingen und ließ die Dinge gehen, wie es Gott gefiel. Höchstens trieb man nur noch ein Spiel mit diesen kleinen Neckereien, ohne dass die Zwillinge sich dadurch täuschen ließen. Sie besaßen eine große Schlauheit, und damit man sie in Ruhe lassen sollte, taten sie einige Male, als ob sie untereinander stritten und sich schlagen wollten. Ihrerseits war dies nur ein Scherz, und während sie übereinander herfielen, nahmen sie sich Wohl in acht, dass keiner dem anderen auch nur im geringsten wehtun konnte. Wenn irgendein müßiger Gaffer sich wunderte, sie miteinander streiten zu sehen, liefen sie davon, um über ihn zu lachen, und dann hörte man sie plaudern und zwitschern wie ein paar Amseln die auf demselben Zweige sitzen.

Trotz ihrer großen Ähnlichkeit und dieser außerordentlichen Zuneigung, war es Gottes Wille, der im Himmel und auf Erden nichts vollkommen gleiches erschaffen hat, dass sie ganz verschiedene Schicksale haben sollten, und dann war es zu erkennen, dass sie zwei in der Idee des Schöpfers getrennte Wesen waren, die sich durch ihr eigenes Empfindungsvermögen voneinander unterschieden. Vater Barbeaus Familie vergrößerte sich, dank sei's den beiden ältesten Töchtern, die nicht feierten, schöne Kinder in die Welt zu setzen. Sein ältester Sohn Martin, ein schöner und braver Bursche war bei anderen im Dienst; seine Schwiegersöhne arbeiteten tüchtig, aber es war nicht grade immer Überfluss an Arbeit vorhanden. Es hat bei uns hintereinander eine Reihe von schlechten Jahren für die Ernte gegeben, sowohl durch die ungünstigen Witterungsverhältnisse als auch durch die Stockungen des Handels; durch diese Verhältnisse war aus der Tasche des Landmannes mehr Geld hinausgeschafft, als wieder herein gebracht worden. Dies war so sehr der Fall gewesen, dass Vater Barbeau nicht mehr die hinreichenden Mittel besaß, seine ganze Familie bei sich zu behalten, und so musste wohl daran gedacht werden, die Zwillinge bei anderen in den Dienst zu geben. Da war nun der Vater Caillaud von la Priche, der ihm das Anerbieten machte, einen von beiden zu nehmen, um seine Ochsen zu führen, denn er hatte einen ansehnlichen Grundbesitz zu bewirtschaften, und seine eignen Söhne waren für jenen Dienst, entweder schon viel zu erwachsen, oder noch viel zu jung. Die Mutter Barbeau geriet in große Angst, als ihr Eheherr zum ersten Mal über diese Angelegenheit mit ihr sprach und empfand großen Kummer darüber. Man hätte denken sollen, es sei ihr noch nie in den Sinn gekommen, dass ihren Zwillingen ein derartiges Los bevorstehen könne, und dennoch war sie in dieser Hinsicht schon immer in Sorgen gewesen. Indessen, da sie ihrem Manne gegenüber sehr unterwürfig war, fand sie kein Wort der Erwiderung dagegen. Der Vater empfand seinerseits Wohl auch große Bekümmernis und leitete die Sache von Weitem ein. Die Zwillinge weinten anfangs und streiften drei Tage lang in Wald und Wiesen umher, ohne sich im Hause blicken zu lassen, als zu den Stunden der Mahlzeiten. Mit ihren Eltern sprachen sie nicht ein Wort darüber, und wenn man sie fragte, ob sie daran gedacht hätten sich zu fügen, erwiderten sie nichts, aber so bald sie allein waren, besprachen sie sich viel untereinander.

Den ersten Tag nach der traurigen Botschaft verbrachten sie nur mit Klagen, und sie hielten sich umschlungen, wie in der Furcht, dass man sie gewaltsam trennen könnte. Aber Vater Barbeau würde es nicht in den Sinn gekommen sein, so etwas zu tun. Er besaß die Weisheit des Landmannes, die zum Teil in der Geduld besteht und zum Teil in dem Vertrauen auf die heilsame Wirkung der Zeit. Auch waren die Zwillinge am folgenden Morgen, als sie sahen, dass man sie durchaus nicht drängte, und dass man darauf rechnete, die Vernunft würde ihnen schon kommen, in viel größerer Bekümmernis über den väterlichen Beschluss, als Drohungen und Strafen ihnen zu verursachen vermocht hätten, – »Es wird nicht anders sein, als dass wir uns darin fügen müssen,« sagte Landry; »es kommt jetzt nur noch darauf an, wer von uns gehen wird; man ließ uns ja die Wahl, und der Vater Caillaud hat gesagt, dass er uns nicht alle beide nehmen könne.«

»Was liegt mir noch daran, ob ich gehe oder bleibe,« sagte Sylvinet, »da wir uns ja doch trennen müssen. Ich denke nicht einmal darüber nach, dass ich hinaus soll, anderswo zu leben; wenn ich nur dich bei mir behalten könnte, würde ich mich recht gut vom Hause entwöhnen.«

»Das ist leicht gesagt,« erwiderte Landry, »und doch wird es dem, der bei unseren Eltern bleibt tröstlicher zumute sein, und er wird, weniger von der Sehnsucht zu leiden haben als der andere, der nichts mehr von alledem sieht, was ihm Trost und Erquickung war: weder seinen Zwillingsbruder noch seinen Vater und seine Mutter, weder seinen Garten noch seine Tiere.«

Landry sagte dies alles mit ziemlich gefasster Miene; aber Sylvinet war dem Weinen nahe, denn er besaß lange nicht einen so festen entschlossenen Sinn, wie sein Bruder. Die Vorstellung alles, was ihm lieb und teuer war, mit einem Male verlassen zu müssen, erfüllte ihn mit solchem Schmerz, dass er seine Tränen nicht länger zu bezwingen vermochte.

Landry weinte auch, aber nicht so fassungslos; überhaupt in einer ganz anderen Weise, denn er war stets darauf bedacht, den schlimmsten Teil alles Unangenehmen auf sich zu nehmen, und er wollte sehen, wie viel sein Bruder ertragen könne, um ihm dann alles Übrige zu ersparen. Er wusste recht gut, dass Sylvinet sich mehr ängstigen würde, an einem anderen Orte zu wohnen und in einer fremder Familie zu leben, als er dies tun würde.

»Höre Bruder,« sprach er zu ihm, »wenn wir uns zu einer Trennung entschließen müssen, ist es am besten, dass ich gehe. Du weißt ja, dass ich etwas stärker bin, als du; wenn wir von einer Krankheit befallen werden, was beinah immer zu gleicher Zeit geschieht, hast du das Fieber jedes Mal etwas mehr als ich. Man sagt, dass wir sterben könnten, wenn man uns trennt. Was mich betrifft, so glaube ich nicht, dass ich sterben würde; aber für dich möchte ich nicht einstehen, und das ist es, weshalb es mir lieber wäre, dich bei unserer Mutter zu wissen, die dich trösten und pflegen kann. Wenn man in der Liebe zwischen uns beiden einen Unterschied macht, was freilich kaum der Fall zu sein scheint, so glaube ich, dass du es bist, den man am liebsten hat, und ich weiß auch, dass du der Hübscheste und Zutraulichste bist. Bleibe du also hier, und ich gehe dann. Wir werden nicht weit voneinander fort sein. Die Ländereien des Vaters Caillaud grenzen an die unsrigen, und wir können uns jeden Tag sehen. Mir wird es angenehm sein, wenn ich mich tüchtig plagen muss; das wird mich zerstreuen, und da ich schneller laufen kann als du, komme ich dann gleich dich aufzusuchen, so bald ich mein Tagewerk beendet habe. Und du, da du nicht so viel zu tun hast, kommst jeden Tag herüber und suchst mich bei meiner Arbeit auf. So werde ich deinetwegen viel weniger Sorge haben, als wenn du aus dem Hause fortgingst, und ich daheimbliebe. Ich bitte dich also, bleibe hier.«

Drittes Kapitel

Sylvinet wollte von diesen Vorstellungen nichts wissen. Wenn er auch mit größerer Zärtlichkeit als Landry an seinem Vater, seiner Mutter und an seiner kleinen Nanette hing, so schrak er doch davor zurück, seinen lieben Zwilling den schwersten Teil ihres Geschicks auf sich nehmen zu lassen.

Nachdem sie genug herumgestritten hatten, beschlossen sie, das Los, durch Strohhalm ziehen, entscheiden zu lassen, und Landry war es, der den kürzesten Halm zog. Sylvinet war mit dieser Probe nicht zufrieden; er wollte es noch einmal mit dem Werfen eines dicken Sousstückes versuchen. Dreimal fiel für ihn die Hauptseite des Gepräges nach oben. Es war also immer für Landry, den das Los zu gehen traf.

»Du siehst nun wohl, wie das Schicksal es beschlossen hat,« sagte Landry, »und du weißt, dass man dem Willen des Schicksals nicht zuwiderhandeln darf.«

Sylvinet weinte am dritten Tage noch sehr, Landry aber vergoss kaum noch eine Träne. Der erste Gedanke an das Verlassen des väterlichen Hauses, hatte ihm vielleicht noch größeren Schmerz verursacht, als seinem Bruder. Er war sich seines Mutes bewusst und hatte sich nicht einen Augenblick über die Unmöglichkeit getäuscht, dem Willen seiner Eltern zu widerstehen. Aber grade, weil er viel über seinen Schmerz nachdachte, hatte er diesem den Stachel genommen; auch hatte er viele Gründe aufgefunden, die ihm sein Schicksal als eine unabwendbare Notwendigkeit erscheinen ließen. Sylvinet dagegen, der immer nur trostlos war, hatte nicht den Mut gehabt, über die Angelegenheit nachzudenken. So war es also gekommen, dass Landry ganz entschlossen war zu gehen, während Sylvinet sich noch nicht einmal in die Notwendigkeit der Trennung gefunden hatte.

Auch hatte Landry überhaupt etwas mehr Selbstgefühl als sein Bruder. Es war ihnen so oft vorgesagt worden, dass sie nie ein ganzer Mann sein würden, wenn sie sich nicht darein finden könnten, voneinander getrennt zu sein. Landry nun, der den Stolz seiner vierzehn Jahre in sich keimen fühlte, wandelte die Lust an, zu zeigen, dass er kein Kind mehr sei. Seitdem sie zum ersten Male ausgezogen waren, auf dem Wipfel eines Baumes ein

Vogelnest zu suchen, bis auf den gegenwärtigen Tag, war er es stets gewesen, der bei jeder Unternehmung seinen Bruder überredete und mit sich fortzog. So gelang es ihm denn auch diesesmal ihn zu beruhigen, und als sie am Abend in das Haus der Eltern zurückkehrten, erklärte er seinem Vater: dass er und sein Bruder bereit seien, sich in das Unvermeidliche zu fügen, dass sie das Los gezogen hätten, und dass er hinausgehen werde, die großen Ochsen von la Priche zu führen.

Vater Barbeau nahm seine Zwillinge und setzte jeden, obgleich sie schon groß und stark waren, auf eins seiner Kniee und sprach zu ihnen:

»Meine Kinder, ihr steht jetzt im Alter der Vernunft, das erkenne ich an eurer Unterwerfung, und ich bin mit euch zufrieden. Merkt es euch: Wenn die Kinder ihren Eltern Freude machen, sind sie Gott im Himmel wohlgefällig, der sie früher oder später dafür belohnen wird. Ich weiß nicht, wer von euch beiden der Erste war, der sich zu unterwerfen bereit war. Aber Gott weiß es und wird ihn dafür segnen, dass er zum Guten gesprochen hat, wie er den anderen dafür segnen wird, dass er sich darnach gerichtet hat.«

Darauf führte der Vater seine Zwillinge zur Mutter, damit auch sie ihnen ihr Lob spende. Aber Mutter Barbeau wurde es so schwer ihre Tränen zu unterdrücken, dass sie keines Wortes fähig war, und sich damit begnügen musste, ihre Lieblinge zu umarmen und zu küssen.

Vater Barbeau, der einen guten Verstand hatte, wusste recht gut, welcher von den beiden der mutigste war, und welcher am meisten Anhänglichkeit besaß. Er wollte den guten Willen Sylvinets nicht wieder erkalten lassen, denn er sah wohl, dass Landry für sich selbst ganz entschlossen war, und dass nur eins: der Kummer seines Bruders, ihn wieder zum Wanken bringen konnte. Er ging deshalb vor Tagesanbruch an das Bett der Zwillinge und weckte Landry auf, nahm sich dabei aber wohl in acht den älteren Bruder, der an dessen Seite schlief, ja nicht anzurühren.

»Auf, mein Junge,« flüsterte er Landry leise zu, »wir müssen uns aufmachen nach la Priche, ehe deine Mutter es sieht, du weißt, sie ist voller Kümmernis, und man muss ihr den Abschied ersparen.

Ich selbst will dich zu deinem neuen Herrn führen und dir deine Sachen tragen.«

»Soll ich denn ohne Abschied von meinem Bruder gehen?« fragte Landry. »Er wird mir böse werden, wenn ich ihn so ohne Weiteres verlasse.«

»Wenn dein Bruder aufwacht und dich fortgehen steht, dann fängt er an zu weinen und weckt auch deine Mutter auf, und die Mutter wird noch heftiger weinen, wenn sie euch so betrübt sieht. Komm, Landry, du bist ein mutiger Bursche, du kannst es nicht wollen, dass deine Mutter krank wird. Erfülle deine Pflicht ganz, mein Kind, und gehe still hinaus. Schon heute Abend werde ich deinen Bruder zu dir führen, und da morgen Sonntag ist, kommst du den ganzen Tag zu deiner Mutter auf Besuch.«

Landry gehorchte mit mutiger Fassung und schritt zum Hause hinaus, ohne einen Blick zurückzuwerfen. Mutter Barbeau hatte nicht so ruhig geschlafen, um nicht alles gehört zu haben, was ihr Mann zu Landry gesagt hatte. Die arme Frau fühlte, dass ihr Mann recht habe; sie rührte sich nicht von der Stelle und begnügte sich damit die Gardine des Bettes ein wenig zu lüften, um Landry fortgehen zu sehen. Das Herz wurde ihr dabei so schwer, dass es sie nicht länger im Bette hielt: Sie sprang heraus, um ihn noch einmal zu umarmen; aber, als sie bis zu dem Lager der Zwillinge gekommen war, wo Sylvinet noch im festen Schlafe lag, blieb sie stehen. Der arme Knabe hatte seit drei Tagen, und so zu sagen, seit drei Nächten so viel geweint, dass er völlig erschöpft davon war. Er hatte sogar etwas Fieber, denn er warf sich auf seinen Kissen hin und her, stieß schwere Seufzer aus und stöhnte laut, ohne sich aus dem Schlafe losreißen zu können.

Als die Mutter Barbeau den einzigen Zwilling, der ihr noch verblieb, betrachtete, konnte sie nicht umhin sich zu gestehen, dass dieser es sei, dessen Scheiden ihr noch größeren Schmerz verursachen würde. Er war wirklich der gefühlvollere von den beiden; mochte es nun sein, dass er von zarterer Konstitution war, oder, dass es in dem von Gott gegebenen Naturgesetze so angeordnet war, dass, wo zwei Personen durch Liebe oder Freundschaft miteinander verbunden sind, die eine immer von größerer Hingabe ergriffen sein wird, als die andere. Vater Barbeau hatte und einer Feder Gewicht mehr Zuneigung für Landry, denn ihm galten

Arbeitskraft und Mut mehr als Liebkosungen und zarte Aufmerksamkeiten. Die Mutter empfand eine kaum zu bemerkende größere Vorliebe für den zierlicheren und schmiegsameren ihrer Zwillinge, also für Sylvinet.

Da stand sie nun und betrachtete ihren armen Knaben, der ganz bleich und abgemattet dalag, und sie sagte sich, dass es himmelschreiend gewesen wäre, ihn schon so früh in einen Dienst zu geben. Landry habe eher das Zeug dazu, Mühe und Arbeit auszuhalten, und überdies würden die Liebe und Sehnsucht nach seinem Bruder und seiner Mutter ihm nicht so zusetzen, dass er krank davon werden könnte. Landry ist ein Bursche, der einen großen Begriff von seiner Pflicht hat, fuhr sie in ihren Betrachtungen fort; aber darin liegt es eben, wenn er nicht ein etwas trockenes Gemüt hätte, würde er nicht so entschlossen fortgegangen sein, ohne nur ein einziges Mal den Kopf zu wenden, oder auch nur eine einzige Träne zu vergießen. Er würde nicht die Kraft gehabt haben, zwei Schritte weit zu gehen, ohne den lieben Gott anzuflehen, ihm Kraft und Mut zu verleihen. Er würde sich an mein Bett geschlichen haben, wo ich lag und so tat, als ob ich schliefe, wenn auch nur, um mich noch einmal anzusehen, und den Zipfel meines Bettvorhanges zu küssen. Mein Landry ist freilich ein richtiger Bursche, der nur verlangt zu leben, sich tüchtig herumzutummeln, zu arbeiten, und der sich nach Ortsveränderung sehnt. Aber dieser hier hat ein Herz, so weich, wie das eines Mädchens; der ist so zärtlich und so sanft, dass man gar nicht anders kann, als ihn lieb haben, wie seinen eigenen Augapfel.

So dachte die Mutter Barbeau und kehrte ins Bett zurück, aber ohne wieder einschlafen zu können. Vater Barbeau und Landry schritten indessen querfeldeinwärts über Wiesen und Triften rüstig dahin in der Richtung nach la Priche. Als sie auf einer kleinen Anhöhe angelangt waren, von der aus man die Häuser von la Cosse, sobald man auf der anderen Seite hinabsteigt, nicht mehr sieht, blieb Landry stehen und blickte zurück. Das Herz wurde ihm schwer, und er setzte sich auf das Farnkraut nieder, unfähig einen Schritt weiter zu gehen. Sein Vater tat, als ob er nichts bemerke, und setzte die Wanderung fort. Nach einer kleinen Weile rief er den Sohn sanft beim Namen und sprach zu ihm.

»Sieh, wie es schon dämmert, Landry; wir müssen uns beeilen, wenn wir noch vor Sonnenaufgang da sein wollen.«

Landry richtete sich wieder auf, und da er es sich zugeschworen hatte, vor seinem Vater nicht zu weinen, bezwang er die Tränen, die ihm in dicken Tropfen die Augen füllen wollten. Er tat, als habe er sein Taschenmesser fallen lassen, und so kam er glücklich nach la Priche, ohne von seinem Schmerz, der gewiss kein geringer war, etwas blicken zu lassen.

Viertes Kapitel

Als der Vater Caillaud sah, dass man ihm den stärksten und tätigsten der Zwillinge zuführte, war er hoch erfreut darüber und empfing ihn mit großer Freundlichkeit. Er wusste recht gut, dass es viel gekostet haben würde, bis man zu einem Entschluss gekommen war, und da er ein wackerer Mann und ein guter Nachbar war, der mit Vater Barbeau auf freundschaftlichem Fuße stand, bot er alles aus, den jungen Burschen durch ermunterndes Entgegenkommen zu ermutigen. Er ließ ihm rasch die Suppe vorsetzen und einen Krug Wein dazu, um ihm den Sinn wieder aufzufrischen, denn es war leicht zu erkennen, dass der Kummer ihn drückte. Dann nahm er ihn mit hinaus, um die Ochsen anzuspannen und zeigte ihm, auf welche Art er dies zu tun pflege. Aber, wahrlich, Landry war kein Neuling in diesen Dingen; sein Vater besaß ja selbst ein stattliches Ochsenpaar, das er schon oft angeschirrt und zum Staunen aller, ausgezeichnet geführt hatte. Sobald er die großen Ochsen des Vater Caillaud erblickte, welche von der größten und schönsten Rasse, und die am besten gepflegten und am besten genährten in der ganzen Gegend waren, fühlte er, wie es seinem Stolze schmeicheln würde, ein so schönes Gespann mit seinem Stachel leiten zu dürfen. Und dann machte es ihm auch Freude zu zeigen, dass er weder ungeschickt noch feige sei, und dass man ihm nichts zu zeigen brauche, was er nicht schon verstehe. Sein Vater unterließ nicht, ihn zu loben und seine guten Eigenschaften herauszustreichen; und als es nun Zeit geworden war auf die Felder hinauszugehen, kamen alle Kinder Vater Caillauds, Knaben und Mädchen, Groß und Klein, freundlich herbei, den Zwilling zu begrüßen. Das jüngste von den Mädchen befestigte mit Bandern einen Blumenzweig an seinem Hut, weil dies der erste Tag seines Dienstes war, den die Familie, bei der er einstand, wie einen Festtag feiern wollte. Sein Vater gab ihm noch, bevor er sich zur Heimkehr anschickte, in Gegenwart seines neuen Herrn einige Ermahnungen, worin er ihn anwies, diesen in allen Dingen zufriedenzustellen und das Vieh mit derselben Sorgfalt zu pflegen, als ob es sein eigenes wäre.

Landry versprach sein möglichstes zu tun und zog dann an die Arbeit hinaus. Er hielt sich tapfer und arbeitete den ganzen Tag über tüchtig, und nach der Rückkehr vom Felde hatte er großen

Appetit. Es war das erste Mal, dass er so streng gearbeitet hatte, und ein wenig Ermüdung ist das beste Mittel gegen Kummer.

Der arme Sylvinet war unterdessen auf dem Zwillingshofe viel übler daran. Dies war nämlich, wie hier gesagt werden muss, der Name, den man im Marktflecken la Cosse dem Anwesen des Vaters Barbeau seit der Geburt der beiden Knaben gegeben hatte; umsomehr, da einige Zeit später auch eine Magd des Hauses ein paar Zwillingsmädchen geboren hatte, welche freilich tot zur Welt gekommen waren. Da nun die Bauern stark darin sind, allerlei Geschwätz aufzubringen und Spitznamen zu erfinden, hat das Haus mit den dazu gehörenden Grundstücken den Namen: »Der Zwillingshof« erhalten; und überall, wo Sylvinet und Landry sich blicken ließen, wurden sie von der Dorfjugend mit dem Geschrei empfangen: »Seht da! Die Zwillinge vom Zwillingshofe!«

Der erste Tag der Trennung wurde auf dem Hofe des Vaters Barbeau in großer Traurigkeit verbracht. Sobald Sylvinet erwachte und seinen Bruder nicht mehr an seiner Seite fand, ahnte er die Wahrheit; aber er konnte doch nicht begreifen, dass Landry so ohne Abschied von ihm zu nehmen, fortgegangen sein könne. Sylvinet war deshalb bei all seinem Schmerz etwas böse auf seinen Bruder.

»Was kann ich ihm nur getan haben?« fragte er seine Mutter, »und wodurch sollte ich ihn wohl erzürnt haben? In alles, was er mir zu tun riet, habe ich mich stets gefügt. Wenn er nur sagte, ich solle in Gegenwart unserer lieben Mutter nicht weinen, habe ich die Tränen zurückgedrängt, wenn auch der Kopf zu springen drohte. Er hatte mir versprochen, dass er nicht fortgehen wolle, ohne mir vorher noch einmal Mut eingeredet zu haben, und ohne mit mir am Ende des Hanfackers zu frühstücken, grade an der Stelle, wohin wir sonst immer miteinander gingen, um zu plaudern und zu spielen. Ich wollte ihm seine Sachen zusammenpacken und ihm mein Messer schenken, das viel besser ist als das seinige. Nun hast du ihm wohl gestern Abend seine Sachen gepackt, ohne mir etwas davon zu sagen, und du wusstest also darum, liebe Mutter, dass er fortgehen wollte, ohne mir Adieu zu sagen?«

»Ich habe nach dem Willen deines Vaters gehandelt,« lautete die Antwort der Mutter.

Und sie sagte ihm dann alles, was sie nur ersinnen konnte, um ihn zu trösten. Er aber wollte auf nichts hören, und erst als er bemerkte, dass auch die Mutter weinte, bat er sie mit zärtlichem Kuss um Verzeihung, dass er ihren Schmerz vergrößert habe und gab ihr das Versprechen, dass er wenigstens bei ihr bleiben wolle, um ihr einen Ersatz zu gewähren. Sobald sie ihn aber allein gelassen hatte, um nach dem Geflügel zu sehen, oder die Wäsche zu besorgen, machte er sich fort und lief in der Richtung nach la Priche, ohne nur daran zu denken, wohin er ging, ganz sich seinem Instinkt überlassend, wie der Tauber, der seinem Täubchen nacheilt, ohne sich um den Weg zu bekümmern.

Er würde in dieser Weise nach la Priche gekommen sein, wenn er nicht seinem heimkehrenden Vater begegnet wäre. Dieser aber nahm ihn bei der Hand, um ihn wieder mit zurückzunehmen und sprach zu ihm: »Wir wollen heute Abend zu ihm gehen. Dein Bruder darf bei der Arbeit nicht gestört werden; das würde seinen Herrn verdrießen, und überdies ist bei uns zu Hause die Mutter sehr betrübt, und ich rechne darauf, dass du sie trösten wirst.«

Fünftes Kapitel

Sylvinet kehrte also ins Haus zurück, und hing sich wie ein kleines Kind an den Rock seiner Mutter, die er den ganzen Tag nicht mehr verließ. Er plauderte ihr fortwährend von Landry vor, mit dem seine Gedanken unablässig beschäftigt waren; jeder Ort und jeder Winkel, wo sie gewöhnlich beisammen gewesen waren, erinnerte ihn daran. Als es Abend wurde, ging er mit seinem Vater, der ihn ja begleiten wollte, nach la Priche. Sylvinet war ganz außer sich vor Freude, dass er nun seinen Zwillingsbruder wiedersehen würde. Es drängte ihn so sehr fortzukommen, dass er sich nicht die Zeit nahm zu Abend zu essen. Da er darauf rechnete, dass Landry ihm entgegenkommen würde, glaubte er schon immer von Weitem zu erkennen, wie er auf ihn zulaufe. Landry indessen, obgleich er wirklich gute Lust dazu gehabt hätte, rührte sich nicht von der Stelle. Er fürchtete, dass die jungen Leute und die Buben von la Priche ihn wegen dieser Zwillingsliebe ausspotten möchten, die unter dem Volk für eine Art von Krankheit galt. So fand Sylvinet seinen Bruder am Tische sitzend, wo das Abendessen aufgetragen war, und wo er es sich schmecken ließ, als ob er sein Leben lang bei der Familie Caillaud gewesen wäre.

Sobald Landry den Bruder eintreten sah, schlug ihm das Herz vor Freude, und er musste sich mit Gewalt bezwingen, sonst hätte er Tisch und Bank beiseite gestoßen, um ihn desto schneller umarmen zu können. Aber er wagte es nicht, weil die Familie seines Herrn ihn neugierig beobachtete. Alle freuten sich darauf in dieser Zwillingsliebe etwas Neues zu sehen, etwas wie ein Naturwunder, wie der Schullehrer des Dorfes sich darüber ausdrückte.

Als Sylvinet nun dem Bruder um den Hals fiel, ihn unter Tränen küsste, sich an ihn schmiegte, wie im Nest sich ein Vogel an den anderen drängt, um sich zu erwärmen, wurde Landry der anderen wegen ärgerlich, wenn ihm an und für sich diese Äußerungen der brüderlichen Liebe auch nur wohltuend waren. Er wollte verständiger erscheinen als sein Bruder und machte diesem ab und zu ein Zeichen, dass er sich zusammennehmen solle, worüber Sylvinet nicht weniger erstaunt als betrübt war. Während der alte Barbeau sich neben den Vater Caillaud setzte, um zu plaudern und zu trinken, gingen die beiden Zwillinge miteinander hinaus, denn es drängte Landry mit seinem Bruder zärtlich zu sein, ihn zu umarmen und zu küssen, nur wollte er dabei von den anderen nicht gesehen sein. Aber die anderen Burschen hatten die beiden aus der Ferne beobachtet, und sogar die kleine Solange, die jüngste von Vater Caillauds Töchtern, die wie ein echter Nestling schalkhaft und neugierig war, schlich mit leisen Schritten hinter ihnen her bis zu den Haselsträuchern. Wenn sie zufällig von den Zwillingen bemerkt wurde, lächelte sie mit verlegener Miene, aber ohne deshalb ihre Absicht aufzugeben. Sie bildete sich nämlich steif und fest ein, dass sie irgendetwas Seltsames erblicken werde, ohne zu begreifen, was es denn so Merkwürdiges an der innigen Freundschaft zweier Brüder sein könne.

Sylvinet war freilich erstaunt gewesen, dass sein Bruder ihn so kühl empfangen hatte; aber er dachte doch nicht daran, ihm deshalb einen Vorwurf zu machen, so glücklich war er, einmal wieder mit ihm zusammen zu sein. Am folgenden Morgen, – da Landry wusste, dass der Tag ihm gehöre, weil der Vater Caillaud ihn von aller Arbeit befreit hatte, – machte er sich früh auf den Weg nach la Cosse, da er glaubte, er werde seinen Bruder noch im Bett überraschen. Aber trotzdem, dass Sylvinet die Gewohnheit hatte von den beiden am längsten zu schlafen, so erwachte er doch grade, als Landry die Umzäunung des Kampos überschritt. Hastig sprang er aus dem Bett und eilte mit bloßen Füßen hinaus, als ob irgendetwas ihm zugeflüstert hätte, dass sein Zwillingsbruder ihm nahe sei. Für Landry war dies ein Tag vollkommener Freude. Sein Entzücken, das Vaterhaus und seine Familie wieder zu sehen, wurde durch das Bewusstsein erhöht, dass dies nicht mehr alle Tage geschehen könne, dass es gleichsam wie eine Belohnung für ihn sei. Sylvinet vergaß alle seine Schmerzen wenigstens während der einen Hälfte des Tages. Beim Frühstück sagte er sich vor, dass er mit seinem Bruder zu Mittag essen werde, als aber der Abend nahte, dachte er daran, dass dies nun für eine Zeit lang die letzte gemeinsame Mahlzeit wäre, und darüber begann er unruhig und betrübt zu werden. Er sorgte mit zärtlicher Aufmerksamkeit für seinen Zwillingsbruder, gab ihm das Beste von seinem eigenen Essen, die Kruste von seinem Brote und die zarten Mittelstückchen von seinem Salat. Auch die Kleider seines Bruders und dessen Schuhe waren ein Gegenstand seiner Fürsorge, als ob dieser einen weiten Weg zu gehen habe, und als ob derselbe überhaupt sehr zu beklagen sei. Es kam ihm gar nicht in den Sinn, dass er selbst der Beklagenswerteste von ihnen sei, weil er der am meisten Betrübte war.

Sechstes Kapitel

So verging die ganze Woche. Sylvinet ging täglich hinaus, um seinen Bruder zu besuchen, und wenn er dann vom Zwillingshofe herübergekommen war, blieb dieser für ein paar Augenblicke bei ihm stehen. Landry fügte sich immer besser in seine Lage; Sylvinet aber wusste sich in die seinige gar nicht zu finden, und wie eine im Fegefeuer auf Erlösung harrende Seele begann er die Tage und Stunden der Trennung zu zählen.

Auf der ganzen Welt gab es niemanden als Landry, der ihn hätte zur Vernunft bringen können. Auch die Mutter wandte sich an diesen, dass er ihr helfen möchte, den Bruder zu beruhigen, denn mit der Betrübnis des armen Knaben wurde es von Tag zu Tag schlimmer. Er mochte sich an keinem Spiele mehr beteiligen, und arbeitete nur noch, wenn es ihm geradezu befohlen wurde. Seine kleine Schwester führte er wohl noch spazieren, aber fast ohne ein Wort dabei zu reden, oder ihr auf irgendeine andere Art die Zeit zu vertreiben; er gab nur darauf acht, dass sie nicht fallen oder auf eine andere Art zu Schaden kommen könne. Sobald man ihn nicht immer im Auge behielt, machte er sich davon und wusste sich so gut zu verbergen, dass man gar nicht wusste, wo man ihn suchen sollte. Alle Gräben, alle Furchen, alle Schluchten, wo er gewohnt gewesen war mit Landry zu spielen und zu plaudern, suchte er wieder auf. Er setzte sich auf die Baumwurzeln, auf denen sie miteinander gesessen hatten, und netzte sich die Füße in allen kleinen Bächen, in denen sie wie ein paar junge Enten miteinander herumgepascht waren; er freute sich, wenn er nur ein Stück Holz wieder auffand, welches Landry mit seinem Gartenmesser zugeschnitten hatte; oder irgendeinen Kieselstein, den dieser als Schleuder oder zum Feuerschlagen benutzt hatte. Er sammelte sie alle, diese Kleinigkeiten und versteckte sie in einem hohlen Baume oder unter einer Holzschicht; von Zeit zu Zeit holte er sie dann wieder hervor, um sich an ihrem Anblick zu erlaben, als ob sie Gegenstände von großer Wichtigkeit gewesen wären. In Gedanken ging er alles wieder durch und zerbrach sich den Kopf, auch nur die geringsten Nebenumstände des vergangenen Glückes in seiner Erinnerung wieder heraufzubeschwören. Was für jeden anderen gar keinen Wert gehabt hätte, galt ihm noch über alles. Wie es in der Zukunft werden sollte, das kümmerte ihn gar nicht, denn er hatte nicht einmal den Mut an eine Reihenfolge solcher Tage zu denken, wie sie ihm jetzt auferlegt waren. Er lebte mit seinen Gedanken nur in der Vergangenheit und verzehrte sich in den endlosen Träumereien seiner Sehnsucht.

Es gab Zeiten, wo er sich einbildete seinen Zwillingsbruder leibhaftig vor sich zu sehen und zu hören. Dann plauderte er ganz allein vor sich hin, in der Meinung diesem zu antworten. Manchmal überraschte ihn auch der Schlaf, wo er sich gerade befand, und er träumte von ihm; wenn er dann aber erwachte und sich wieder allein fand, begann er bitterlich zu weinen, und er ließ seinen Tränen um so freieren Lauf, weil er hoffte durch die Ermüdung seinen Schmerz endlich gelindert zu fühlen.

Eines Tages, da er auf seinen Streifereien bis zu der Stelle gelangt war, wo das Schlagholz von Champeaux steht, fand er auf dem Bach, der zur Regenzeit aus dem Gehölz herausfließt, jetzt aber ganz ausgetrocknet war, eine jener kleinen Mühlen wieder auf, wie die Kinder sie in unserer Gegend so geschickt aus Hobelspänen zu machen verstehen, dass sie sich bei der Strömung drehen und sich manchmal lange auf der Oberfläche des Wassers erhalten, bis andere Kinder sie zerbrechen, oder der höhere Wasserstand sie mit fortreißt. Diese, welche Sylvinet wieder aufgefunden hatte, lag hier schon seit mehr als zwei Monaten, und da es eine einsame Stelle war, hatte niemand sie gesehen, noch etwas daran verderben können. Sylvinet erkannte sie sogleich als das Werk seines Zwillingsbruders; beim Anfertigen derselben hatten sie sich vorgenommen wieder hierher zu kommen, um darnach zu sehen. Sie hatten aber nicht weiter daran gedacht, und seitdem an anderen Orten viele andere Mühlen gemacht.

Sylvinet war also sehr erfreut sie wieder zu finden, und trug sie etwas weiter hinauf, wohin das Wasser des Baches sich zurückgezogen hatte. Dort wollte er sehen, wie sie sich drehte und dabei an das Vergnügen denken, welches Landry gehabt hatte, als er ihr den ersten Anstoß gab. Dann ließ er sie an der Stelle, wohin er sie getragen und freute sich schon darauf, wenn er am nächsten Sonntag mit Landry wiederkommen würde, um ihm zu zeigen, wie ihre so fest und gut gefügte Mühle sich erhalten habe.

Aber er konnte es sich nicht versagen, schon am folgenden Tage allein dahin zurückzukehren. Das Wasser des Baches war ganz getrübt, und die Ufer desselben zerstampft durch die Füße der Ochsen, welche dort zur Tränke geführt waren, und die man am Morgen zwischen das Schlagholz auf die Weide getrieben hatte. Er trat etwas näher hinzu und sah, dass die Tiere auf seine Mühle getreten und sie so zerstampft hatten, dass nur noch wenig davon zu sehen war. Das Herz wurde ihm schwer darüber, und er bildete sich ein, dass an diesem Tage seinem Bruder irgendein Unglück zustoßen müsse, und er lief bis nach la Priche, um sich zu überzeugen, dass ihm nichts Schlimmes widerfahren sei. Hier aber begnügte er sich damit, seinen Bruder von Weitem zu betrachten, und zwar so, dass er selbst nicht gesehen werden konnte. Er hatte nämlich bemerkt, das es Landry nicht angenehm war, wenn er unter tags kam, weil dieser fürchtete, dass solch eine Störung bei der Arbeit seinen Herrn verdrießen könne. Da er sich geschämt haben würde zu gestehen, von welchen Gedanken gedrängt er herbeigeeilt war, kehrte er ohne ein Wort zu verlieren, wieder um; er sprach überhaupt mit niemandem darüber; erst sehr lange Zeit nachher tat er dies.

Da seine Gesichtsfarbe blass wurde, weil er wenig schlief und sozusagen fast gar nichts aß, wurde seine Mutter sehr betrübt, und sie wusste nicht mehr, was sie tun sollte, um ihn zu trösten. Sie versuchte es, ihn mit sich zu nehmen, wenn sie in den Marktflecken ging, oder sie redete ihm zu, seinen Vater oder seinen Onkel zu begleiten, wenn diese zu den Viehmärkten gingen. Aber er nahm an nichts einen Anteil, und nichts konnte ihn mehr erfreuen. Ohne ihn etwas merken zu lassen, machte sich deshalb Vater Barbeau auf den Weg und versuchte es, den Vater Caillaud zu bereden die Zwillinge beide in seinen Dienst zu nehmen. Dieser aber gab ihm eine Antwort, die er selbst als begründet anerkennen musste.

»Vorausgesetzt,« so ungefähr sprach der alte Caillaud, »ich würde sie eine Zeit lang alle beide in meinen Dienst nehmen, so könnte dies doch nicht von Dauer sein, denn wo man mit einem Diener genug hat, würde es für Leute unseres Schlages nicht gut tun, deren zwei in den Dienst zu nehmen. Wenn das Jahr herum wäre, würdet ihr immerhin wieder genötigt sein, für den einen eurer Zwillinge irgendeinen anderen Dienst zu suchen. Und seht ihr denn nicht ein, dass Sylvinet nicht mehr so viel träumen würde, wenn er in einem Dienst wäre, wo er zur Arbeit gezwungen wäre? Dann würde er es machen wie der andere, der sich tapfer in sein Schicksal gefunden hat. Früher oder später muss es doch so kommen. Ihr werdet ihn vielleicht nicht grade an den Ort hin verdingen können, wie ihr wohl möchtet, und wenn diese beiden Buben noch weiter voneinander entfernt werden, sodass sie sich nur noch jede Woche, oder jeden Monat einmal sehen können, so ist es immer besser sie schon beizeiten daran zu gewöhnen, dass sie nicht immer zusammenhocken können. Seid also vernünftig, lieber Nachbar, und macht nicht so viele Umstände mit den Einbildungen eines Kindes, das von eurer Frau und von euren anderen Kindern etwas zu viel verhätschelt und verzogen wurde. Das Schlimmste ist überwunden, und glaubt nur, dass er sich in das Übrige schon finden wird, sobald ihr nur nicht nachgebt.«

Vater Barbeau ließ sich belehren, und er sah ein, das Sylvinets Sehnsucht nach seinem Zwillingsbruder nur immer mehr zunehmen werde, je häufiger er ihn sehen würde. Er nahm sich deshalb vor am nächsten Johannistag für Sylvinet einen Dienst zu suchen. Er hoffte, dass dieser, wenn er Landry immer weniger sehen würde, sich schließlich daran gewöhnen werde, wie alle anderen zu leben, und sich nicht mehr von einem Gefühl bewältigen zu lassen, das in ein krankhaftes Verlangen zu entarten drohte.

Aber vor der Mutter Barbeau durfte noch nicht von diesem Plane geredet werden, denn schon bei der ersten Andeutung davon, weinte sie sich halb tot. Sie meinte, Sylvinet könne daran zugrunde gehen, und der Vater Barbeau wusste sich wirklich nicht mehr zu helfen.

Landry, der von seinem Vater, seinem Herrn und auch von seiner Mutter zurate gezogen wurde, unterließ nicht, seinem armen Bruder zuzureden. Sylvinet wusste gegen seine Vorstellungen durchaus nichts einzuwenden, versprach auch alles, konnte sich aber nicht überwinden. Es kam bei seinem Schmerz noch etwas anderes in Betracht, wovon er aber nichts verlauten ließ, weil er auch gar nicht gewusst hätte, wie er es vorbringen sollte. Dies war nämlich, dass im Innersten seines Herzens in Bezug auf Landry eine ebenso heftige wie sonderbare Eifersucht zu keimen begann. Er fühlte sich befriedigt, ja mehr als je zuvor, wenn er sah, wie Landry bei jedermann in Ansehen stand, wie er von seiner Dienstherrschaft so freundschaftlich behandelt wurde, als ob er ein Kind des Hauses sei. Wenn ihn dies nun auf der einen Seite erfreute, so betrübte und kränkte es ihn auf der anderen, sobald er zu bemerken glaubte, dass Landry diese freundschaftlichen Beziehungen zu sehr erwidere. Er konnte es nicht leiden, wenn Landry auf ein Wort des Vaters Caillaud, wie unbestimmt und gelassen es geäußert sein mochte, dem Wunsch desselben zu willfahren, rasch davoneilte, Vater, Mutter und Bruder in solchen Augenblicken beiseitelassend. Landry war also viel besorgter seiner Dienstpflicht etwas zu vergehen, als er die Anhänglichkeit der Seinigen zu schätzen wusste, und viel pünktlicher im Gehorsam, als Sylvinet dazu imstande gewesen sein würde, wenn es sich darum gehandelt hätte, einige Augenblicke länger mit jemandem zu verweilen, der ihm mit so treuer Liebe ergeben war.

Der arme Bursche setzte sich jetzt eine neue Grille in den Kopf, an die er zuvor nicht gedacht hatte, nämlich die: Dass die Liebe und Freundschaft, die er für seinen Bruder empfand, nicht erwidert würden, und dass dies auch immer so gewesen sein müsse, nur er selbst habe es nicht eingesehen. Freilich war es auch möglich, dass die Liebe seines Zwillingsbruders erst seit einiger Zeit für ihn erkaltet war, weil er am fremden Ort Personen gefunden hatte, die ihm besser gefielen und passender erschienen.

Siebentes Kapitel

Landry selbst hatte gar keine Ahnung von der Eifersucht seines Bruders, denn derartige Empfindungen waren seinem Wesen durchaus fremd, und solange er lebte, war er noch nie auf irgendetwas eifersüchtig gewesen. Wenn Sylvinet kam, ihn in la Priche zu besuchen, nahm Landry ihn mit und zeigte ihm, um ihn zu zerstreuen, die großen Ochsen, die schönen Kühe, den Schafstall und die reichen Ernten auf dem Anwesen des Vaters Caillaud. Landry schätzte und würdigte das alles, nicht aus Neid, sondern weil er Geschmack fand an der ländlichen Arbeit und an der Viehzucht, und weil er einen offenen Sinn hatte für das Schöne und Nützliche, was alle diese Dinge mit sich brachten. Er hatte seine Freude daran, wenn die junge Stute, die er auf die Wiese führte, recht sauber, wohl genährt und glänzend war. Er konnte es nicht leiden, wenn auch nur die unbedeutendste Arbeit in oberflächlicher Weise verrichtet wurde, noch dass irgendetwas, das gedeihlich und nutzbringend werden konnte, vernachlässigt und verachtet wurde, als ob es nicht auch zu den Gaben des lieben Gottes gehört hätte. Sylvinet betrachtete alle diese Dinge mit gleichgültigen Augen und wunderte sich, wie sein Bruder so großen Anteil daran nehmen konnte. So fand er überall wieder einen Grund zum Argwohn und sprach zu Landry:

»Du bist ja ganz vernarrt in diese großen Ochsen; du denkst wohl gar nicht mehr an unsere kleinen Stiere, die so feurig und doch so sanft und folgsam mit uns beiden waren. Von dir ließen sie sich noch williger anschirren als von unserem Vater. Du hast mich auch noch nicht einmal nach unserer Kuh gefragt, die doch so gute Milch gibt, und die mich jetzt immer so betrübt ansieht, wenn ich ihr das Futter bringe; es ist grade, als ob sie es verstände, dass ich nur ganz allein bin, und als ob sie mich fragen wollte, wo denn der andere Zwilling sei.«

»Sie ist ein gutes Tier, das ist wahr,« sagte Landry; »aber betrachte einmal diese hier! Gleich wird sie gemolken und in deinem ganzen Leben hast du noch nicht eine so reichliche Milch gesehen.«

»Das mag sein,« erwiderte Sylvinet; »aber dass die Milch und der Rahm ebenso gut wären, wie die von unserer braunen, da wette ich doch, dass dies nicht der Fall ist, denn die Futterkräuter vom Zwillingshofe sind besser, als die hier wachsen.«

»Den Teufel auch!« fuhr Landry auf, »ich möchte doch wohl überzeugt sein, dass unser Vater gern tauschen würde, wenn man ihm die schönen Heuernten, die Vater Caillaud von seinen Wiesen heimführt, für seinen Binsenwuchs an den Ufern des Baches böte!«

»Bah!« hob Sylvinet wieder an und zuckte mit den Achseln, »es gibt in dem Schilfgrunde viel schönere Bäume, als alle die eurigen sind, und was das Heu betrifft, wenn es auch spärlicher wächst, so ist es doch sein, und wenn es eingefahren wird, verbreitet es den ganzen Weg entlang einen Duft wie Balsam.«

So stritten sie um nichts und wieder nichts, denn Landry wusste recht gut, dass es kein schöneres Anwesen gibt als das, was man selbst besitzt; und Sylvinet dachte bei allen seinen Behauptungen im Grunde nicht mehr an das väterliche Besitztum, als an irgendein anderes, indem er das Anwesen in la Priche herabsetzte. Aber aus allen diesen Wortfechtereien ging es klar hervor: dass der eine der beiden Brüder sich damit begnügte, zu arbeiten und zu leben, einerlei wo und wie dies geschah; und dass der andere gar nicht begreifen konnte, wie es nur möglich sei, dass sein Bruder fern von ihm, auch nur einen Augenblick des Behagens und der Ruhe genießen könne.

Wenn Landry ihn in den Garten seines Herrn führte und zufällig einmal das trauliche Gespräch mit ihm unterbrach, um von einem Pfropfreis einen abgestorbenen Zweig abzuschneiden, oder um ein Unkraut auszureißen, das dem Wachstum der Gemüse hinderlich war, ärgerte sich Sylvinet, dass sein Bruder stets an Ordnung und fremden Dienst denken konnte, statt, wie er es tat, mit gespannter Aufmerksamkeit auf das geringste Wort seines Bruders zu horchen. Er hütete sich aber wohl etwas davon merken zu lassen, denn er schämte sich, dass er so leicht zu ärgern war; aber, wenn der Augenblick der Trennung kam, pflegte er wiederholt zu sagen: »Nun, für heute hast du wohl genug an mir gehabt; vielleicht gar zu viel, dass dir die Zeit darüber lang geworden ist.«

Landry konnte diese Vorwürfe nicht verstehen; sie waren ihm peinlich, und er begriff nicht, warum sein Bruder sich in solchen

Anspielungen erging; dieser aber wollte und konnte sich nicht weiter darüber erklären.

Wenn der arme Bursche schon auf die geringsten Dinge, die Landry beschäftigten, eifersüchtig war, wie viel mehr war er dies auf die Personen, denen Landry eine Anhänglichkeit bewies. Er konnte es nicht vertragen, dass dieser mit den anderen Burschen in la Priche in freundlichem Verkehr stand; und wenn er sah, dass er sich mit der Kleinen solange befasste, sie liebkoste, oder mit ihr spielte, hielt er ihm vor, dass er seine kleine Schwester Nanette vergesse, die, nach seiner Meinung, doch tausendmal zierlicher, hübscher und liebenswürdiger sei, als jenes garstige kleine Ding.

Da es nun einmal in der Natur der Eifersucht liegt, niemals gerecht sein zu können, schien es ihm wiederum, dass Landry sich, wenn er auf den Zwillingshof kam, viel zu viel mit seiner kleinen Schwester beschäftigte. Sylvinet warf ihm vor, nur für sie Auge und Ohr zu haben, und dass er selbst ihm langweilig und gleichgültig sei.

Endlich wurde er in seiner Freundschaft so anspruchsvoll und geriet in eine so traurige Verstimmung, dass Landry darunter zu leiden begann, und weder Glück noch Freude darin finden konnte zu häufig mit seinem Bruder zusammen zu sein. Es ermüdete ihn etwas, immer wieder denselben Vorwurf hören zu müssen, dass er sich so gut in sein Schicksal gefunden habe, und er hätte auf den Gedanken kommen können, Sylvinet würde sich weniger unglücklich gefühlt haben, wenn er seinen Bruder eben so untröstlich gesehen hätte, wie er es selbst war. Landry gelangte zu der Erkenntnis und wollte dies auch seinem Bruder begreiflich machen, dass Liebe und Freundschaft, wenn sie in ein Übermaß ausarten, sogar vom Übel werden können. Sylvinet wollte dies durchaus nicht einsehen, und betrachtete es sogar als eine große Härte vonseiten seines Bruders, dass er ihm nur so etwas sagen könne. Von dieser Auffassung ließ er sich so beherrschen, dass er mit seinem Bruder zu grollen begann, und Wochen vorüber gehen ließ, ohne einen Besuch in la Priche zu machen, obgleich er sich vor Sehnsucht danach verzehrte. Dennoch versagte er sich die Befriedigung derselben und setzte seinen Stolz in eine Enthaltsamkeit, in der er ihn gar nicht hätte suchen sollen.

Es kam sogar so weit, dass Sylvinet, wie ein Wort das andere gibt, und aus einer Kränkung die andere erwächst, alles, was Landry Verständiges und Wohlmeinendes ihm sagte, um ihm den Kopf wieder zurecht zu setzten, stets nur noch übler aufnahm. Schließlich wurde der Arme so erfüllt von Verdruss und Groll, dass es Augenblicke gab, in denen er sich einbildete, seinen Bruder, diesen Gegenstand seiner leidenschaftlichen Liebe, zu hassen; ja, er verließ sogar an einem Sonntage das Haus, nur um nicht mit seinem Bruder zusammenzutreffen, der auch nicht ein einziges Mal verfehlt hatte, sich an diesem Tage einzufinden.

Landry fühlte sich durch dieses kindische Gebaren sehr gekränkt. Er war ein Freund des Vergnügens und liebte selbst die laute Lustbarkeit, weil er sich mit jedem Tage kräftiger und freier fühlte. Bei allen Spielen bewährte er den geschmeidigsten Körper und das geübteste Auge. Es war also ein kleines Opfer, das er seinem Bruder brachte, wenn er jeden Sonntag der lustigen Gesellschaft der Burschen von la Priche entsagte, um den ganzen Tag auf dem Zwillingshofe zu verbringen; zumal, da er Sylvinet gar nicht dazu bringen konnte auf dem Dorfplatze von la Cosse mitzuspielen, oder mit anderen einen gemeinsamen Spaziergang zu machen. Der arme Knabe, der an Körper und Geist vielmehr Kind geblieben war als sein Bruder, und der nur von dem Gedanken beseelt war, diesen einzig und allein zu lieben, und von ihm ebenso wieder geliebt zu werden, wollte, dass er ganz allein mit ihm ihre Orte wieder aufsuchen sollte, wie er sich ausdrückte, das heißt also: die Winkel und Verstecke, wo sie ihre Spiele getrieben hatten, denen sie jetzt entwachsen waren. Wie zum Beispiel: kleine Schubkarren von Weidengerten zu machen, oder Mühlen aus Hobelspänen, oder Schlingen, um kleine Vögel darin zu fangen; oder sogar Häuschen aus Kieselsteinen aufzubauen, und mit Feldern zu umgeben, so groß wie ein Taschentuch, welche die Kinder sich das Ansehen geben zu bebauen, indem sie im Kleinen nachahmen, was sie die erwachsenen Landleute tun sehen, wie: Säen, Eggen, Mähen und das Einführen von Ernten. So lehren die Kinder sich untereinander in einer Stunde alle die verschiedenen Arbeiten des Ackerbaues und der Ernte, wie sie auf den Feldern im Verlaufe eines Jahres verrichtet werden.

Diese Unterhaltungen waren nicht mehr nach Landrys Geschmack, welcher jetzt selbst die Sache im Großen betrieb, wenn auch als Gehilfe, und der es vorzog ein großes mit sechs Ochsen bespanntes Fuhrwerk zu leiten, als die aus Zweigen gefertigten Wägelchen an den Schwanz seines Hundes zu befestigen. Er hätte viel lieber mit den kräftigen Burschen des Ortes sich im Ringen geübt, oder Kegel geschoben, da er die Geschicklichkeit erlangt hatte auf dreißig Schritt Entfernung den besten Wurf zu tun. Wenn Sylvinet sich bewegen ließ ihn an solche Orte der Lustbarkeit zu begleiten, setzte er sich, statt mitzuspielen, ohne ein Wort zu reden, in einen Winkel, wo er sich langweilte und sich abhärmte, wenn er sah, wie Landry durch das Vergnügen am Spiel in Feuer geriet.

Endlich hatte Landry in la Priche sogar tanzen gelernt, und obgleich ihm die Lust dazu erst spät gekommen war, weil Sylvinet nie Geschmack daran finden wollte, tanzte er doch schon ebenso gut wie die anderen Burschen, die sich von Kindesbeinen an damit befasst hatten. Er galt in la Priche für den besten Ouadrillentänzer, und wenn er auch noch kein Vergnügen daran fand, die Mädchen zu küssen, wie dies bei jedem Tanz der Brauch ist, so war er doch dazu bereit, ihnen diesen Kuss zu geben, weil er dadurch das Ansehen erhielt aus dem Knabenalter herausgetreten zu sein. Es wäre ihm sogar lieb gewesen, wenn sich die Mädchen gegen seinen Kuss etwas gesträubt hätten, weil sie dies den erwachsenen Burschen gegenüber zu tun pflegten. Aber das fiel ihnen gar nicht ein; selbst die größten nahmen ihn lachend beim Kragen, um sich küssen zu lassen, was ihn übrigens etwas verdross.

Ein einziges Mal hatte Sylvinet ihn tanzen sehen, und hatte dabei den größten Verdruss empfunden. Als er sah, wie Landry eine der Töchter des Vater Caillaud küsste, geriet er so in Zorn, dass er vor Eifersucht weinte und den Brauch geradezu unanständig und unchristlich fand.

So oft also Landry sein Vergnügen aus Freundschaft für seinen Bruder opferte, verbrachte er den Sonntag in wenig unterhaltender Weise. Dennoch verfehlte er nie sich zur bestimmten Zeit auf dem Zwillingshofe einzufinden, in der Meinung Sylvinet werde ihm dafür erkenntlich sein, und der Gedanke seinen Bruder zufriedengestellt zu haben, ließ ihn gern ein wenig Langeweile verschmerzen.

Als er nun aber eines Tages erfuhr, dass sein Bruder, der ihm im Laufe der Woche eine kleine Zänkerei angezettelt hatte, aus dem Hause fortgegangen war, um sich nicht mit ihm zu versöhnen, empfand er dies als eine tiefe Kränkung. Zum ersten Mal, seitdem er das Elternhaus verlassen hatte, ging er an einen einsamen Ort, im Verborgenen seine heißen Tränen zu vergießen, denn er hatte sich stets geschämt seinen Kummer vor seinen Eltern blicken zu lassen; auch fürchtete er den ihrigen, den sie vielleicht haben mochten, dadurch zu vermehren.

Wenn jemand ein Recht gehabt hätte eifersüchtig zu sein, so wäre dies viel eher Landry gewesen, als Sylvinet. Dieser war es ja, den die Mutter am meisten liebte, und sogar der Vater Barbeau, wenn er auch eine heimliche Vorliebe für Landry empfand, zeigte sich Sylvinet gegenüber doch gefälliger und nachsichtiger. Dieses arme Kind wurde als das weniger kräftige und weniger verständige auch am meisten verzogen, und man fürchtete sogar ihn zu ärgern. Da er in der Familie blieb, war ihm das bessere Los zugefallen, während sein Bruder statt seiner das Elternhaus verlassen und die Bürde des Dienens auf sich genommen hatte.

Es war zum ersten Mal, dass der gute Landry sich dies alles klar machte, und zu der Erkenntnis gelangte, dass sein Zwillingsbruder durchaus ungerecht sei. Bis dahin hatte sein gutes Herz ihn darüber getäuscht, dass er das Unrecht seines Bruders nicht einsehen konnte. Statt eine Klage gegen diesen zu erheben, hatte er sich vielmehr selbst beschuldigt, dass er auch gar zu gesund sei, und mit zu übermäßigem Eifer der Arbeit und dem Vergnügen nachgehe, und dass er sich nicht wie sein Bruder darauf verstehe, sanfte Reden zu führen, oder zarte Aufmerksamkeiten zu ersinnen. Diesesmal aber wusste er sich auch nicht der geringsten Kleinigkeit zu erinnern, womit er sich an der brüderlichen Liebe versündigt haben konnte. Ja, um an dem heutigen Tage nur kommen zu können, hatte er einer schönen Partie entsagen müssen, welche die Burschen von la Priche zum Krebsfang veranstalten wollten, und mit der sie schon die ganze Woche über beschäftigt gewesen waren. Sie hatten Landry sehr viel Vergnügen dabei in Aussicht gestellt, wenn er nur mit ihnen gehen wolle. Um seinen Bruder heute zu sehen, hatte er also einer großen Versuchung widerstehen müssen, und das will in diesem Alter viel sagen. Nachdem er sich tüchtig ausgeweint hatte und seine Tränen trocknete, hörte er ganz in seiner Nähe noch eine andere Person weinen, die dazwischen auch mit sich selbst sprach, wie dies die Frauen auf dem Lande häufig zu tun pflegen, wenn sie einen großen Kummer haben. Landry erkannte rasch, dass es seine Mutter war, und eilte zu ihr hin.

»Ach! Mein Gott,« sagte sie schluchzend, »wie vielen Kummer mir dieses Kind bereitet! Ich werde noch darüber zugrunde gehen, das ist gewiss.«

»Bin ich es, liebe Mutter, der dir so viele Sorgen macht?« rief Landry und fiel ihr um den Hals. »Wenn ich es bin, so strafe mich doch, aber höre auf zu weinen. Ich weiß nicht, wodurch ich dich betrübt haben könnte, aber das ist alles einerlei, ich bitte dich um Verzeihung.«

In diesem Augenblicke wurde es der Mutter klar, dass Landry keineswegs ein hartes Herz hatte, wie sie es oft geglaubt hatte. Sie schloss ihn gerührt in ihre Arme, und ohne selbst recht zu wissen, was sie tat, so sehr war sie vom Schmerz ergriffen, sagte sie ihm, dass sie sich über Sylvinet beklage und nicht über ihn. Was ihn betreffe, so habe sie sich einige Male ungerechten Vorstellungen über ihn hingegeben, und dafür tue sie ihm jetzt Abbitte. Wie es ihr scheine, sei Sylvinet daran toll zu werden, und sie sei in der größten Unruhe darüber, weil er vor Tagesanbruch fortgegangen sei, ohne auch nur das Geringste genossen zu haben. Die Sonne neigte sich jetzt dem Untergange zu, und er war noch immer nicht zurück. Um Mittag war er in der Richtung des Flusses gesehen worden, und schließlich fürchtete die Mutter, er könne sich gar hineingestürzt haben, um seinem Leben ein Ende zu machen.

Achtes Kapitel

Dieser Gedanke, dass Sylvinet Lust gehabt haben könne, sich umzubringen, übertrug sich so leicht, wie eine Fliege sich in einem Spinngewebe verfängt, aus dem Vorstellungsvermögen der Mutter auf dasjenige Landrys hinüber. Er rannte hastig davon, um seinen Bruder aufzusuchen, und während er so dahin eilte, empfand er schweren Kummer und sprach zu sich selbst: »Vielleicht hatte die Mutter früher doch recht, wenn sie mir vorwarf, dass ich hartherzig sei. In dieser Stunde aber muss Sylvinet wohl ein schwer erkranktes Gemüt haben, dass er unserer armen Mutter und mir alle diesen Schmerz bereiten kann.

Er lief nach allen Richtungen hin, ohne ihn zu finden; abwechselnd rief er laut seinen Namen, aber keine Antwort erfolgte; er befragte alle, die ihm begegneten, aber niemand konnte ihm eine Auskunft geben. Endlich kam er an den Ort, wo die Wiese mit dem Schilfgrunde lag; er ging hinein, weil er sich hier einer Stelle erinnerte, die Sylvinet ganz besonders bevorzugte. Diese befand sich da, wo der Fluss einen großen Einschnitt in das Erdreich hineingerissen, und dabei zwei oder drei Erlen entwurzelt hatte, die noch mit emporgestreckten Wurzeln quer über dem Wasser lagen. Der Vater Barbeau hatte sie nicht fortschaffen wollen; er gab sie Preis; weil sie in der Art, wie sie gestürzt waren, das Erdreich noch mit ihren Wurzeln zurückhielten, und das kam ihm sehr gelegen, denn nicht ein einziger Winter verging, ohne dass das Wasser nicht einen großen Schaden in dieser Wiese angerichtet hätte; jedes Jahr wurde ein Stück vom Ufer mit fortgeschwemmt.

Landry näherte sich also jenem Einschnitt, wie er und sein Bruder diese Stelle ihrer Schilfwiese zu benennen pflegten. Er nahm sich nicht die Zeit bis zu dem Winkel zu gehen, wo sie beide miteinander aus Rasenstücken, auf Steinen und Wurzelwerk gestützt, eine Treppe angelegt hatten. Er sprang gleich von oben hinunter, um so schnell wie möglich auf den Boden des Einschnittes zu gelangen, weil hier rechts vom Ufer so viel hohes Gesträuch und Kräuter wuchsen, dass sie über seinen Kopf hinaus ragten. Wenn sein Bruder auch hier gewesen wäre, so hätte er ihn, ohne hineinzugehen, doch nicht entdecken können.

In großer Aufregung betrat er jetzt diese Stelle, denn es kam ihm nicht mehr aus dem Sinn, was seine Mutter ihm gesagt hatte: dass Sylvinet mit dem Gedanken umgehe seinem Leben ein Ende zu machen. Er durchsuchte wiederholt das Dickicht, schlug gegen die hohen Binsen, rief laut Sylvinets Namen und pfiff dem Hunde, der dem Bruder jedenfalls gefolgt war, denn man hatte ihn den ganzen Tag über im Hause nicht gesehen, so wenig wie seinen jungen Gebieter.

Allein Landry mochte suchen und rufen, soviel er wollte, er war und blieb ganz allein an dieser Stelle. Da er ein Bursche war, der alles, was er tat, gründlich zu tun pflegte, und dabei auf alles bedacht war, was zweckdienlich sein konnte, untersuchte er die beiden Ufer, ob nicht irgendeine Spur von Fußtapfen zu entdecken sei, oder ob nicht das Erdreich an einer Stelle etwas mehr abgebröckelt war, als es sonst gewesen. Diese Untersuchung war ebenso traurig wie schwierig, denn es war etwa einen Monat her, dass Landry nicht mehr an diesem Orte gewesen war, und wenn er ihn auch so genau kannte, wie die eigne Hand, so vermochte er doch nicht herauszubringen, ob nicht irgendeine kleine Veränderung damit vorgegangen sei. Das ganze rechte Ufer war mit Gras bewachsen, und sogar auf dem Boden des Einschnittes waren überall aus dem Sande die Binsen und das Schilf so dicht emporgewuchert, dass auch nicht eine einzige Stelle von nur eines Fußes Breite aufzufinden war, wo man nach einer eingedrückten Spur hätte suchen können. Durch das viele hin- und hersuchen fand Landry indessen auf dem Boden die Fährte eines Hundes, und an einer anderen Stelle sogar das Gras so verdrückt, als ob Finot, oder irgendein Hund von derselben Größe sich dort niedergekauert hätte.

Dies war ein Umstand, der Landry viel zu denken gab, und noch einmal machte er sich daran, das abschüssige Ufer des Flusses zu untersuchen. Er glaubte im Erdreich einen ganz frischen Riss entdeckt zu haben, als ob jemand ihn bei einem Sprung mit dem Fuß verursacht hätte, oder indem er sich hinuntergleiten ließ. Die Sache war durchaus nicht klar, denn ebenso gut konnte der Riss von einer der großen Wasserratten herrühren, die an solchen Stellen, nach Nahrung suchend, wühlen und nagen. Landry aber geriet dadurch in so große Angst, dass er sich nicht mehr auf den

Füßen zu erhalten vermochte. Er warf sich auf die Knie, wie um sich Gott zu empfehlen.

Eine Zeit lang verblieb er in dieser Stellung, denn er hatte weder Kraft noch Mut sich aufzumachen, um es irgendeinem Menschen sagen zu können, was ihn in solche Todesangst versetzte. Die Augen von Tränen geschwollen, betrachtete er den Fluss, als hätte er Rechenschaft von ihm fordern wollen, was er aus seinem Bruder gemacht habe.

Der Fluss rauschte indessen ruhig fort, über die Zweige schäumend, welche längs der Ufer niederhingen und ins Wasser tauchten, bis er sich mit leisem Gemurmel zwischen Wiesen und Feldern verlor, wie jemand, der heimlicherweise andere verspottend, kichert und lacht.

Der arme Landry gab sich den düstersten Gedanken an ein Unglück hin, und ließ sich davon überwältigen, bis sie ihm den Kopf verwirrten, dass er sich nach dem geringfügigsten Anschein, der ebenso gut nichts bedeuten konnte, einen Zusammenhang ausmalte, um darüber an Gott zu verzweifeln.

»Dieser tückische Fluss! Der mich im Schmerz vergehen sieht, ohne mir eine Auskunft zu geben!« dachte er; »und der ein ganzes Jahr lang meine Tränen ansehen würde, ohne mir meinen Bruder zurückzugeben! Gerade hier ist er am tiefsten und seitdem er die Wiese unterwühlt, ist so viel Gesträuch von den Bäumen in ihn hineingefallen, dass man sich nie wieder herausarbeiten könnte, wenn man sich da hineinwagen wollte. Mein Gott! Könnte es möglich sein, dass mein Bruder tief unten da im Wasser läge, nur zwei Schritte weit von mir, und dass ich ihn doch nicht sehen und nicht wieder auffinden könnte zwischen alle dem Gezweig und dem Röhricht von Binsen und Schilf, wenn ich auch versuchen wollte da hinunterzusteigen?!«

Und nun begann er über seinen Bruder zu weinen und machte ihm sogar Vorwürfe, denn noch nie in seinem ganzen Leben hatte er einen so großen Schmerz empfunden.

Endlich kam er auf den Gedanken, sich Rat zu holen bei einer Frau, die eine alte Witwe war und Mutter Fadet genannt wurde. Sie wohnte ganz am Ende der Schilfwiese, dicht an einem Wege, der an die Furt hinunter führte. Diese Frau besaß weder ein Feldstück noch irgendetwas anderes, als ihren kleinen Garten und ihr kleines Häuschen. Trotzdem ging sie nicht darauf aus sich ihr Brot bei anderen zu suchen, denn sie besaß große Kenntnisse, was die Schäden und Gebrechen der Menschen betrifft, und von allen Seiten kam man herbei, um sich ihren Rat zu holen. Sie war im Besitz geheimnisvoller Mittel, mit denen sie Wunden, Verrenkungen und andere Verstümmelungen zu heilen verstand. Sie tat wohl etwas zu groß damit, denn manchmal geschah es, dass sie jemanden von den seltsamsten Krankheiten befreit haben wollte, die er nie gehabt hatte. Ich, für meinen Teil, habe an alle diese Zauberkünste nicht recht geglaubt; ebenso wenig an das, was man sich alles von ihr erzählte. Dass sie z. B. bewirken könne, dass die Milch von einer guten Kuh in den Körper einer schlechten übergehe, mochte diese auch noch so alt und ungenügend ernährt sein.

Aber sie verstand sich auch auf gute und wirksame Heilmittel, die sie gegen Erkältungen anwandte. Dann hatte sie unfehlbare Pflaster für Schnitt- und Brandwunden und selbst bereitete Tränke gegen das Fieber. So konnte es gar nicht zweifelhaft sein, dass sie sich ein schönes Stück Geld verdiente und auch eine Menge von Kranken wieder herstellte, welche durch die Ärzte umgebracht sein würden, wenn sie sich deren Heilmethode unterzogen hätten. Wenigstens sagte sie dies, und Personen, denen sie einmal geholfen hatte, zogen es auch für die Zukunft vor, lieber ihr zu glauben, als dass sie es mit den Ärzten gewagt hätten.

Da man auf dem Lande nie in den Ruf der Weisheit kommen kann, wenn man sich nicht auch etwas auf Zauberei versteht, waren viele der Meinung, die Mutter Fadet verstehe noch mehr davon, als sie es Wort haben wolle. So schrieb man ihr auch die Macht zu, verlorene Sachen, ja sogar verlorene Personen wieder auffinden zu können. Kurz, da sie vielen Verstand und ein tüchtiges Urteil besaß, um in manchen Fällen, wo es nicht gegen die Möglichkeit stritt, jemanden aus einer Verlegenheit herauszuhelfen, folgerte man des Weiteren daraus, dass sie auch das Unmögliche bewirken könne.

Wie die Kinder gern allerlei Arten von Erzählungen anhören, so hatte Landry in la Priche, wo die Leute bekanntlich leichtgläubiger und einfältiger sind, als in la Cosse, davon reden hören, dass die Mutter Fadet, vermittelst eines gewissen Samenkornes, welches sie, einige Worte dabei murmelnd, ins Wasser werfe, den Leichnam eines Ertrunkenen wieder auffinden könne. Das Samenkorn schwamm dann obenauf und glitt mit dem Wasser fort, und an der Stelle, wo man es endlich liegen bleiben sah, konnte man sicher sein, den Körper des Verunglückten zu finden. Es gibt viele, die da glauben, dass geweihtes Brot dieselbe Eigenschaft habe, und es wird kaum eine Mühle geben, wo man nicht stets ein solches zu diesem Zwecke aufbewahrte. Landry indessen hatte keins, aber die Mutter Fadet wohnte ja ganz nahe bei der Wiese, und die Macht des Kummers schließt lange Überlegungen aus.

Wir sehen also Landry auf die Behausung der Mutter Fadet zu eilen. Er klagte ihr seine Not und bat sie mit ihm zu gehen, bis zu dem verhängnisvollen Einschnitt am Ufer des Flusses, um zu versuchen, ob sie ihm durch ihr Geheimmittel nicht dazu verhelfen könne, seinen Bruder wieder aufzufinden, sei es nun tot oder lebendig.

Mutter Fadet, der es durchaus nicht angenehm war, wenn ihr Ruhm übertrieben wurde, und die ihre Künste auch nicht gern umsonst benutzen ließ, lachte ihn aus und hieß ihn mit ziemlich barschen Worten weiter gehen. Es war ihr nicht recht gewesen, dass man auf dem Zwillingshofe, wenn die Frau der Entbindung nahe war, nicht sie, sondern die Sagette hatte kommen lassen.

Landry, der eine etwas stolze Natur war, würde zu jeder anderen Zeit vielleicht eine entsprechende Antwort gegeben haben, oder böse geworden sein. Jetzt aber war er so gebeugt, dass er ohne ein Wort der Erwiderung sich umwandte und nach dem Einschnitt zurückkehrte. Er war fest entschlossen auf dem Grunde des Flusses nachzusehen, obgleich er weder schwimmen noch untertauchen konnte. Wie er so mit gesenktem Kopfe und zu Boden gerichteten Blicken dahinschritt, fühlte er plötzlich, dass ihn jemand auf die Schultern schlug; als er sich umwandte, erblickte er die Enkelin der Mutter Fadet, welche in der Gegend die kleine Fadette genannt wurde, teils, weil dies ihr Familienname war, und teils, weil man meinte, dass sie auch etwas von der Zauberei verstehe. Es wird allen bekannt sein, dass Fadet oder der Farfadetto, an anderen Orten auch Poltergeist genannt, ein sehr niedlicher, aber etwas boshafter Kobold ist. Man nennt auch die Feen so, an die man aber bei uns zu Lande nicht recht mehr glauben will. Aber, was eine Fee, oder ein weiblicher Kobold sei, würde jeder beim Anblick der kleinen Fadette leicht begriffen haben. Sie war so klein, so mager, war so keck und hatte ein so zerzaustes Haar, dass jeder, der sie sah, einen Poltergeist vor sich zu haben glaubte. Sie war ein redseliges Kind von spöttischem Wesen, leicht beweglich wie ein Schmetterling, neugierig wie ein Rotkehlchen und sonnenverbrannt wie eine Grille.

Wenn ich die kleine Fadette mit einer Grille vergleiche, so will ich damit sagen, dass sie nichts weniger als schön war, denn diese arme kleine zirpende Sängerin der Felder ist noch hässlicher als die Heimchen an unserem Herde. Und doch, wer sich noch aus seiner Kinderzeit daran erinnert, mit einer Grille gespielt zu haben, sie in seinem Holzpantoffel herum rasen und schreien ließ, der wird es wissen, dass ihr Gesichtchen nicht eben dumm aussieht, und dass sie eher Lachlust als Zorn erregt. So kam es, dass die Kinder von la Cosse, die nicht einfältiger sind als andere, und auch eben so rasch damit bei der Hand sind, Ähnlichkeiten aufzufinden und Vergleiche anzustellen, die kleine Fadette, wenn sie diese in Zorn bringen wollten, die Grille nannten. Sie taten dies sogar manchmal aus Zuneigung; denn, obgleich sie dieselbe wegen ihrer Schelmerei ein wenig fürchteten, so waren sie ihr doch durchaus nicht abgeneigt, weil sie ihnen allerlei hübsche Geschichten zu erzählen, und immer wieder neue Spiele zu zeigen wusste, denn sie hatte einen erfinderischen Geist.

Aber über allen diesen Namen und Spitznamen hätte ich beinah vergessen ihren wirklichen Namen zu nennen, den sie in der Taufe erhalten hatte, und den meine verehrten Leser später vielleicht doch gern wissen möchten. Sie hieß also Franziska, und ihre Großmutter, die es nicht leiden konnte, die Namen zu verdrehen, nannte sie deshalb immer Fränzchen.

Da schon seit langer Zeit zwischen den Leuten auf dem Zwillingshofe und der Mutter Fadet eine gewisse Spannung herrschte, redeten die Zwillinge nicht viel mit der kleinen Fadette, ja, sie legten sogar ihr gegenüber eine gewisse Entfremdung an den Tag. Sie hatten nie sehr gern mit ihr gespielt; ebenso wenig mit ihrem Bruder, dem Grashüpfer, der noch magerer und boshafter war als sie, und der ihr überall am Rocke hing; wenn sie fortlief, ohne auf ihn zu warten, wurde er böse, und wenn sie sich über ihn lustig machte, geriet er in einen solchen Zorn, wie man ihn einem so kleinen Bengel nicht hätte zutrauen sollen, und versuchte es, mit Steinen nach ihr zu werfen. Sie ärgerte sich oft mehr über ihn, als sie selbst es wollte, denn sie war von heiterer Gemütsart und mochte gern über alles hinweglachen. In Bezug auf die Mutter Fadet machte man sich in der Gegend solche Vorstellungen, dass es gewisse Leute gab, und ganz besonders im Hause des Vaters Barbeau, die sich einbildeten, dass es ihnen Unglück bringen würde, wenn sie mit der Grille und dem Grashüpfer, oder wenn man es lieber hört, mit dem Heimchen und dem Heupferd, zu vielen Verkehr hielten. Dies verhinderte jedoch die Zwillinge nicht mit den beiden zu reden, denn sie ließen sich nicht so leicht in Schrecken jagen. Auch verfehlte die kleine Fadette nicht, sobald sie die beiden Brüder vom Zwillingshofe herankommen sah, sich ihnen schon von Weitem mit allerlei Possen und Neckereien zu nähern.

Neuntes Kapitel

Als der arme Landry sich etwas verdrossen über den Schlag, den man ihm eben auf die Schulter versetzt hatte, umwandte, erblickte er die kleine Fadette, und gleich hintendrein ihren Jeannet, den Grashüpfer, der ihr hinkend folgte, denn er war von Geburt an krüppelhaft und krummbeinig gewesen.

Anfangs wollte Landry, ohne auf die beiden zu achten, seines Weges gehen, denn er war gewiss nicht in der Stimmung auf andere Dinge einzugehen. Die Fadette aber rief, indem sie ihm noch einen zweiten Schlag auf die andere Schulter versetzte: »Seht! Seht! Den garstigen Zwilling, diese Hälfte von einem Burschen, der seine andere Hälfte verloren hat!«

Landry, der ebenso wenig in der Stimmung war sich beleidigen, wie sich necken zu lassen, drehte sich abermals um und versetzte der kleinen Fadette einen Schlag mit der Faust, den sie sicherlich gefühlt haben würde, wäre sie nicht rechtzeitig auf die Seite gesprungen, denn der Zwilling zählte seine fünfzehn Jahre, war kein Schwächling und wusste seine Hände zu gebrauchen. Die Fadette stand im vierzehnten Jahre und war so klein und zierlich gebaut, dass man sie für nicht älter als zwölf hätte halten können. Ihrem ganzen Aussehen nach hätte man denken sollen, sie müsse schon vom bloßen Anrühren zerbrechen.

Aber sie war zu gewitzigt und zu behände, um den Schlag zu erwarten, und was ihr beim Gebrauch ihrer Hände an Kraft gebrach, das ersetzte sie durch Gewandtheit, Schnelligkeit und List. Sie wusste so geschickt im richtigen Augenblick zur Seite zu springen, dass wenig daran fehlte und Landry wäre, durch die Wucht, mit der er zum Schlage ausgeholt hatte, mit der Nase auf einen großen Baum gestürzt.

»Du böse Grille,« rief der arme Zwilling, außer sich vor Zorn, »du musst gar kein Herz haben, dass du mit jemandem, der einen so großen Schmerz hat, wie der meinige ist, noch deine Neckereien treiben kannst. Schon seit geraumer Zeit nennst du mich immer einen halben Burschen, nur um mich zu ärgern. Ich wäre heute grade dazu aufgelegt, dich in vier Stücke zu zerreißen, dich und deinen abscheulichen Grashüpfer, nur um einmal zu sehen, ob ihr beide zusammen wohl den vierten Teil von etwas Richtigem ausmachen würdet.«

»Da seht einmal den schönen Zwilling vom Zwillingshofe, den Herrn von der Schilfwiese an den Ufern des Flusses,« gab die kleine Fadette spöttelnd zurück. »Du bist wirklich recht dumm, so böse mit mir zu sein, da ich dir doch Nachricht von deinem Zwillingsbruder geben wollte und dir sagen, wo du ihn wieder finden kannst.

»Das ist freilich etwas anderes,« sagte Landry in rasch besänftigtem Tone, wenn du das weißt, Fadette, dann sage es mir, und ich werde es dir sicherlich Dank wissen.«

»Jetzt gibt es weder eine Fadette noch eine Grille mehr, die Lust haben könnte, deinen Wunsch zu erfüllen,« gab die Kleine zur Antwort. »Du hast mich mit Schmähungen beleidigt, und wenn du nicht so schwerfällig und ungeschickt wärest, hättest du mich noch dazu geschlagen. Suche dir also deinen Tropf von Zwilling nur allein; wenn du klug genug bist, wirst du ihn schon finden.«

»Ich bin sehr dumm, dich noch weiter anzuhören, du boshaftes Ding!« sagte Landry, indem er ihr den Rücken kehrte und sich wieder auf den Weg machte. »Du weißt nicht mehr davon, wo mein Bruder ist, als ich selbst, und du bist in solchen Dingen auch nicht klüger, als deine Großmutter, die eine alte Lügnerin ist, und weiter nichts.«

Aber die kleine Fadette, den Grashüpfer – dem es gelungen war sie wieder zu erreichen, und sich an ihren alten, ganz mit Asche beschmutzten Rock zu hängen – an der Hand mit sich fortziehend, schickte sich an, hinter Landry herzugehen. Dabei hörte sie nicht auf ihn zu necken, und rief ihm unaufhörlich zu, dass er ohne sie seinen Zwilling niemals wiederfinden würde. Sie war so eifrig bei diesen Neckereien, dass Landry sie gar nicht los werden konnte und sich einbildete, ihre Großmutter und vielleicht auch sie selbst würden durch irgendeine Zauberei oder durch eine Verbindung mit dem Geist des Flusses, es ihm unmöglich machen, Sylvinet wieder aufzufinden. Er fasste deshalb kurzweg den Entschluss, über die Schilfwiese nach Hause zurückzukehren.

Die kleine Fadette folgte ihm bis zu dem hölzernen Drehkreuz der Wiese, und als er hindurchgeschritten war, setzte sie sich wie eine Elster auf einen der Querbalken und spottete ihm nach: »Leb wohl! Du schöner Zwilling ohne Herz, der seinen Bruder im Stich lässt. Du kannst lange darauf warten, bis er zum Abendessen kommt; du wirst ihn heute nicht mehr sehen, und morgen ebenso wenig: denn wo er jetzt liegt, da rührt er sich so wenig wie ein Stein, und sieh nur! Wie das Gewitter droht. Noch in dieser Nacht wird es die Bäume in den Fluss schleudern, und der Fluss wird Sylvinet mit davon tragen, so weit, ach! So weit, dass du ihn niemals wieder finden kannst.

Alle diese schrecklichen Reden, die Landry gleichsam trotz seiner selbst, anhören musste, bewirkten, dass ihm am ganzen Körper der kalte Schweiß ausbrach. Er glaubte nicht unbedingt an das, was die Grille sagte, aber schließlich stand die Familie Fadet im Ruf, ein Bündnis mit dem Teufel zu haben, sodass man doch nicht recht sicher sein konnte, was man davon halten sollte.

»Höre Fränzchen, sagte Landry, indem er stehen blieb, »willst du mich in Ruhe lassen, ja oder nein? Oder willst du so gut sein, es mir zu sagen, wenn du wirklich etwas von meinem Bruder weißt?«

»Und was willst du mir dann geben, wenn ich dir helfe ihn wieder zu finden, noch ehe es anfängt zu regnen?« sagte die Fadette und richtete sich auf dem Querbalken des Drehkreuzes gerade in die Höhe, die Arme hin- und herbewegend, als ob sie im Begriff wäre, davon zu fliegen.

»Landry wusste nicht, was er ihr dann nur versprechen könne, und es kam ihm der Gedanke, dass sie es darauf abgesehen habe, Geld von ihm zu erpressen. Aber der Wind, der in den Bäumen rauschte, und der Donner, der zu rollen begann, regten ihm das Blut auf, dass er wie von Fieberangst ergriffen war. Nicht, als ob er das Gewitter gefürchtet hätte, aber wirklich der Sturm war so plötzlich und in einer so sonderbaren Weise losgebrochen, dass es ihm nicht mehr mit rechten Dingen zuzugehen schien. Vielleicht aber auch hatte Landry in seiner Herzensangst nicht bemerkt, wie es hinter den Bäumen am Ufer des Flusses heraufgezogen war. Seit zwei Stunden war er nicht aus der Tiefe des Talgrundes herausgekommen, und so hatte er den Himmel nicht mehr überblicken können, als in dem Augenblick, da er die Höhe erreichte. Wirklich, er hatte keine Ahnung von der Nähe des Gewitters gehabt, als bis die kleine Fadette ihn darauf aufmerksam machte. In demselben Augenblicke blies auch der Wind ihren Rock in die Höhe; unter ihrer stets schlecht befestigten, schief auf einem Ohr sitzenden Haube, glitten ihre hässlichen schwarzen Haare hervor, und flatterten wie eine gesträubte Mähne empor. Ein heftiger Windstoß hatte dem Grashüpfer die Kappe entführt, und nur mit großer Mühe hatte es Landry verhindern können, dass nicht auch ihm der Hut vom Kopfe gerissen wurde.

Jetzt hatte sich der Himmel in zwei Minuten ganz schwarz überzogen, und die kleine Fadette, welche auf der hölzernen Planke aufrecht dastand, erschien Landry zweimal so groß als sonst. Endlich ergriff ihn, es lässt sich nicht leugnen, wirklich die Angst.

»Fränzchen,« rief er ihr zu, »wenn du mir meinen Bruder wieder gibst, verspreche ich dir, was du willst. Vielleicht hast du ihn gesehen. Du weißt vielleicht, wo er ist. Sei ein gutes Mädchen, Fränzchen. Ich begreife nicht, wie du ein Vergnügen daran finden kannst, meinen Schmerz zu sehen. Zeige mir, dass du ein gutes Herz hast, und ich glaube dann auch, dass du besser bist, als deine Reden und als du aussiehst.«

»Und warum sollte ich für dich ein gutes Mädchen sein?« gab sie zur Antwort, »wenn du mich so schlecht behandelst, ohne dass ich dir je etwas zuleide tat! Warum sollte ich ein gutes Herz haben für die beiden Zwillinge, die so aufgeblasen sind, wie ein paar Hähne, und die mir noch nie die geringste Freundschaft erzeigt haben?«

»So komm doch, Fadette,« sagte Landry, »du willst ja, dass ich dir etwas verspreche; sage mir rasch, was du haben möchtest, und ich werde es dir geben. Willst du mein neues Messer haben?«

»Zeig es mir einmal,« sagte die Fadette, und hüpfte wie ein Frosch an seine Seite.

Und als sie das Messer gesehen hatte, welches Landrys Pate auf der letzten Messe für zehn Sous gekauft hatte, gelüstete es sie einen Augenblick nach dessen Besitz. Gleich darauf aber fand sie, dass es zu wenig sei und fragte, ob er ihr nicht lieber seine kleine weiße Henne geben möchte, die nicht größer als eine Taube war, und befiedert bis auf die Spitzen der Zehen.

»Ich kann dir das weiße Huhn nicht versprechen, weil es meiner Mutter gehört,« antwortete Landry; »aber ich verspreche dir, dass ich sie darum bitten werde, es dir zu schenken, und ich stehe dafür, dass meine Mutter sich nicht weigern wird; denn es wird sie so glücklich machen, Sylvinet wieder zu sehen, dass es nichts geben kann, was ihr zu gut wäre, um dich zu belohnen.«

»Ho! Ho!« rief die kleine Fadette, und wenn ich nun Lust hätte, eure Ziege mit der schwarzen Nase zu verlangen, würde die Mutter Barbeau mir wohl auch diese geben?«

»Gott! Mein Gott! Fränzchen, wie lange du brauchst, um dich zu entschließen! Höre nur, das alles ist mit einem Worte abgetan: Wenn mein Bruder in Gefahr ist und du mich augenblicklich zu ihm führst, dann gibt es auf unserem ganzen Hofe keine Henne, kein Hühnchen, keine Ziege noch ein Böckchen, das mein Vater und meine Mutter dir aus Dankbarkeit nicht gern geben würden.«

»Nun gut! Landry, das werden wir ja sehen, sagte die kleine Fadette, ihre kleine magere Hand dem Zwilling darreichend, damit er, zum Zeichen, dass die Sache abgemacht sei, die seinige hineinlegen solle. Er tat dies, aber nicht, ohne ein wenig dabei zu zittern, denn in diesem Augenblicke wurden ihre Augen so feurig, dass man hätte sagen sollen, sie sei der leibhaftige Kobold. »Ich werde dir jetzt nicht sagen, was ich von dir will; vielleicht weiß ich es selbst noch nicht. Aber, dass du es nur ja im Sinn behältst, was du mir in diesem Augenblicke versprichst; und wenn du dem Versprechen nicht hältst, dann werde ich es allen Leuten sagen, dass man sich auf das Wort des Zwillings Landry nicht verlassen kann. Jetzt sage ich dir hier Adieu und vergiss ja nicht, dass ich nichts von dir verlangen werde, bis zu dem Tage, an dem ich zu dir komme, um das von dir zu verlangen, wofür ich mich entschieden habe, und du musst es dann ohne Zögern und ohne Widerstreben gewähren.«

»Einverstanden! Fadette, das ist abgemacht und so gut wie unterschrieben,« sagte Landry, indem er seine Hand in die ihrige legte.

»So ist's recht!« sagte sie mit stolzer und befriedigter Miene; »kehre jetzt gleich an das Ufer des Flusses zurück und gehe daran entlang, bis du ein Blöken hörst; und wo du dann ein wollreiches Lamm erblickst, da wirst du auch deinen Bruder finden. Wenn nicht alles so eintrifft, wie ich es dir jetzt gesagt habe, dann ist dir dein Wort zurückgegeben.«

Darauf nahm die kleine Fadette den Grashüpfer beim Arm, ohne darauf zu achten, dass es ihm nicht sonderlich zu behagen schien, und wie sehr er sich auch sträubte und zappelte, sprang sie mit ihm in das dichte Gebüsch hinein. Landry sah und hörte nichts mehr von ihnen, als ob er alles nur geträumt habe. Er verlor keine Zeit weiter darüber nachzudenken, ob die kleine Fadette vielleicht auch nur ihren Spott mit ihm getrieben habe. In atemloser Hast lief er zur Binsenwiese bis an den Ausschnitt; ohne hinunterzusteigen, ging er nur weiter daran entlang, denn er hatte diese Stelle schon hinlänglich untersucht, um sicher sein zu können, dass Sylvinet hier nicht war, aber, indem er sich davon entfernte, vernahm er das Blöken eines Lammes.

»Allbarmherziger Gott! Das Mädchen sagte es mir ja vorher: Ich höre das Blöken des Lammes, mein Bruder muss da sein. Aber der Himmel mag's wissen, ob er nun tot oder noch lebend ist.

Und er sprang auf den Grund des Einschnittes und drang in das Gesträuch ein. Von seinem Bruder war nichts zu entdecken; aber, indem er am Wasser entlang ging, etwa zehn Schritte weit, immer das Blöken des Lammes vernehmend, erblickte er auf der anderen Seite des Ufers seinen Bruder in sitzender Stellung. Auf dem Schoß hielt er in seiner Bluse wirklich ein Lamm, das schwarz und weiß gesprenkelt war von der Schnauze bis zur Spitze des Schwanzes.

Als Landry sah, dass sein Bruder lebte, und dass er weder im Gesicht, noch an seinen Kleidern irgendeine Spur von Verletzung trug, fühlte er sich unsäglich erleichtert und begann aus vollem Herzen Gott zu danken, ohne ihn zugleich um Verzeihung zu bitten, dass er, um dieses Glückes teilhaftig zu werden, seine Zuflucht zu den Künsten des Teufels genommen hatte. Grade, als er im Begriff war Sylvinet anzurufen, der ihn noch nicht sah und wahrscheinlich auch nicht hören konnte, wegen des rauschenden Wassers, das an dieser Stelle über die Kiesel lärmend dahinschoss, – blieb er stehen, um ihn zu betrachten. Er war erstaunt ihn gerade so zu finden, wie die kleine Fadette es ihm vorher gesagt hatte: unter den vom Winde heftig hin und hergeschleuderten Wipfeln der Bäume, saß er so regungslos da, als ob er selbst von Stein gewesen wäre.

Es ist allgemein bekannt, dass es gefährlich ist, an den Ufern unseres Flusses zu verweilen, wenn ein Sturm im Anzug ist. Die Ufer sind ganz unterhöhlt, und es bricht kein Gewitter aus, ohne dass nicht einige von den Erlen ausgerissen werden, die meistens, wenn sie nicht etwa sehr dick und alt sind, nicht tief im Boden wurzeln. Sie stürzen plötzlich nieder, ohne, dass man sich dessen versehen könnte. Sylvinet aber, der sonst nicht einfältiger oder unvorsichtiger war, als jeder andere, schien gar nicht an die Gefahr zu denken. Er achtete so wenig darauf, als ob er sich unter dem Schutz einer gut gebauten Scheune befunden hätte. Er war ganz erschöpft davon, dass er den ganzen Tag auf den Beinen gewesen und aufs Geratewohl umhergeschweift war. Wenn er sich auch glücklicherweise nicht in den Fluss gestürzt hatte, so saß er doch nun da, versunken in seinem Kummer und Verdruss, wie ein vom Wasser ausgeworfener Baumstamm, der hier zurückgeblieben war. Seine Augen waren starr auf den Fluss gerichtet, sein Gesicht so bleich wie eine Wasserlilie, den Mund hatte er halb geöffnet, wie man dies bei einem nach der Sonne aufschnappenden Fischlein sieht; und das Haar war vom Winde ganz zerzaust. Er achtete nicht einmal auf das kleine Lamm, dessen er sich erbarmte, als er es verirrt in den Wiesen aufgefunden hatte. In seiner Bluse hatte er es mitgenommen, um es an den Ort zurückzubringen, wohin es gehörte, aber unterwegs hatte er vergessen, sich darnach zu erkundigen. Er hielt es jetzt auf seinen Knien, ohne auf das klägliche Blöken des armen kleinen Tieres auch nur zu achten. Es blickte mit seinen großen klaren Augen umher, als ob es ganz erstaunt sei, von keinem anderen Tiere seiner Art gehört zu werden. Dieses große Wasser und dieser düstere, schattige Ort, der ganz mit hohem Grase bewachsen war, wo es weder seine Wiese, noch seine Mutter, noch seinen Stall entdecken konnte, mochten es wohl mit Furcht und Schrecken erfüllen.

Zehntes Kapitel

Wäre Landry nicht von Sylvinet durch den Fluss getrennt gewesen, der in seinem ganzen Laufe, wie man in der neueren Zeit zu sagen pflegt, nicht mehr als vier bis fünf Meter Breite hat, stellenweise aber ebenso tief wie breit ist – so würde er sicherlich ohne Weiteres seinem Bruder an den Hals geflogen sein. Da er von Sylvinet nicht einmal gesehen wurde, hatte er Zeit bei sich zu überlegen, auf welche Art er den in seine Träumereien versunkenen Bruder erwecken, und durch Überredung mit sich nach Hause zurückführen könne. Sobald dies nicht mit den Absichten des armen Trotzkopfes übereinstimmte, konnte dieser leicht nach einer anderen Seite hin entschlüpfen, und für Landry war es dann nicht so leicht, früh genug eine seichte Stelle oder einen Brückensteg zu finden, um den Flüchtling wieder einholen zu können.

Nachdem Landry eine Weile mit sich selbst zurate gegangen war, fragte er sich, wie sein Vater, der an Klugheit und Bedachtsamkeit vier anderen erfahrenen Männern gewachsen war, in solch einem Falle handeln würde. Er sagte sich sehr richtig, dass Vater Barbeau, ohne viel Aufhebens zu machen, ganz sachte dabei zu Werke gehen würde, damit Sylvinet nur ja nicht merken könne, wie sehr man seinetwegen in Angst gewesen sei. So blieb es diesem auch erspart eine allzugroße Reue zu empfinden, und ebenso wurde er nicht ermutigt, wenn er eines Tages wieder von seinem Verdruss gepackt werden sollte, aufs neue ein ähnliches Stückchen aufzuführen.

Er begann deshalb zu pfeifen, als ob er die Amseln hätte locken wollen, um sie zum Singen zu veranlassen, wie dies die Hirten zu tun pflegen, wenn sie beim Einbruch der Nacht ihre Herden an den Gebüschen vorübertreiben. Das Pfeifen veranlasste Sylvinet den Kopf zu erheben, und als er seinen Bruder erblickte, schämte er sich und stand rasch auf, sich mit dem Gedanken tröstend, dass er noch nicht gesehen worden sei. Landry tat nun, als ob er ihn erst in diesem Augenblicke bemerke und rief ihn an, ohne die Stimme dabei besonders zu erheben, denn das Rauschen des Wassers war nicht mehr so stark, um es zu erschweren, sich verständlich zu machen.

»He! Sylvinet, bist du da drüben? Den ganzen Morgen habe ich auf dich gewartet, und als ich sah, dass du für so lange Zeit fortgegangen warst, habe ich mich aufgemacht, um hier einen Spaziergang zu machen bis zum Abendessen, wo ich dann sicher darauf rechnete, dich wieder zu Hause zu finden; aber da bist du ja, und so wollen wir nun miteinander heimkehren. Wir wollen am Fluss entlang gehen, jeder auf der Uferseite, wo er sich jetzt befindet, und an der Strudelfurt treffen wir dann zusammen.« Dies war die Furt rechts von dem Häuschen der Mutter Fadette.

»Gehen wir also,« sagte Sylvinet, indem er das Lamm, dem er noch zu fremd war, als dass es ihm freiwillig gefolgt wäre, auf den Arm nahm. So gingen sie miteinander am Fluss hinunter, ohne dass sie es eigentlich gewagt hätten, sich anzublicken; so groß war ihre Furcht, etwas von dem Kummer merken zu lassen, den sie über das Bösesein empfunden hatten, oder die Freude zu verraten, die ihnen das Wiedersehen verursachte. Ohne sich im Gehen zu unterbrechen, richtete Landry, um den Schein zu vermeiden, als ob er an die Verstimmung seines Bruders glaube, von Zeit zu Zeit ein paar Worte an ihn. Zuerst fragte er, wo er das kleine gesprenkelte Lamm gefunden habe. Sylvinet wusste dies nicht recht zu sagen, denn er wollte nicht gestehen, wie weit er fortgegangen war, und dass er nicht einmal die Namen der Orte wusste, an denen er vorübergekommen war. Als Landry seine Verlegenheit bemerkte, sprach er zu ihm: »Du wirst mir das später erzählen; der Wind weht hier so heftig, und es ist nicht ratsam, sich unter den Bäumen am Flusse aufzuhalten. Aber, da fallen glücklicherweise schon Tropfen vom Himmel herunter; so wird es gewiss nicht lange mehr dauern, dass der Wind sich wieder legt.«

Für sich selbst sagte er dabei: »Es ist gerade so eingetroffen, wie die Grille es mir vorher sagte, dass ich ihn noch vor dem Regen wiederfinden würde. Soviel ist gewiss, dieses Mädchen versteht mehr als unsereins.«

Er dachte dabei aber nicht daran, dass er eine gute Viertelstunde damit verbracht hatte, sich mit der Mutter Fadet zu verständigen, als er sich mit seinen Bitten an sie gewendet, und sie sich geweigert hatte ihn anzuhören. Während dieser Zeit war es recht gut möglich, dass die kleine Fadette, die er nicht eher sah, als nachdem er das Häuschen verlassen hatte, Sylvinet gesehen haben konnte. Dies wurde ihm endlich klar; aber, wie war es nur möglich, dass sie, als sie ihn anredete, schon so gut wusste, warum er so bekümmert war, da sie doch nicht dabei gewesen war, als er sich vor der Alten darüber ausgesprochen hatte. Jetzt aber dachte er nicht daran, dass er schon mehrere Personen nach seinem Bruder gefragt hatte, bevor er noch auf die Binsenwiese gekommen war, und dass irgendjemand vor der kleinen Fadette davon gesprochen haben konnte; oder auch, dass diese das Ende seiner Unterredung mit der Großmutter mit angehört haben konnte, indem sie sich in der Nähe versteckt hielt, wie sie oft zu tun pflegte, um alles zu erfahren, was ihre Neugierde reizte.

Der arme Sylvinet dachte für sich auch darüber nach, wie er seinem Bruder und seiner Mutter gegenüber das Seltsame seines Benehmens erklären sollte, denn er hatte gar keine Ahnung davon, dass Landry sich nur verstellte, und er wusste nicht, welche Geschichte er ihm erzählen sollte, er, der in seinem ganzen Leben noch nicht gelogen, und der vor seinem Zwillingsbruder noch nie etwas verheimlicht hatte.

Es war ihm auch recht schlecht zumute, als er die Furt durchschritt, denn bis hierher war er nun gekommen, ohne etwas zu ersinnen, wie er sich aus der Verlegenheit heraushelfen sollte.

Sobald er das andere Ufer erreicht hatte, schloss Landry ihn in seine Arme, mit noch viel größerer Herzlichkeit, als er dies sonst zu tun pflegte. Aber er enthielt sich jeder weiteren Frage an seinen Bruder, da er recht wohl bemerkte, dass dieser nicht wusste, was er sagen sollte. So führte er ihn mit sich nach Hause zurück, indem er ihm von allen möglichen Dingen vorsprach, nur nicht von dem, was ihnen beiden am meisten im Sinne lag. Als sie am Hause der Mutter Fadet vorüberkamen, spähte er eifrig umher, ob die kleine Fadette nicht zu erblicken sei, und er fühlte sogar das Verlangen, ihr zu danken. Aber die Tür war verschlossen, und man hörte kein anderes Geräusch, als die heulende Stimme des Grashüpfers, der von seiner Großmutter durchgeprügelt wurde, was jeden Abend geschah, mochte er es verdient haben oder nicht.

Als Sylvinet diesen kleinen Burschen weinen hörte, fühlte er sich schmerzlich ergriffen, und er sagte zu seinem Bruder:

»Das ist ein abscheuliches Haus, wo man immer nur Schreien und Prügeln hört. Ich weiß wohl, dass es nicht leicht etwas Schlechteres und Ungezogeneres geben kann, als diesen Grashüpfer, und was die Grille betrifft, so wäre sie mir auch keine zwei Sous wert. Aber sie sind beide recht unglückliche Kinder, da sie weder Vater noch Mutter mehr haben und nur von dieser alten Hexe abhängen, die immer in Wut ist und ihnen nichts hingehen lässt.«

»Da ist's freilich nicht wie bei uns,« erwiderte Landry. »Noch nie haben wir den geringsten Schlag erhalten, vom Vater so wenig wie von der Mutter, und selbst, wenn man uns wegen unserer Kinderstreiche auszankte, geschah es in so sanfter und anständiger Weise, dass die Nachbarn nichts davon hörten. So gibt es Menschen, die in ihrem Glück gar nicht zu würdigen wissen, was sie vor anderen voraushaben; und doch, die kleine Fadette, welche das unglücklichste Kind auf Erden ist, und die so beispiellos schlecht behandelt wird, lacht immer, ohne sich je über etwas zu beklagen.«

Sylvinet verstand den Vorwurf und bereute sein Vergehen; schon seit dem Morgen hatte er diese Neue empfunden, und mehr als zwanzig Mal hatte ihn die Lust angewandelt nach Hause zurückzukehren, aber die Scham hatte ihn davon abgehalten. In diesem Augenblick wurde ihm das Herz schwer, und ohne etwas zu sagen, begann er zu weinen; aber sein Bruder nahm ihn bei der Hand und sprach zu ihm: »Sieh, wie stark es regnet, Sylvinet; wir wollen laufen, dass wir rasch zu Hause kommen.« Sie begannen also zu laufen; Landry gab sich alle Mühe Sylvinet zum Lachen zu reizen, und dieser, seinem Bruder zu gefallen, zwang sich auch dazu.

Als sie aber in Begriff waren in das Haus einzutreten, hätte Sylvinet sich gern in der Scheune verbergen mögen, denn er fürchtete sein Vater werde ihm Vorwürfe machen. Vater Barbeau aber, der die Dinge nicht so ernsthaft nahm wie seine Frau, begnügte sich damit ihn zu necken. Die Mutter Barbeau, die von ihrem Manne wohlweislich eine Lektion erhalten hatte, tat sich allen Zwang an vor ihrem Sohne die qualvolle Unruhe zu verbergen, die er ihr verursacht hatte. Indessen, während sie damit beschäftigt war, dafür zu sorgen, dass ihre Zwillinge sich vor einem tüchtigen

Feuer wieder trocknen konnten, und ihnen ein Abendessen vorzusetzen, erkannte Sylvinet deutlich, dass sie geweint hatte, und sah wie sie ihn von Zeit zu Zeit mit besorgter, kummervoller Miene betrachtete. Wäre er mit ihr allein gewesen, dann hätte er sie um Verzeihung gebeten, und würde sie so lange geliebkost haben, bis sie sich getröstet hätte. Aber der Vater Barbeau war nicht grade ein Freund von allen solchen Hätscheleien, und so sah Sylvinet, den die Müdigkeit überwältigte, sich genötigt, ohne etwas zu sagen, gleich nach dem Abendessen zu Bette zu gehen. Den ganzen Tag über hatte er nichts gegessen; sobald er deshalb sein Abendbrot, dessen er sehr bedurfte, hastig verzehrt hatte, fühlte er sich wie berauscht, sodass er gezwungen war, sich von seinem Zwillingsbruder entkleiden und ins Bett legen zu lassen. Dieser blieb dann auch bei ihm, und eine von Sylvinets Händen in der seinigen haltend, setzte er sich auf den Rand des Bettes.

Als Landry sah, dass sein Bruder fest eingeschlafen war, verabschiedete er sich von seinen Eltern, ohne zu bemerken, dass seine Mutter ihn mit größerer Zärtlichkeit küsste, als sie es sonst zu tun pflegte. Er hatte immer geglaubt, dass sie ihn nicht so liebe wie seinen Bruder, aber er war deshalb durchaus nicht eifersüchtig, denn er sagte sich, dass er ja auch viel weniger liebenswürdig sei, und dass er an ihrer Liebe den Anteil habe, der ihm zukomme. Er fügte sich in diesen Stand der Dinge, ebenso sehr aus Respekt vor seiner Mutter, wie aus Liebe zu seinem Zwillingsbruder, der ja ein viel größeres Bedürfnis nach Zärtlichkeiten und sanftem Zuspruch hatte, als er selbst.

Am folgenden Morgen eilte Sylvinet an das Bett seiner Mutter, noch bevor sie aufgestanden war, und sein Herz vor ihr ausschüttend, bekannte er ihr seine Reue und wie sehr er sich schäme. Er erzählte ihr, wie er sich seit einiger Zeit so unglücklich fühle, nicht so sehr, weil er von Landry getrennt sei, als vielmehr, weil er sich einbilde, Landry habe ihn gar nicht mehr lieb. Als seine Mutter ihn wegen dieser ungerechten Vermutung zur Rede stellte, war es ihm nicht möglich die Gründe anzugeben, wie er dazu gekommen sei. Sie hatte sich seiner bemächtigt, wie eine Krankheit, deren er sich nicht erwehren konnte. Die Mutter verstand ihn besser, als sie es sich merken lassen wollte, denn das Herz einer Frau ist derartigen Quälereien sehr leicht zugänglich, und sie selbst hatte es oft peinlich empfunden, wenn sie sah, wie Landry in seinem Mut und seiner Kraft so gelassen und fest war. Aber bei dieser Gelegenheit erkannte sie, dass die Eifersucht in jedem Verhältnis etwas Verkehrtes ist, selbst da, wo uns die Liebe von Gott am meisten geboten wird, und so hütete sie sich wohl, Sylvinet darin zu bestärken. Sie machte ihn darauf aufmerksam, einen wie großen Schmerz er seinem Bruder verursacht habe und auf dessen außerordentliche Güte, dass er sich nicht einmal darüber beklagt oder beleidigt gezeigt habe. Sylvinet sah dies alles ein und gab auch zu, dass Landry eine viel christlichere Gesinnung habe, als er selbst. Er versprach und nahm sich auch vor, dass er sich ändern wolle, wozu er jedenfalls den aufrichtigen Willen hatte.

Indessen trotz seiner selbst, und obgleich er eine getröstete und zufriedene Miene zur Schau trug, und seine Mutter noch überdies alle seine Tränen getrocknet und alle seine Klagen mit den kräftigsten Trostgründen widerlegt hatte, und er selbst auch sein möglichstes tat, sich seinem Bruder gegenüber einfach und natürlich zu benehmen, – so blieb in seinem Herzen doch ein Rest von Bitterkeit zurück. – »Mein Bruder,« sagte er sich unwillkürlich, »ist der bessere Christ und der Gerechtere von uns beiden; meine liebe Mutter hat es ja gesagt und es ist die Wahrheit; aber, wenn er mich ebenso lieb hätte, wie ich ihn, dann könnte er sich unmöglich so in die Verhältnisse hineinfügen, wie er es tut.« – Und hier gedachte er der ruhigen, beinah gleichgültigen Miene, welche Landry angenommen hatte, als er ihn am Ufer des Flusses aufgefunden hatte. Er erinnerte sich daran, wie Landry, als er nach ihm suchte, den Amseln gepfiffen hatte, und das grade in dem Augenblick, wo er selbst wirklich daran dachte, sich in den Fluss zu stürzen. Wenn er diesen Gedanken auch noch nicht gehabt hatte, als er das Haus verließ, so war er ihm gegen Abend doch wiederholt gekommen, als er sich mit der Einbildung quälte, sein Bruder werde es ihm niemals verzeihen, dass er ihm getrotzt habe und zum ersten Mal in seinem Leben ausgewichen sei. »Wäre es Landry gewesen, der mir eine solche Beleidigung zugefügt hätte,« sagte er bei sich, »so würde ich mich nie wieder darüber beruhigt haben. Ich bin sehr glücklich, dass er mir verzeiht, aber ich hätte doch nicht geglaubt, dass er es tun würde.« Mit solchen Gedanken quälte das unglückliche Kind sich ab und konnte nicht fertig werden damit und hörte nicht auf zu seufzen.

Allein, wie Gott uns belohnt und seine Hilfe nicht versagt, sobald wir nur den ernsten Willen haben, ihm wohlgefällig zu sein, so geschah es auch, dass Sylvinet während der übrigen Zeit des Jahres vernünftiger wurde. Er vermied es mit seinem Bruder zu streiten und zu schmollen und liebte ihn schließlich in einer stilleren und friedlicheren Weise, sodass seine Gesundheit, welche durch alle diese Aufregungen gelitten hatte, wieder hergestellt und gekräftigt wurde. Sein Vater, welcher bemerkte, dass Sylvinet sich um so besser befand, je weniger er sich mit sich selbst beschäftigen konnte, sorgte dafür, ihn mehr zur Arbeit zu verwenden. Aber die Arbeit im elterlichen Hause ist nie so hart und schwer wie die, welche man bei Fremden auf Befehl zu verrichten hat. So kam es auch, dass Landry, der sich nicht eben schonte, an kräftiger Entwickelung in Wuchs und Gliederbau seinen Zwillingsbruder in diesem Jahre überholte. Die kleinen Verschiedenheiten, welche stets zwischen ihnen bemerkbar gewesen waren, traten immer deutlicher hervor, und übertrugen sich auch von ihrem Wesen auf die äußere Erscheinung. Nachdem sie das fünfzehnte Jahr überschritten hatten, gestaltete sich Landry immer mehr zu einem durchaus schönen Burschen. Sylvinet blieb ein hübscher junger Mensch, viel zierlicher in Gestalt und Wuchs und viel weniger männlich in der Färbung des Gesichtes als sein Bruder. Auch kam es nie mehr vor, dass man sie miteinander verwechselte, und trotzdem sie sich noch immer ähnlich waren, wie zwei Brüder, so wurden sie doch nicht mehr auf den ersten Blick als Zwillinge erkannt. Landry galt für den Jüngsten, weil er eine Stunde nach Sylvinet geboren war. Aber Personen, welche die beiden zum ersten Mal sahen, hielten ihn stets für ein oder zwei Jahre älter als seinen Bruder. Dies trug dazu bei, den Vater Barbeau in seiner Vorliebe für ihn zu bestärken, denn nach Art der Landleute schätzte dieser vor allem die Kraft und einen stattlichen Wuchs als die Hauptsache.

Elftes Kapitel

In der ersten Zeit nach der Begegnung Landrys mit der kleinen Fadette, fühlte sich dieser etwas bedrängt wegen des Versprechens, das er ihr gegeben hatte. In dem Augenblick, als sie ihn aus seiner Angst erlöst hatte, würde er sich im Namen seiner Eltern verpflichtet haben, alles herzugeben, was es nur Begehrenswertes auf dem Zwillingshofe geben mochte. Als er aber sah, dass der Vater Barbeau Sylvinets Verschwinden aus dem elterlichen Hause an jenem Tage keinen besonderen Wert beilegte und durchaus keine Besorgnis deshalb bezeigte, fürchtete er sehr, dass sein Vater, wenn die kleine Fadette käme die ausbedungene Belohnung zu fordern, sie vor die Thür setzen und ihrer schönen Kunst spotten würde, ebenso wie des ihr von Landry gegebenen Versprechens.

Diese Furcht bewirkte, dass Landry sich vor sich selbst schämte, und in dem Maße, wie sein Kummer sich verzog, kam er zu der Einsicht, dass er sehr einfältig sei, in dem, was ihm begegnet war, eine Zauberei zu erblicken. Es erschien ihm keineswegs ausgemacht, dass die kleine Fadette ihn zum Besten gehabt habe, sondern er fühlte recht gut, dass man darüber im Zweifel sein könne, und seinem Vater gegenüber fand er nicht die genügenden Gründe, um diesem zu beweisen, dass er recht getan habe eine so schwere Verbindlichkeit mit so lästigen Folgen auf sich genommen zu haben. Auf der anderen Seite sah er keinen Ausweg, wie er eine solche Verpflichtung brechen könne, da er sein Versprechen auf Treu und Glauben beschworen hatte.

Aber zu seinem großen Erstaunen hörte er so wenig am Morgen nach der Begebenheit, wie in dem Monat, noch in der ganzen darauffolgenden Jahreszeit von der kleinen Fadette auch nur reden, weder auf dem Zwillingshofe noch in la Priche. Sie erschien nicht bei dem Vater Caillaud, um mit Landry reden zu wollen; auch bei dem Vater Barbeau ließ sie sich nicht blicken, um irgendetwas zu verlangen. Wenn Landry sie von Weitem in den Feldern erkannte, ging sie nicht auf ihn zu, ja sie schien ihn nicht einmal zu beachten, was ganz gegen ihre Gewohnheit war, denn sonst pflegte sie allen nachzulaufen, sei's nun aus Neugierde, um sie zu betrachten, oder um zu lachen und mit denen, welche guter Laune waren zu spielen und zu scherzen; oder auch um die Gesetzten und Ernsthaften zu necken und zu verhöhnen.

Das Haus der Mutter Fadet lag in gleicher Entfernung zwischen la Priche und la Cosse; so war es fast unvermeidlich, dass Landry an dem einen oder anderen Tage auf irgendeinem Wege Aug in Auge mit der kleinen Fadette zusammentreffen musste. Und wenn der Weg nicht breit war, würde man sich notwendigerweise die Hand reichen, oder im Vorübergehen ein Wort miteinander wechseln müssen.

Eines Abends, als die kleine Fadette ihre Gänse zu Hause trieb, und der Grashüpfer ihr wie immer auf den Fersen folgte, fand solch eine Begegnung statt. Landry hatte die Stuten von der Wiese geholt und führte sie ganz ruhig nach la Priche zurück. So war es ganz natürlich, dass sie auf dem schmalen Pfade, der von dem Kreuzbusche nach der Strudelfurt hinabführt, zusammentrafen. Da dieser Pfad von zwei Felsenwänden eingeschlossen ist, war an ein Ausweichen gar nicht zu denken. Landry wurde dunkelrot aus Furcht, dass er gleich an sein Wort erinnert werden könnte. Um die kleine Fadette nur ja nicht zu ermutigen, sprang er, sobald er sie erblickt hatte, auf eins der Pferde, und spornte es mit seinen Holzschuhen, um es in Trab zu versetzen. Da aber die Pferde alle im Schritt hintereinander hergingen, konnte das, auf welches er sich geschwungen hatte, trotz alledem sich nicht schneller fortbewegen, als die anderen. Als Landry der kleinen Fadette ganz nahe gekommen war, wagte er es nicht sie anzublicken; er machte Miene sich umzuwenden, als hätte er sehen wollen, ob die Füllen ihm auch folgten. Als er wieder grade vor sich hinblickte, war die kleine Fadette schon an ihm vorüber, ohne ihm etwas gesagt zu haben; er wusste gar nicht einmal, ob sie ihn überhaupt angesehen, oder durch Blicke oder Lächeln dazu aufgefordert hatte, ihr guten Abend zu sagen. Er sah nur, dass Jeanet, der Grashüpfer, der immer ungezogen und boshaft war, einen Stein aufhob, um ihn zwischen die Beine des Pferdes zu werfen. Landry hatte nicht übel Lust ihm einen Hieb mit der Peitsche zu versetzen, aber er fürchtete sich dadurch einen Aufenthalt zu veranlassen und eine Erklärung mit der Schwester herbeizuführen. Er tat also, als ob er den Stein gar nicht bemerkt hätte und ritt weiter, ohne sich umzusehen.

So oft Landry der kleinen Fadette begegnete, geschah es jedes Mal ungefähr in derselben Weise. Nach und nach fasste er den Mut sie anzusehen; denn in dem Maße wie er älter und vernünftiger wurde, hörte er auf, sich wegen einer so unbedeutenden Angelegenheit zu beunruhigen. Aber, als er es über sich gewonnen hatte sie anzublicken, bemerkte er zu seinem Erstaunen, dass dieses Mädchen absichtlich den Kopf von ihm abwandte, als ob sie vor ihm dieselbe Furcht habe, wie er vor ihr. Dies gab ihm seinen vollen Mut zurück, und da er das Herz auf dem rechten Fleck hatte, fragte er sich, ob es von seiner Seite nicht ein großes Unrecht gewesen sei, dass er ihr nie gedankt habe für die überschwängliche Freude, die sie ihm verschafft hatte, mochte nun höheres Wissen, oder nur der Zufall dabei im Spiele gewesen sein. So fasste er den Entschluss, das nächste Mal, wenn er sie wieder sehen würde, sie anzureden. Die Gelegenheit ließ nicht lange auf sich warten, und er ging ihr dann auf zehn Schritte weit entgegen um ihr einen guten Tag zu wünschen und mit ihr zu plaudern.

Aber, als er an sie herantrat, nahm die kleine Fadette eine stolz abweisende, beinah beleidigte Miene an. Als sie sich endlich entschloss ihn anzublicken, tat sie dies in einer so geringschätzigen Weise, dass er ganz außer Fassung geriet, und nicht wagte, auch nur noch ein Wort an sie zu richten.

Dies war in jenem Jahre das letzte Mal, dass Landry ihr so in der Nähe begegnete, denn von diesem Tage an vermied die kleine Fadette, durch irgendeine besondere Idee dazu bestimmt, ihn so geflissentlich, dass, sobald sie ihn nur von Weitem kommen sah, sie sofort nach einer anderen Richtung hin verschwand. Um nur ja nicht mit ihm zusammenzutreffen trat sie dann in ein Gehöft ein, oder sie machte einen großen Umweg. Landry glaubte, sie sei böse, weil er undankbar gegen sie gewesen war; aber er empfand ein so großes Widerstreben, dass er sich gar nicht entschließen konnte irgendeinen Versuch zu wagen, sein Unrecht wieder gut zu machen. Die kleine Fadette war keineswegs mit anderen Kindern zu vergleichen. Sie war von Natur nicht misstrauisch; ja, sie war dies sogar viel zu wenig, denn sie fand ein Vergnügen darin zu Neckereien und Spöttereien herauszufordern. Im Bewusstsein ihrer gewandten Zunge, fühlte sie sich vollkommen gewachsen, darauf erwidern zu können und stets das letzte und das schlagendste Wort zu behalten. Man hatte nie erlebt, dass sie etwas nachgetragen hätte, und man machte ihr den Vorwurf, dass sie nicht den richtigen Stolz habe, der doch jedem Mädchen gezieme, sobald es fünfzehn Jahre zählt und sich als etwas in der Welt zu fühlen beginnt. Sie benahm sich noch immer wie ein mutwilliger Bube. Oft pflegte sie sogar Sylvinet, wenn sie ihn bei seinen Grübeleien überraschte, denen er noch manchmal hingegeben war, durch Neckereien außer sich zu bringen und zum äußersten zu treiben. Wenn sie ihm begegnete, ging sie stets eine Strecke Weges weit hinter ihm her, über seinen Zwillingshof spöttelnd, und ihm das Herz auf die Folter spannend, indem sie ihm sagte, dass Landry ihn nicht liebe und sich über seinen Schmerz nur lustig mache. Der arme Sylvinet, der noch mehr als Landry daran glaubte, dass sie eine Hexe sei, war erstaunt wie genau sie seine Gedanken erraten konnte, und deshalb verabscheute er sie von ganzem Herzen. Er verachtete sie und ihre Angehörigen, und in derselben Art, wie sie bemüht war Landry auszuweichen, so wich Sylvinet dieser bösen Grille aus. Sie werde, wie er sagte, früher oder später dem Beispiel ihrer Mutter folgen, die einen schlechten Lebenswandel geführt und ihren Mann verlassen hatte und schließlich den Soldaten gefolgt war. Kurze Zeit nach der Geburt des Grashüpfers war sie als Marketenderin fortgegangen, und seitdem hatte man nie mehr etwas von ihr gehört. Ihren Mann hatten der Kummer und die Schande unter die Erde gebracht, und so war es gekommen, dass die alte Mutter Fadet genötigt war, sich mit den Kindern zu belasten. Freilich sorgte sie sehr schlecht dafür, teils weil sie zu knickerig war, und teils wegen ihres vorgerückten Alters, welches ihr kaum gestattete sie zu überwachen und für die notdürftigste Reinlichkeit zu sorgen.

Aus allen diesen Gründen empfand Landry, obgleich er viel weniger hochmütig war, als Sylvinet, einen Widerwillen gegen die kleine Fadette. Er bedauerte überhaupt Beziehungen zu ihr gehabt zu haben, und hütete sich wohl irgendetwas darüber verlauten zu lassen. Sogar vor seinem Zwillingsbruder, dem er freilich auch nicht gestehen wollte, in welcher Unruhe er seinetwegen gewesen war, hielt er dies sorgfältig geheim. Sylvinet seinerseits sagte seinem Bruder nichts von alle den boshaften Neckereien, womit die kleine Fadette ihn verfolgte; er schämte sich zu gestehen, dass sie seine Eifersucht erraten habe.

So verging die Zeit. In dem Alter, worin unsere Zwillinge standen, erschienen die Wochen wie Monate und die Monate wie Jahre, wenigstens was die Veränderung betrifft, welche sich in Körper und Geist vollzieht. Es dauerte nicht lange, so hatte Landry das verhängnisvolle Abenteuer vergessen, und nachdem er sich eine Weile mit der Erinnerung an die Fadette herumgequält hatte, dachte er nicht mehr daran, als ob alles nur ein Traum gewesen wäre.

Es waren nun schon beinah zehn Monate verflossen, seit Landry in la Priche in den Dienst gekommen war, und der Johannistag, an welchem sein Kontrakt mit dem Vater Caillaud abgeschlossen war, rückte immer näher heran. Dieser brave Mann war so zufrieden mit ihm, dass er entschlossen war ihm lieber den Lohn zu erhöhen, als ihn fortgehen zu sehen. Landry selbst wünschte sich nichts Besseres, als in der Nähe seiner Familie bleiben zu können, und seinen Kontrakt mit den Leuten in la Priche, die ganz nach seinem Sinne waren, zu erneuern. Es war sogar eine kleine Liebschaft im Anzuge mit einer Nichte des Vaters Caillaud, welche sich Madelon nannte, und die ein sehr hübsches Mädchen war. Sie war um ein Jahr älter als er, und sie behandelte ihn noch ein wenig als Kind; aber das wurde mit jedem Tage anders! Im Anfang des Jahres hatte sie über ihn gelacht, wenn er sich schämte, sie beim Spiel oder beim Tanz zu küssen. Jetzt, gegen das Ende des Jahres errötete sie, statt dass sie ihn dazu aufgefordert hätte, und sie mochte nicht mehr allein mit ihm sein, weder im Stall noch auf dem Heuboden. Die Madelon war nichts weniger als arm, und mit der Zeit hätte es zwischen ihnen beiden wohl zu einer Heirat kommen können. Ihre beiderseitigen Familien hatten einen sehr guten Ruf und waren in der ganzen Gegend geachtet. Endlich, als der Vater Caillaud bemerkte, wie die beiden jungen Leute begannen sich zu suchen und doch wiederum voreinander fürchteten, sagte er eines Tages zum Vater Barbeau, dass die beiden ein schönes Paar sein würden, und dass es nicht schaden könne, wenn man es ihnen vergönne eine dauernde Freundschaft zu schließen.

So kamen die Väter der beiden Familien acht Tage vor Johanni dahin überein, dass Landry in la Priche und Sylvinet bei seinen Eltern bleiben sollte. Dieser war nämlich wieder zur Vernunft gekommen, und als der Vater Barbeau am Fieber darniedergelegen hatte, wusste er sich bei den Feldarbeiten sehr nützlich zu machen. Er war überhaupt in großer Angst von Hause fortgeschickt zu werden, und diese Furcht hatte sehr vorteilhaft auf ihn gewirkt. Er bemühte sich immer mehr das Übermaß seiner Freundschaft für Landry zu unterdrücken, oder wenigstens so weit zu beherrschen, damit man nicht zu viel davon bemerken konnte. So waren also auf dem Zwillingshofe der Friede und die Ruhe wieder eingekehrt, obgleich die Brüder sich nicht öfter sahen, als ein oder zweimal die Woche.

Der Johannistag war für sie ein Tag der Freude; sie gingen miteinander in die Stadt, um die Vermietung der Dienstboten von Stadt und Land mit anzusehen, und dann das Fest mit zu feiern, welches auf dem großen Platze stattfand. Landry tanzte wiederholt mit der schönen Madelon, und Sylvinet versuchte, seinem Bruder zuliebe, auch zu tanzen. Es gelang ihm nicht gerade zum besten; aber Madelon, die voller Aufmerksamkeit für ihn war, nahm ihn bei der Hand und zeigte ihm die verschiedenen Bewegungen. Sylvinet, der sich auf diese Weise in der Nähe seines Bruders befand, versprach, dass er gut tanzen lernen wolle, damit er an einem Vergnügen teilnehmen könne, bei dem er seinem Bruder bisher hinderlich gewesen war.

Wegen der Madelon empfand er bis jetzt keine besondere Eifersucht, denn Landry beobachtete ihr gegenüber noch ein zurückhaltendes Benehmen. Außerdem war die Madelon auch darauf bedacht, Sylvinet zu schmeicheln und ihn zu ermutigen. Sie benahm sich ihm gegenüber ganz ungezwungen und wer nicht mit der Sache vertraut war, würde gedacht haben, dass Sylvinet von den beiden Zwillingen der von ihr Bevorzugte sei. Landry hätte eifersüchtig darüber sein können, wenn die Eifersucht nicht seiner Natur zuwider gewesen wäre. Vielleicht war es aber auch ein gewisses Etwas, das ihm trotz seiner großen Unbefangenheit zuraunte, dass sich die Madelon in dieser Art benehme, nur um ihm ein Vergnügen zu machen, und um sich die Gelegenheit zu verschaffen, häufiger mit ihm zusammen zu sein.

So ging alles ungefähr drei Monate lang so gut, wie man es nur wünschen konnte, bis zu dem Tage des heiligen Andoche, des Schutzpatrones von la Cosse, dessen Feier in die letzten Tage des Septembers fällt.

Diese Feier war für die beiden Zwillinge von jeher ein großes herrliches Fest gewesen, weil dann unter den großen Nussbäumen des Kirchplatzes Tanz und allerlei Arten von Lustbarkeiten veranstaltet wurden. Jetzt sollte dieser Tag neue Verdrießlichkeiten für sie herbeiführen, von denen sie sich nichts hatten träumen lassen.

Der Vater Caillaud hatte Landry erlaubt, schon am Vorabende nach dem Zwillingshof zu gehen, um dort zu schlafen und in aller Frühe dem Feste beiwohnen zu können. Vor dem Abendessen machte sich Landry auf den Weg, voller Vergnügen darüber, seinen Zwillingsbruder zu überraschen, der ihn erst am folgenden Morgen erwartete. Man war jetzt in der Jahreszeit, wo die Tage beginnen kürzer zu werden, und wo die Nacht plötzlich hereinbricht. Am hellen Tage hatte Landry sich noch niemals vor irgendetwas gefürchtet; aber er hätte nicht in seinem Alter stehen und aus seiner Gegend stammen müssen, wenn er gern zur Nachtzeit und allein hätte unterwegs sein mögen; besonders im Herbst, denn dies ist die Zeit, wo die Zauberer und Kobolde beginnen ihr Wesen zu treiben, weil die Nebel dazu beitragen ihre tückischen Streiche und ihre Zaubereien zu begünstigen. Landry war sonst durchaus daran gewöhnt zu jeder Stunde allein hinauszugehen, um seine Ochsen aus dem Stall zu führen, oder wieder heimzuholen; so war es ihm auch an diesem Abende nicht beklommener zumute als an jedem anderen. Er schritt also rasch dahin, aber mit lauter Stimme singend, wie man zu tun pflegt, wenn man sich im Finstern befindet, denn es ist bekannt, dass die Stimme des Menschen die schädlichen Tiere verscheucht und die bösen Leute in ihren Absichten stört.

Als er bis zu der Stelle gekommen war, welche wegen der vielen Kieselsteine, die sich dort angehäuft haben, die Strudelfurt genannt wird, streifte er sich die Beinkleider ein wenig in die Höhe, denn es konnte leicht sein, dass ihm das Wasser bis über die Knöchel gehen würde. Auch gab er wohl acht, nicht in gerader Richtung fortzuschreiten, weil die Furt sich in schräger Linie hinzieht, und weil es zur Rechten wie zur Linken böse Löcher gibt. Landry kannte die Furt so genau, dass es für ihn nicht leicht möglich war, sich über die Richtung zu irren. Überdies sah man von hier aus, zwischen den Bäumen hindurch, die mehr als zur Hälfte ihrer Blätter beraubt waren, den matten Lichtschimmer, der von dem Häuschen der Mutter Fadet ausging. Wenn man diesen Schimmer nur fest im Auge behielt und sich gerade in dieser Richtung fortbewegte, war keine Gefahr vorhanden, dass man die Furt nicht glücklich durchschreiten würde.

Es war unter den Bäumen so finster, dass Landry mit seinem Stocke nach der Furt herumtasten musste, bevor er den Fuß hineinsetzte. Er war erstaunt, sie wasserreicher zu finden, als gewöhnlich, um so mehr, da er das Geräusch der Schleusen hörte, die man seit einer guten Stunde geöffnet hatte. Da er aber das Licht von dem Fenster der Fadet vor sich sah, wagte er kühn einen Versuch. Aber schon nach zwei Schritten ging ihm das Wasser bis über die Knie, und er schritt wieder zurück in der Meinung, dass er die Richtung verfehlt haben müsse. Er versuchte es ein wenig weiter hinauf, und dann ein wenig weiter hinunter die Furt zu treffen, aber hier wie dort fand er das Wasser noch tiefer. Trotzdem es nicht geregnet hatte, rauschten die Schleusen immer fort. Es war wirklich höchst sonderbar.

Zwölftes Kapitel

»Es muss doch wohl sein,« dachte Landry bei sich, »dass ich den rechten Weg verfehlte und auf den Fahrweg geraten bin. Da sehe ich ja auch das Licht der Fadette zu meiner Rechten, das doch zu meiner Linken sein müsste.«

Er ging den Weg wieder zurück bis zu dem Hasenkreuze und umkreiste dasselbe mit geschlossenen Augen, um die bisherige Richtung zu verlieren. Als er dann die Bäume und das Gesträuch umher genau betrachtete, fand er den richtigen Weg und ging wieder an den Fluss zurück. Aber trotzdem es ihm schien, dass die Furt zu durchschreiten sei, wagte er sich doch nicht mehr als drei Schritte weit hinein, denn plötzlich bemerkte er, dass der Schein aus dem Hause der Fadette, den er doch grade vor sich haben musste, ihm beinah im Rücken stand. Er wandte sich zum Ufer zurück, und jetzt erschien ihm jener Lichtschimmer wieder an der Stelle, wo er seiner Vermutung nach hingehörte. Er durchschritt dann die Furt in einer etwas veränderten Richtung; aber diesesmal stieg ihm das Wasser bis beinah an den Gürtel. Indessen, er schritt immer weiter, denn er vermutete, dass er in ein Loch geraten sei, aus dem er, immer auf das Licht zugehend, wieder herauskommen müsse.

Er tat wohl daran endlich stehen zu bleiben, denn das Loch vertiefte sich immer mehr, und er befand sich schon bis an die Schultern im Wasser. Es war sehr kalt, und er fragte sich einen Augenblick, ob er nicht besser tun würde wieder umzukehren, denn das Licht schien ihm die Stelle gewechselt zu haben, und er sah sogar, wie es sich bewegte, lief, hüpfte und von dem einen Ufer auf das andere hinüber sprang. Schließlich erschien es verzweifacht, indem es sich im Wasser spiegelte, über dem es schweben blieb, wie ein Vogel, der sich auf seinen Flügeln wiegt; dabei ließ es ein leise knisterndes Geräusch vernehmen, wie es beim Verbrennen von Harzspänen entsteht.

Jetzt wurde Landry so von der Furcht ergriffen, dass er beinah den Kopf darüber verlor; er hatte schon sagen hören, dass es nichts Tückischeres und Boshafteres gebe, als solch ein Licht; dass es sein Spiel damit treibe, alle die es betrachten, sich verirren zu lassen und sie in die tiefste Strömung des Wassers hineinzuführen; und das alles unter fortwährendem eigentümlichem Gekicher, als ob es mit ihrer Todesangst seinen Spott treibe.

Landry schloss die Augen, um nur nichts mehr von dem unheimlichen Lichte zu sehen. Rasch wandte er sich um, und auf jede Gefahr hin aus dem Loch herausschreitend, kam er an das andere Ufer zurück. Hier streckte er sich auf das Gras hin und betrachtete das Irrlicht, das seinen Tanz und sein Gelächter weiter trieb. Es war wirklich schrecklich anzusehen. Bald schoss es dahin wie ein Eisvogel, und gleich darauf war es wieder ganz verschwunden. Ein anderes Mal dehnte es sich bis zur Größe eines Ochsenkopfes, und dann war es wieder so klein wie das Auge einer Katze. Es lief förmlich hinter Landry her und umkreiste ihn mit so rasender Geschwindigkeit, dass er förmlich davon geblendet wurde. Endlich, als es sah, dass Landry ihm nicht folgen wollte, kehrte es hüpfend in das Schilfrohr zurück, und es hatte den Anschein, als ob es sich ärgere und ihm Grobheiten an den Kopf werfen wolle.

Landry wagte nicht mehr sich zu regen, denn seinen Weg wieder aufzunehmen, wäre sicherlich nicht das richtige Mittel gewesen das Irrlicht zu verscheuchen. Man weiß ja, dass es hartnäckig dabei beharrt, denen nachzuhüpfen, die davon eilen und dass es sich ihnen quer in den Weg stellt, bis sie toll darüber werden und sich in irgendein böses Loch hineintreiben lassen. Landry klapperten die Zähne vor Furcht und Kälte; da hörte er plötzlich hinter sich ein zartes Stimmchen singen:

Kobold, du kleiner Kobold du,
Nimm dein Lichtlein und dein Horn dazu;
Ich trage den Mantel und die Kappe schön.
Die Hexe will zu ihrem Kobold gehn.

Gleich darauf erschien die kleine Fadette, die sich fröhlich anschickte, das Wasser zu durchschreiten, ohne Furcht oder Staunen über das Irrlicht zu verraten. Im Dunkeln stieß sie an Landry, der auf der Erde saß, und indem sie zurücktrat, fluchte sie dabei, dass es jedem darin geübten Burschen zur Ehre gereicht hätte.

»Ich bin es, Fränzchen,« sagte Landry, indem er aufstand. »Fürchte dich nicht, ich bin nicht dein Feind.«

Er sagte dies, weil er sich vor ihr beinah ebenso fürchtete, wie vor dem Irrlicht. Er hatte ihren Gesang gehört, und merkte wohl, dass sie eine Beschwörungsformel an das Irrlicht richtete. Dieses hüpfte und drehte sich im Kreise vor ihr wie toll und als ob es sich gefreut hätte sie wieder zu sehen.

»Ich sehe wohl, schöner Zwilling,« sagte darauf die kleine Fadette, nachdem sie sich ein wenig besonnen hatte, »dass du mir schmeicheln willst, weil du vor Furcht halb tot bist. Grade wie meiner alten Großmutter zittert dir die Stimme in der Kehle. Komm, du armer Bursch, bei Nacht ist man nicht so stolz als bei Tage, und ich wette, du wagst nicht, ohne mich durch das Wasser zu gehen.«

»Ja, wahrhaftig! Ich komme grade heraus,« sagte Landry; »beinah wäre ich darin umgekommen. Wirst du dich denn hineinwagen, Fadette? Fürchtest du dich nicht die Furt zu verfehlen?«

»Oh, wie sollte ich die verfehlen? Aber, ich sehe es ja schon, was dich in Angst bringt,« gab die kleine Fadette lachend zurück. »Komm her, du Feigling, gib mir die Hand; das Irrlicht ist nicht so böse, wie du glaubst, und es tut nur solchen etwas zuleide, die sich vor ihm fürchten. Ich, ich bin daran gewöhnt es zu sehen, und wir beide kennen uns.«

Und nun zog sie ihn mit größerer Kraft, als Landry ihr zugetraut hätte, am Arm mit fort und führte ihn laufend in die Furt hinein, dabei singend:

Ich trage den Mantel und die Kappe schön.
Die Hexe will zu ihrem Kobold geh«!

Landry wurde es in der Gesellschaft der kleinen Zauberin nicht besser zumute, als in der des Irrlichtes. Indessen war es ihm doch lieber den Teufel in der Gestalt eines Wesens von seiner eigenen Art zu sehen, als in der eines so heimtückischen und unsteten Lichtes. Er folgte also ohne Widerstreben der gegebenen Aufforderung und war bald wieder beruhigt, indem er merkte, dass die Fadette ihn so gut führte, dass er trockenen Fußes über die Kieselsteine hinschreiten konnte. Da sie aber beide rasch vorwärtsgingen, und dadurch einen stärkeren Luftzug verursachten, bewirkten sie, dass das Irrlicht beständig hinter ihnen herzog. Der Schulmeister bei uns zu Lande, der mehr von solchen Dingen weiß, nennt es ein Meteor, und er versichert, dass man sich durchaus nicht davor zu fürchten braucht.

Dreizehntes Kapitel

Es konnte sein, dass auch die Mutter Fadet derartige Kenntnisse besaß, und dass sie ihre Enkelin darüber belehrt hatte, nichts von diesen nächtlichen Wanderlichtern zu befürchten. Vielleicht aber auch, weil diese in der Nähe der Furt sehr häufig waren, hatte sich bei der kleinen Fadette, die also daran gewöhnt war sie zu sehen, die Vorstellung gebildet, dass der Geist, der sie entzünde durchaus kein böser sei und nur eine gute Absicht habe. Als sie fühlte, dass Landry in dem Maße, wie ihnen das Irrlicht näher kam, am ganzen Körper zu zittern begann, sagte sie:

»Wie du töricht bist! Das Feuer dort brennt ja nicht, und wenn du geschickt genug wärst, es mit der Hand zu erhaschen, würdest du sehen, dass es nicht einmal eine Spur hinterlässt.«

»Das ist noch schlimmer,« dachte Landry; ein Feuer, das nicht brennt, da weiß man, was das zu bedeuten hat. Das kann nicht von Gott kommen; denn das Feuer, was der liebe Gott gibt, ist geschaffen, um zu erwärmen und zu brennen.«

Aber er ließ die kleine Fadette nichts von seinen Gedanken merken, und als er sich wohlbehalten und sicher am anderen Ufer befand, verspürte er große Lust seine Führerin im Stiche zu lassen und sich nach dem Zwillingshofe davon zu machen. Da er aber doch kein undankbares Herz hatte, wollte er sie nicht verlassen, ohne ihr gedankt zu haben.

»Dies ist nun schon das zweite Mal, Fränzchen Fadet,« sprach er zu ihr, »dass du mir einen Dienst geleistet hast, und ich würde ein schlechter Bursche sein, wenn ich dir nicht sagte, dass ich es mein Leben lang nicht vergessen werde! Als du herankamst, stand ich da, wie ein Narr; das Licht hatte mich behext und ganz toll gemacht. Nie wäre ich durch den Fluss gegangen; wenigstens nie wieder herausgekommen.«

»Vielleicht wärst du ohne Mühe und Gefahr hindurch gekommen, wenn du nur nicht so albern wärst;« antwortete die Fadette. »Ich hätte nie geglaubt, dass ein so großer Bursche, wie du, der in sein siebenzehntes Jahr geht, und der bald seinen Bart am Kinn haben wird, so leicht in Angst geraten könnte, und es freut mich, dich so zu sehen.«

»Und warum freut dich das, Fränzchen Fadett?«

»Weil ich dich nicht leiden kann,« sagte sie in verächtlichem Tone.

»Und weshalb kannst du mich denn nicht leiden?«

»Weil ich keine Achtung vor dir habe,« sagte sie; »so wenig vor dir, als vor deinem Zwillingsbruder und vor deinen Eltern, die voller Hochmut sind, weil sie Geld haben, und die glauben, dass man nur seine Pflicht tut, wenn man ihnen einen Dienst leistet. Sie haben dich gelehrt undankbar zu sein, und das ist nächst der Furchtsamkeit, der hässlichste Fehler den der Mensch haben kann.«

Landry fühlte sich sehr gedemütigt durch diese Vorwürfe des kleinen Mädchens, denn er sah ein, dass sie nicht ganz unbegründet waren. Er antwortete ihr darauf:

»Wenn ich gefehlt habe, Fadette, so gib mir allein die Schuld. Mein Bruder so wenig wie mein Vater, noch meine Mutter, oder sonst irgendjemand in unserem Hause, hat etwas davon erfahren, dass du mir schon einmal zu Hilfe gekommen bist. Aber dieses Mal sollen sie es alle erfahren, und du sollst eine Belohnung haben, wie du sie wünschen wirst.«

»Ah! Da seht einmal, wie stolz du bist!« hob die kleine Fadette wieder an. »Du bildest dir wohl ein, du könntest dich mir gegenüber mit Geschenken abfinden. Du glaubst also, ich sei wie meine Großmutter, welche sich die Grobheiten und die Unverschämtheiten der Leute gefallen lässt, wenn ihr nur etwas Geld hingeworfen wird. Mit mir ist es anders, ich brauche eure Gaben nicht, und habe auch kein Verlangen darnach, ich verachte alles, was du mir geben kannst, denn es ist nun beinah ein Jahr, dass ich dich aus einer so großen Qual erlöst habe; und in alle dieser Zeit hast du nicht einmal so viel Gefühl bewiesen, dass du auch nur ein einziges Wort des Dankes und der Freundschaft an mich gerichtet hättest.« »Ich habe gefehlt, Fadette, ich gestehe es,« sagte Landry, der sich des Erstaunens nicht erwehren konnte über die Art, in der er sie hier zum ersten Mal reden hörte. »Aber du selbst bist auch ein wenig Schuld daran. Dass du mir halfest meinen Bruder wiederzufinden, das war grade keine besondere Hexerei. Du hattest ihn wahrscheinlich schon gesehen, während ich mit deiner Großmutter verhandelte. Wenn du wirklich ein gutes Herz hättest, du, die du mir den Vorwurf machtest keins zu haben, dann würdest du damals, statt mich warten zu lassen und mich noch länger meinem Schmerz zu überlassen, mir gleich die richtige Auskunft gegeben und mir gesagt haben: »Geh die Wiese hinunter; am Ufer des Flusses wirst du ihn finden.« Das hättest du ohne weitere Mühe leicht tun können, aber du hast mit meinem Schmerz ein boshaftes Spiel getrieben, und das ist es auch, weshalb der Dienst, den du mir geleistet hast, weniger Wert hat.«

Die kleine Fadette, die doch sonst flink mit den Antworten bei der Hand war, blieb einen Augenblick nachdenklich stehen, dann sagte sie:

»Ich sehe wohl, dass du dein Möglichstes getan hast, um dir die Dankbarkeit vom Halse zu schaffen, und um dir selbst weiß zu machen, dass du mir keine schuldig seist. Das alles geschieht wegen der Belohnung, die ich mir hatte versprechen lassen. Aber, noch einmal, dein Herz ist hart und schlecht, denn du hast gar nicht einmal darauf geachtet, dass ich nichts von dir verlangte, und dass ich dir aus deiner Undankbarkeit nicht einmal einen Vorwurf gemacht habe.«

»Das ist alles Wohl wahr, Fränzchen,« sagte Landry, der die Treuherzigkeit selbst war. »Ich fühle es, dass ich im Unrecht bin, und ich bin sehr beschämt darüber. Gewiss, ich hätte mit dir reden sollen, und es war auch meine Absicht dies zu tun; aber du selbst machtest mir immer ein so zorniges Gesicht, dass ich gar nicht wusste, wie ich es anfangen sollte.«

»Wenn du am folgenden Morgen, nachdem es geschehen war, gekommen wärst und hättest nur ein freundliches Wort gesagt, dann würdest du mich gewiss nicht zornig gefunden haben. Du hättest dann gleich erfahren, dass ich gar keine Bezahlung verlange, und wir wären gute Freunde geblieben, statt dass ich jetzt eine schlechte Meinung von dir habe. Ich hätte dir bei dem Irrlicht gar nicht zu Hilfe kommen sollen, damit du einmal gesehen hättest, wie du damit fertig werden konntest. Und nun, guten Abend, Landry vom Zwillingshofe; geh, trockne deine Kleider und sage deinen Eltern: »Ohne die kleine Lumpendirn, die Grille, hätte ich heute Abend wahrhaftig einen tüchtigen Schluck aus dem Flusse tun müssen.«

Nach diesen Worten wandte sie ihm den Rücken und entfernte sich singend in der Richtung ihres Hauses:

»Jetzt, Landry, Zwilling, sind wir quitt:
Nimm dir die Lehr und dein Bündel mit!«

Dieses Mal regte sich etwas in Landrys Seele wie lebhafte Reue; nicht etwa, dass er zu irgendeiner Art von Freundschaft für ein Mädchen geneigt gewesen wäre, das mehr Verstand als Herzensgüte zu haben schien, und deren schlechte Manieren gewiss nicht gefallen konnten, nicht einmal solchen, die sich dadurch belustigen ließen. Aber er hatte ein biederes Herz und wollte nicht, dass sein Gewissen mit einem Vorwurf belastet bleiben sollte. Er lief also hinter ihr her, und sie bei ihrem Mantel erhaschend, sprach er:

»Höre, Fränzchen Fadet, höre einmal! Diese Angelegenheit muss zwischen uns in Ordnung gebracht und ein für alle Mal abgemacht werden. Du bist unzufrieden mit mir, und ich selbst bin auch nicht grade mit mir zufrieden. Du musst mir sagen, was du wünschest, und gleich morgen werde ich es dir bringen.«

»Ich wünsche dich nie mehr zu sehen,« antwortete die Fadette sehr trocken und hart; »und was du mir auch bringen magst, du kannst dich darauf verlassen, dass ich es dir an den Kopf werfe!«

»Das sind gar zu grobe Worte für jemanden, der dir eine Entschädigung anbietet. Wenn du durchaus kein Geschenk annehmen willst, so könnte man dir vielleicht durch irgendetwas anderes einen Dienst leisten, oder dir zeigen, dass man es gut mit dir meint und nicht böse. Komm, sage mir, was ich tun kann, um dich zufriedenzustellen.«

»Du verstehst also nicht einmal mich um Verzeihung zu bitten und meine Freundschaft zu begehren?« sagte die Fadette, indem sie stehen blieb.

»Um Verzeihung soll ich bitten? Das ist viel verlangt!« erwiderte Landry, der seinen Stolz nicht überwinden konnte, einem Mädchen gegenüber, welches im Verhältnis zu dem Alter, in das es zu treten begann, durchaus nicht geachtet wurde, und dessen Benehmen auch keineswegs immer so beschaffen war, wie es sich geziemt hätte. »Was deine Freundschaft betrifft, Fadette,« fuhr er fort, »so hast du ein so sonderbares Gemüt, dass ich kein rechtes

Vertrauen dazu haben könnte. Fordere also von mir irgendetwas, das ohne Weiteres gewährt werden kann, und das ich nicht genötigt sein könnte, dir wieder zu entziehen.«

»Nun, es sei! Zwilling Landry,« sagte die Fadette in klarem und trocknem Tone, »es soll geschehen, wie du wünschest. Ich habe dir Verzeihung angeboten, und du willst nichts davon wissen. Jetzt fordere ich von dir, was du mir versprochen hast. Höre also, was es ist: Du sollst meinem Befehle gehorchen, an dem Tage, wo du dazu aufgefordert wirst. Dieser Tag wird kein anderer sein, als morgen der Festtag des heiligen Andoche, und nun höre, was ich von dir verlange: Du wirst nach der Messe drei Kontretänze mit mir tanzen, nach der Vesper wieder zwei Kontretänze, und nach dem Angelus nochmals zwei Kontretänze, das macht zusammen sieben Kontretänze. Und den ganzen Tag über, von der Zeit an, dass du aufgestanden bist, bis du dich wieder niederlegst, wirst du keinen anderen Kontretanz tanzen, einerlei, mit wem es auch sein möchte, so wenig mit einem Mädchen, wie mit einer Frau. Wenn du dies nicht tust, dann weiß ich, dass du drei sehr hässliche Fehler an dir hast: die Undankbarkeit, die Furchtsamkeit und die Wortbrüchigkeit. Ich wünsche dir jetzt einen guten Abend! Morgen erwarte ich dich an der Kirchentür, um den Tanz mit dir zu eröffnen.«

Nach diesen Erklärungen drückte die kleine Fadette, der Landry bis zu ihrem Hause gefolgt war, auf die Türklinke und trat so rasch ein, dass die Thür schon wieder ins Schloss geworfen war, bevor der Zwilling auch nur ein Wort zur Antwort geben konnte.

Vierzehntes Kapitel

Zuerst fand Landry die Idee der Fadette so komisch, dass er eher hätte darüber lachen mögen, als dass er sich geärgert hätte.

»Das ist ein Mädchen,« sagte er zu sich selbst, »das noch viel närrischer zu sein scheint, als sie böse ist, und dabei viel uneigennütziger, als man denken sollte, denn die von ihr geforderte Belohnung wird meine Familie nicht zugrunde richten.« – – Indessen, als er weiter darüber nachdachte, fand er die Einlösung seiner Schuld viel schwerer, als es den Anschein hatte. Die kleine Fadette tanzte sehr gut; er hatte sie ja oft auf den Feldern und am Rande der Wege mit den Hirtenbuben herumspringen sehen, und sie war dabei so flink und gewandt gewesen, wie ein wahres Teufelskind, sodass man Mühe hatte, ihren Bewegungen zu folgen. Aber sie war so unschön, und selbst an den Sonntagen so schlecht gekleidet, dass kein Bursche von Landrys Alter sie zum Tanze geführt haben würde, besonders nicht an Orten, wo viele Leute versammelt waren. Höchstens die Schweinehirten und die Buben, die noch nicht zur ersten Kommunion gegangen waren, nahmen keinen Anstand daran sie zum Tanze aufzufordern; aber die ländlichen Schönen sahen sie sehr ungern mit in ihrer Reihe stehen. Landry musste es also als eine große Demütigung empfinden, an eine solche Tänzerin gebunden zu sein. Vollends wurde ihm beklommen zumute, wenn er daran dachte, dass er sich von der schönen Madelon wenigstens drei Kontretänze hatte zusagen lassen. Wie würde diese eine Beleidigung aufnehmen, die er ihr gezwungenerweise zufügen musste, wenn er sie nicht zum Tanze holte!

Endlich, da er Frost und Hunger empfand, und noch beständig in der Angst war, das Irrlicht ziehe hinter ihm her, beschleunigte er seine Schritte, ohne viel zu denken, und ohne sich umzusehen. Als er zu Hause angekommen war, trocknete er seine Kleider und erzählte, dass er in der Stockfinsternis die Furt gar nicht habe finden können, und dass es ihm Mühe gekostet habe, aus dem Wasser wieder herauszukommen. Aber von dem Irrlicht oder von der kleinen Fadette sagte er nichts, denn er schämte sich zu gestehen, dass er sich gefürchtet habe. Er ging zu Bett und tröstete sich mit dem Gedanken, dass es morgen noch früh genug sein würde, sich über die Folgen dieser unangenehmen Begegnung zu ärgern. Aber, wie er es auch anstellen mochte, er schlief sehr schlecht und hatte wohl mehr als fünfzig Träume, in denen ihm stets die kleine Fadette erschien. Bald sah er sie auf dem Irrlicht reiten, das in Gestalt eines großen roten Hahnes erschien, der in einer seiner Krallen eine Hornlaterne mit einem Licht darin trug, dessen Strahlen einen hellen Schein über die ganze Wiese verbreiteten. Und dann wieder erschien die kleine Fadette in eine Grille verwandelt, von der Größe einer Ziege, und sie sang ihm mit ihrer Grillenstimme ein Lied vor, das er nicht verstehen konnte; aber die Worte desselben gingen immer auf denselben Reim hinaus, und er unterschied in ihnen auch den Namen seines Bruders Sylvinet. Zuletzt wirbelte ihm der Kopf davon, und der Schein des Irrlichtes zuckte so deutlich und grell vor ihm auf, dass er darüber erwachte, und noch die kleinen schwarzen, roten oder blauen Punkte zu sehen glaubte, die man vor den Augen herumtanzen sieht, wenn man zu lange unverwandt in die Sonne oder in den Mond geblickt hat.

Landry war nach dieser unruhigen Nacht so ermüdet, dass er während der ganzen Messe immer wieder einschlief, und auch nicht ein Wort von der Predigt des Herrn Pfarrers vernahm, der doch sein Möglichstes tat, die Tugenden und die guten Eigenschaften des heiligen Andoche in einer Art zu loben und zu preisen, dass es gar nicht besser hätte geschehen können. Beim Hinausgehen aus der Kirche fühlte sich Landry noch so ermattet, dass er die Fadette ganz vergessen hatte. Sie aber stand an der Kirchentür, ganz in der Nähe der schönen Madelon, die sich hier aufhielt in der festen Überzeugung, dass sie es sei, der die erste Aufforderung zum Tanze gebühre. Aber als Landry auf sie zuging, um mit ihr zu reden, war es unvermeidlich, dass er auch mit der Grille in Berührung kam, die ihm einen Schritt entgegentrat und mit einer Keckheit ohne Gleichen laut zurief:

»Komm, Landry, du hast mich gestern Abend für den ersten Tanz aufgefordert; ich rechne darauf, dass wir nicht dabei fehlen werden!«

Landry wurde dunkelrot, und als er auch die Madelon vor Staunen und Verdruss über solch einen Zwischenfall rot werden sah, fasste er sich ein Herz und antwortete der kleinen Fadette:

»Es kann wohl sein, Grille, dass ich versprochen habe mit dir zu tanzen; aber ich hatte schon früher eine andere dazu aufgefordert, und wenn ich mein erstes Versprechen erfüllt habe, kommt die Reihe an dich.«

»Nein, das geht nicht,« erwiderte die Fadette mit voller Entschiedenheit. »Deine Erinnerung täuscht dich, Landry; du hast keiner anderen früher als mir ein Versprechen gegeben, weil du mir dein Wort schon im vorigen Jahre gegeben hast, und gestern Abend hast du es nur erneuert. Wenn die Madelon Lust haben sollte, heut mit dir zu tanzen, so ist ja dein Zwillingsbruder da; er ist dir vollkommen ähnlich und kann statt deiner mit ihr tanzen; ihr seid der eine wie der andere gleich viel wert.«

»Die Grille hat recht,« gab die Madelon stolz zur Antwort, indem sie Sylvinets Hand ergriff, »da es schon vor so langer Zeit geschehen ist, dass du ein Versprechen gegeben hast, Landry, muss es natürlich auch gehalten werden, und ich tanze ebenso gern mit deinem Bruder.«

»Ja, ja! Das ist ja ganz einerlei,« sagte Sylvinet in unbefangener Weise. »Wir werden nun alle vier tanzen.«

Es war wohl geraten die Sache hiermit zu beschließen, wenn man nicht die Aufmerksamkeit der Leute auf sich ziehen wollte. Die Grille begann jetzt so stolz und mit solcher Gewandtheit ihre Füße in Bewegung zu setzen, dass noch nie ein Kontretanz besser geleitet und durchgeführt worden war. Wäre sie geputzt und hübsch gewesen, dann hätte man ihr mit Vergnügen zusehen müssen, denn sie tanzte ganz vortrefflich, und unter alle den Schönen war nicht eine einzige, die sie nicht um ihre Gewandtheit und um ihren zierlichen Anstand hätte beneiden können. Aber der Aufputz der armen Grille war so hässlich, dass sie dadurch noch zehnmal hässlicher erschien als sonst. Landry, der gar nicht mehr wagte die Madelon auch nur anzusehen, so verdrießlich war er und so gedemütigt fühlte er sich ihr gegenüber, fand seine Tänzerin, als er sie betrachtete, noch unsäglich viel garstiger als in den Lumpen, die sie alle Tage trug. Sie hatte geglaubt sich recht schön gemacht zu haben, aber ihre Ausstaffierung konnte nur zum Lachen reizen.

Sie trug eine Haube, die vom langen Liegen ganz vergilbt war, und anstatt klein und zierlich nach hinten zurückgerafft zu sein, wie die neueste Mode in der Gegend es vorschrieb, zu beiden Seiten des Kopfes zwei große, breite und sehr flache Schleifen bildete. Die Enden derselben fielen vom Hinterkopf bis auf die Schultern herab, wodurch die arme Fadette ein Aussehen erhielt, als ob sie ihre Großmutter gewesen wäre. So erschien der Kopf auf dem kleinen mageren Halse so groß, dass es aussah, als ob man einen Scheffel auf einen dünnen Stock gestellt hätte. Ihr Rock, den sie aus einem halbwollenen Stoff gefertigt hatte, war um zwei Handbreit zu kurz; und da sie überhaupt in diesem Jahre sehr gewachsen war, kamen ihre mageren, von der Sonne ganz verbrannten Arme wie zwei Spinnenbeine aus den Ärmeln hervor. Zur Vollendung dieser Toilette hatte sie eine hochrote Schürze vorgebunden, auf die sie sehr eitel war. Die Schürze stammte indessen von ihrer Mutter her, und sie hatte ganz vergessen die Franzen davon abzutrennen, welche schon seit mehr als zehn Jahren von den jungen Mädchen nicht mehr getragen wurden. Das arme Kind war keine von denen, die gefallsüchtig genannt werden können, ja sie war viel zu wenig eitel und hielt viel zu wenig auf sich selbst. Nur zu Spiel und Scherz geneigt, lebte sie wie ein Knabe, unbekümmert um ihr Aussehen. Unter den festlich Geputzten nahm sie sich aus wie eine Alte im Sonntagsstaat, und man verachtete sie wegen ihres schlechten Anzuges, der keineswegs durch die Armut geboten wurde, sondern nur dem Geiz der Großmutter und dem mangelhaften Geschmack der Enkelin zuzuschreiben war.

Fünfzehntes Kapitel

Sylvinet war sehr erstaunt, dass sein Zwillingsbruder Geschmack an der Fadette gefunden hatte, die er, für seinen Teil, noch weniger leiden konnte als Landry. Dieser wusste selbst nicht mehr, wie ihm zumute war, und er hätte sich gern unter der Erde verkriechen mögen. Die Madelon war sehr ungehalten, und trotzdem die am Tanz Beteiligten durch die kleine Fadette gezwungen waren ihre Beine in flinker Schwingung zu erhalten, machten sie alle so traurige Gesichter, als ob sie den Teufel zu Grabe trügen.

Sobald der erste Tanz beendet war, machte sich Landry aus dem Staube, und versteckte sich im Baumgarten des Zwillingshofes. Aber, es dauerte nicht lange, so erschien die kleine Fadette, um ihn wieder herbeizuholen. Den Grashüpfer hatte sie zur Seite, der heute noch viel unbändiger war, weil seine Mütze mit einer Pfauenfeder und einer Eichel von falschem Golde verziert war. Gleich hinter diesen beiden kam eine ganze Schar von Buben und Mädchen, alle viel jünger als die Grille, denn ihre Altersgenossen suchten sie nicht auf. Als Landry sie mit diesem ganzen Schwarm herankommen sah, der ihr, im Falle er sich weigern würde, als Zeuge dienen sollte, fügte er sich und führte sie unter die Nussbäume zurück, wo er gern einen Winkel ausfindig gemacht hätte, um ohne von jemanden gesehen zu werden, mit ihr zu tanzen. Glücklicherweise waren hier weder Madelon und Sylvinet, noch die Leute aus dem Orte zu sehen. Landry wollte die Gelegenheit benutzen, um seine Aufgabe zu lösen, und hier gleich den dritten Kontretanz mit der Fadette tanzen. Sie hatten hier nur Fremde um sich herum, die nicht viel auf sie achteten.

Sobald der Tanz beendet war, eilte er Madelon zu suchen, um sie einzuladen, mit ihm in der Laube Weizenkuchen zu essen. Aber sie hatte mit anderen getanzt, die ihr das Versprechen abgenommen hatten, sich von ihnen bewirten zu lassen, und sie gab nun etwas stolz eine abschlägige Antwort. Landry zog sich darauf in eine Ecke zurück, und die Augen füllten sich ihm mit Tränen, denn der Verdruss und der Stolz machten die Madelon noch viel schöner, als sie ihm je erschienen war, und es war auch, als ob alle Leute dieselbe Bemerkung gemacht hätten. Als sie ihn so traurig sah, beeilte sie sich mit dem Essen fertig zu werden, stand vom Tische auf und sagte ganz laut: »Da wird schon zur Vesper geläutet; mit wem werde ich nun gleich tanzen?« Sie hatte sich zu Landry hingewandt und rechnete darauf, dass er rasch sagen würde: »Mit mir!« Aber bevor er nur die Zähne voneinander bringen konnte, hatten sich schon andere angeboten, und die Madelon, ohne ihn auch nur eines Blickes zu würdigen, ging mit ihren neuen Verehrern in die Vesper.

Sobald die Vesper gesungen war, entfernte sie sich sogleich mit Pierre Aubardeau; Jean Aladonise und Etienne Alaphilippe gingen hinter ihr her, und alle drei führten sie einer nach dem anderen zum Tanze. Da sie ein schönes Mädchen war und auch etwas hatte, konnte es ihr an Verehrer nicht fehlen. Landry blickte ihr verstohlenerweise nach, die kleine Fadette war noch in der Kirche geblieben und verrichtete ein langes Gebet nach dem andern. Sie tat dies jeden Sonntag so, wie die einen sagten aus großer Frömmigkeit, und wie die anderen wissen wollten, um ihr Einverständnis mit dem Teufel besser verborgen zu halten.

Landry schmerzte es sehr, als er sah, wie die schöne Madelon so ganz unbekümmert zu sein schien, und dass sie vor Vergnügen gerötet, leuchtete wie eine reife Erdbeere. So leicht wusste sie sich also zu trösten über die Vernachlässigung, die er gezwungen war, sich ihr gegenüber zuschulden kommen zu lassen. Dies alles brachte ihn auf einen Gedanken, der ihm bis dahin noch nie in den Sinn gekommen war, nämlich: ob sie nicht wohl etwas gefallsüchtig sein möchte, und dass sie jedenfalls keine große Anhänglichkeit an ihn haben könne, da sie sich ohne ihn so gut zu vergnügen wisse.

Er fühlte allerdings, dass er, wenigstens dem Anscheine nach, im Unrecht war; aber in der Laube hatte sie doch wohl sehen können, wie sehr er sich kränkte, und es wäre für sie doch gewiss nicht schwer gewesen, zu erraten, dass etwas dabei im Spiele sein musste, das er ihr gern hätte erklären mögen. Sie aber kümmerte sich nicht einen Pfifferling darum und war so ausgelassen wie ein junges Zicklein, während ihm das Herz vor Kummer vergehen wollte.

Als sie mit den drei anderen Burschen getanzt hatte, näherte sich Landry ihr, und wünschte mit ihr allein zu sprechen, um sich so gut es möglich war, vor ihr zu rechtfertigen. Er wusste nicht recht, wie er es anfangen sollte, um sie beiseite zu führen, denn er stand noch in dem Alter, wo man den Frauen gegenüber noch nicht den richtigen Mut hat. Da er auch nicht ein einziges passendes Wort zu finden wusste, nahm er sie bei der Hand und wollte sie mit sich fortführen. Sie aber sagte in halb verdrießlichem und halb versöhnlichem Tone:

»So, Landry, da kommst du noch zum Schlusse, um mich zum Tanze zu führen?«

»Nein, nicht zum Tanze,« antwortete er, denn er wusste sich nicht zu verstellen und dachte nicht mehr daran, das der Fadette gegebene Versprechen nicht halten zu wollen. »Ich hätte dir nur etwas zu sagen, das du mir nicht verweigern kannst anzuhören.«

»O, wenn es ein Geheimnis ist, das du mir mitteilen willst, dann geschieht es besser zu einer anderen Zeit,« erwiderte die Madelon und entzog ihm ihre Hand. »Heute ist's ein Tag zum Tanz und zum Vergnügen. Ich bin noch flink auf den Füßen, und wenn die Grille dir die deinigen ermüdet hat, so geh zu Haus und leg dich ins Bett, wenn du magst; ich bleibe noch hier.«

Darauf reichte sie ihre Hand Germain Audoux, der gekommen war, um sie zum Tanz zu führen. Als das Paar Landry den Rücken gewandt hatte, hörte dieser, wie Germain Audoux in Bezug auf ihn sagte:

»Es scheint, dass der Bursche da meint, dieser Tanz komme ihm zu.«

»Das kann möglich sein,« sagte Madelon, mit der Achsel zuckend; »aber es geht eben nicht alles nach seinem Sinn!«

Landry war ganz empört über diese Worte und hielt sich in der Nähe des Tanzes, um das Benehmen der Madelon weiter zu beobachten, das zwar durchaus nicht unschicklich war, aber so hochmütig und trotzig, dass er sich darüber ärgern musste. Als sie wieder in seine Nähe kam, und er sie mit etwas spöttischen Blicken betrachtete, sagte sie zu ihm in herausfordernder Art:

»Nun, Landry, du kannst heute wohl keine Tänzerin finden? Du wirst wohl wieder zur Grille gehen müssen.«

»Und das werde ich mit Vergnügen tun,« gab Landry zur Antwort. »Wenn sie auch nicht die Schönste beim Feste ist, so bleibt sie doch immer die beste Tänzerin.«

Damit verschwand er in der nächsten Umgebung der Kirche, um die kleine Fadette zu suchen, und er führte sie in die Reihe der Tanzenden zurück, grade der Madelon gegenüber, und er tanzte gleich ohne Unterbrechung zwei Kontretänze nacheinander. Es war eine Lust zu sehen, wie stolz und befriedigt die Grille dahinschwebte. Sie machte gar kein Hehl aus ihrem Behagen und trug ihren kleinen Kopf mit der großen Haube so hoch empor, wie eine beschopfte Henne.

Aber unglücklicherweise erregte ihr Triumph den Verdruss von fünf oder sechs Buben, die gewohnt waren, mit ihr zu tanzen, und die jetzt nicht an sie heran konnten; die auch niemals stolz gegen sie gewesen waren, und die sie ihres Tanzens wegen sehr schätzten. Jetzt fühlten sie sich dazu aufgestachelt sie zu bekritteln, ihren Stolz ihr vorzuwerfen und in böser Absicht zischelten sie um sie herum: »Seht einmal die Grille, wie sie sich einbildet, den Landry Barbeau zu bezaubern! Grillchen! Grashüpfer! Verbrannte Katze! Hexe!« und dergleichen Schimpfereien mehr, wie sie in der Gegend gebräuchlich waren.

Sechzehntes Kapitel

Wenn die kleine Fadette bei den Schwenkungen des Tanzes an ihnen vorüberkam, zupften sie an ihrem Ärmel, oder schoben ihr einen Fuß in den Weg, damit sie darüber stolpern sollte. Einige darunter, selbstverständlich die jüngsten und ungezogensten, schlugen mit der Hand nach den großen Schleifen ihrer Haube, und machten, dass diese sich von einem Ohre auf das andere hin verschob und schrien dabei: »o, der große Deckel, der große Deckel der Mutter Fadet!«

Die arme Grille verabreichte fünf oder sechs Ohrfeigen nach rechts und nach links hin. Aber das alles diente ihr zu nichts, als die Aufmerksamkeit auf sich hinzulenken, und die Leute aus dem Orte begannen untereinander zu sagen: »Seht einmal unsere Grille, wie sie heute Glück hat, dass der Landry Barbeau sie alle Augenblicke zum Tanze führt! Es ist wahr, sie tanzt sehr gut, aber seht auch nur, wie sie die Schöne spielen will, und wie sie sich spreizt wie eine Elster.«

Einige richteten ihre Reden auch direkt an Landry, indem sie sagten: »Sie hat es dir wohl angetan, armer Landry, dass du für keine mehr einen Blick hast, als für sie? Oder willst du vielleicht einen Zauberer aus dir machen lassen, dass wir dich nächstens sehen werden, wie du die Wölfe über die Felder treibst?«

Landry fühlte sich tief gekränkt; aber Sylvinet, der nichts Vortrefflicheres und Schätzenswerteres kannte als seinen Bruder, der ihm als das Höchste galt, empfand die Kränkung noch tiefer, als er sah, dass Landry zum Gespötte wurde vor so vielen Leuten und vor alle den Fremden, die auch anfingen sich mit Fragen hineinzumischen und zu sagen: »Der Bursche ist freilich schön; aber das ist alles einerlei, er hat doch eine drollige Idee, dass er sich die Hässlichste von der ganzen Gesellschaft ausgesucht hat.« Die Madelon kam mit triumphierenden Mienen herbei, um alle diese Spöttereien anzuhören, und noch von den ihrigen dazu zu tun: »Was wollt Ihr,« sagte sie; »Landry ist ja noch ein Kind, und in seinem Alter sieht man nicht darauf, ob man es mit einem Ziegenkopf oder mit einem christlichen Angesicht zu tun hat, wenn man nur jemanden findet, mit dem man reden kann.«

Sylvinet nahm jetzt Landry am Arm und flüsterte ihm leise zu: »Lass uns gehen, Bruder, sonst wird es noch Streit absetzen: denn man treibt seine Spöttereien mit uns, und die Beleidigungen, die man der kleinen Fadette antut, fallen auf dich zurück. Ich weiß nicht, was dir im Kopfe spukt, dass du sie heute vier- oder gar fünfmal hintereinander zum Tanze geholt hast. Man sollte meinen, du wolltest dich lächerlich machen; gib doch endlich dieses Vergnügen auf, ich bitte dich darum. Für sie ist's weiter nicht schade, den Ungezogenheiten und der Verachtung der Leute ausgesetzt zu sein. Sie will's ja nicht anders; aber wenn's auch nach ihrem Geschmack ist, so ist's noch lange nicht nach dem unsrigen. Komm, lass uns jetzt fortgehen; nach dem Angelus kommen wir wieder, und dann führst du die Madelon zum Tanze, die ein hübsches anständiges Mädchen ist. Ich habe es dir immer gesagt, dass du zu viel Vergnügen am Tanzen findest, und dass dich dies noch zu törichten Dingen verleiten würde.«

Landry folgte seinem Bruder zwei oder drei Schritte weit, dann aber wandte er sich um, weil er einen entsetzlichen Lärm hörte. Und er sah, wie die kleine Fadette den Neckereien der Madelon und der anderen Mädchen und ihrer Burschen preisgegeben wurde. Die Gassenbuben, durch das allgemeine Gespött und Gelächter ermutigt, liefen herbei und schlugen ihr mit der Faust die Haube vom Kopf. Ihr langes schwarzes Haar fiel ihr über den Rücken herunter, und außer sich vor Verdruss und Zorn verteidigte sie sich gegen die Menge der Unverschämten. Dieses mal hatte sie gar nichts gesagt, wodurch sie es verdient hätte, so misshandelt zu werden. Sie weinte vor Wut, ohne ihre Haube wieder erhaschen zu können, mit welcher einer der Buben, der sie auf der Spitze eines Stockes trug, davonlief.

Landry fand diesen Auftritt abscheulich, und sein gutes Herz empörte sich gegen die Ungerechtigkeit, er packte den betreffenden Buben, entriss ihm den Stock mit der Haube, versetzte ihm einen tüchtigen Hieb und kehrte sich dann gegen die anderen, die er durch sein bloßes Erscheinen in die Flucht jagte. Darauf nahm er die arme Grille bei der Hand und gab ihr ihre Kopfbedeckung zurück.

Der Eifer, in den Landry geraten war und die Angst der Gassenbuben erregte bei den Umstehenden großes Gelächter. Man klatschte Landry lauten Beifall zu; die Madelon aber wandte die Sache gegen ihn, sodass die Burschen von Landrys Alter und sogar solche, die noch älter waren, taten, als ob sie auf seine Kosten lachten.

Bei Landry war jede Scham verschwunden, denn er fühlte sich mutig und stark. Es regte sich in ihm das Bewusstsein seiner Männlichkeit, das ihm sagte, er tue, was die Pflicht ihm gebiete, wenn er eine Frau nicht misshandeln lasse, die er vor aller Augen zu seiner Tänzerin erwählt hatte, mochte sie nun hässlich oder schön, klein oder groß sein. Als er bemerkte, wie er von der Umgebung der Madelon aus mit schiefen Blicken angeschielt wurde, schritt er grades Weges auf die Aladeinse und Alaphilippe und Konsorten zu und sagte ihnen:

»Nun, ist's etwa eine Sache, die euch angeht, wenn's mir beliebt jenem Mädchen eine Aufmerksamkeit zu erzeigen? Inwiefern habt ihr etwas dabei zu sagen? Und wenn ihr euch etwa dadurch gekränkt fühlt, weshalb wendet ihr euch zur Seite, um es leise vor euch hinzuzischeln? Stehe ich nicht hier vor euch, oder könnt ihr mich etwa nicht sehen? Es hat hier jemand gesagt, dass ich noch ein Kind sei; aber es findet sich hier kein Mann, oder auch nur ein herangewachsener Bursche, der mir so etwas ins Gesicht sagen möchte! Ich erwarte, dass man den Mund auftut, und wir werden sehen, ob man hier dem Mädchen noch etwas zuleide zu tun wagt, das gleich mit jenem Kinde von einem Burschen zum Tanze antreten wird.«

Sylvinet hatte seinen Bruder nicht verlassen, und obgleich er es gar nicht billigte, dass er diesen Auftritt veranlasst hatte, hielt er sich doch dicht an seiner Seite, um ihm beistehen zu können. Es standen hier vier oder fünf hochgewachsene junge Leute zusammen, die noch um einen Kopf größer waren, als die Zwillinge; aber als sie diese so entschlossen vorgehen sahen, und da es im Grunde genommen in Betracht zu ziehen war, ob man es um solcher Kleinigkeit wegen zu einer Prügelei kommen lassen wolle, verhielt man sich mäuschenstill, und blickte sich einander an, wie um sich zu fragen, wer wohl gewillt sei, sich mit Landry zu messen. Kein einziger trat aus dem Kreise vor, und Landry, der während der ganzen Zeit die Hand der Fadette nicht losgelassen hatte, sagte jetzt zu ihr:

»Setze rasch deine Haube wieder auf; wir wollen tanzen, damit ich sehe, ob man sie dir wieder herunterreißen wird.«

»Ach nein,« sagte die kleine Fadette, indem sie ihre Tränen trocknete; »für heute habe ich genug getanzt, und ich erlasse dir die übrigen Tänze.«

»Nein, nein, das geht nicht; wir müssen noch tanzen,« sagte Landry, der, von Mut und Stolz beseelt, ganz in Feuer geriet. »Es soll nicht gesagt werden, dass du nicht mit mir tanzen könntest, ohne beleidigt zu werden.«

Er führte sie noch einmal zum Tanze, und niemand wagte es ein unrechtes Wort an ihn zu richten, oder ihn auch nur schief anzusehen. Die Madelon tanzte mit ihren Liebhabern an einer andern Stelle. Nach Beendigung dieses Tanzes sagte die kleine Fadette ganz leise zu Landry:

»Jetzt ist es genug, Landry. Ich bin zufrieden mit dir und gebe dir dein Wort zurück. Ich gehe nach Hause und tanze du nun diesen Abend mit wem du willst.«

Sie holte ihren kleinen Bruder, der sich mit den anderen Kindern herumbalgte, und ging dann so eilig fort, dass Landry nicht einmal sah, welchen Weg sie eingeschlagen hatte.

Siebenzehntes Kapitel

Landry ging mit seinem Bruder nach Hause, um zu Abend zu essen; da dieser sehr besorgt war wegen der Vorfälle des heutigen Tages, erzählte ihm Landry von den Neckereien, die er gestern Abend mit dem Irrlicht zu bestehen gehabt hatte, und wie die kleine Fadette ihn aus seiner Not erlöst habe, sei's nun durch ihren Mut oder durch Zauberei. Schließlich fügte er hinzu, dass sie als Belohnung von ihm verlangt habe, er solle auf dem Fest des heiligen Andoche siebenmal mit ihr tanzen. Von allem übrigen sprach er nicht, denn sein Bruder sollte es nie erfahren, welche Angst er im vorigen Jahre um ihn ausgestanden hatte, als er glaubte Sylvinet könne ertrunken sein, und er werde ihn nur als Leiche im Wasser wieder finden. Er tat sehr klug daran dies zu verschweigen, denn haben die Kinder sich einmal derartig schlimme Gedanken in den Kopf gesetzt, so kommen sie leicht darauf zurück, wenn man sie merken lässt, dass man denselben irgendeinen Ernst beilegt.

Sylvinet billigte es, dass sein Bruder der Fadette gegenüber Wort gehalten hatte, und er sagte ihm auch, dass die Verdrießlichkeiten, die er sich dadurch zugezogen, die ihm gebührende Achtung nur vermehren könnten. Aber so sehr er auch in Schrecken geriet, als Landry ihm die Gefahr schilderte, der er im Flusse ausgesetzt gewesen war, so fehlte es ihm doch an der gebührenden Erkenntlichkeit für die kleine Fadette. Seine Abneigung gegen sie war so groß, dass es ihm unmöglich war zu glauben, sie habe seinen Bruder nur zufällig dort gefunden, und dass sie ihm wirklich aus gutem Herzen zu Hilfe gekommen sei:

»Sie wird es gewesen sein,« sagte er zu Landry, »die das Irrlicht heraufbeschworen hatte, um dir den Geist zu verwirren, damit du ertrinken solltest. Aber Gott hat es nicht zugegeben, da du dich weder in der Vergangenheit noch jetzt, imstande der Todsünde befunden hast. Dabei hat diese böse Grille, dein gutes Herz und deine Erkenntlichkeit missbrauchend, sich ein Versprechen von dir geben lassen, von dem sie wusste, dass es für dich sehr unangenehme und nachteilige Folgen haben musste. Sie ist also ein böses Geschöpf. Alle Zauberschwestern sind dem Bösen ergeben, und es gibt gar keine gute unter ihnen. Sie wusste recht gut, dass sie dich mit der Madelon und mit deinen angesehenen Bekanntschaften auseinander bringen würde. Sie wollte es auch so anzetteln, dass es zu einer Prügelei kommen sollte, und wenn der liebe Gott dich nicht zum zweiten Mal gegen sie in Schutz genommen hätte, hättest du sehr leicht in böse Händel verwickelt werden können, die noch weiteres Unglück über dich gebracht hätten.«

Landry, der geneigt war, durch die Augen seines Bruders zu sehen, machte kaum einen Versuch die kleine Fadette gegen ihn zu verteidigen. Sie plauderten miteinander über das Irrlicht, welches Sylvinet noch nie gesehen hatte, und er war sehr begierig etwas darüber zu erfahren, ohne jedoch den Wunsch zu haben es selbst zu sehen. Mit ihrer Mutter wagten sie aber nicht davon zu reden, denn diese fürchtete sich schon, wenn sie nur an ein Irrlicht dachte. Auch ihrem Vater erzählten sie nichts davon, weil er nur darüber lachen würde, denn er hatte schon mehr als zwanzig Irrlichter gesehen, ohne darauf zu achten.

Es sollte auf dem Fest noch bis in die Nacht hinein getanzt werden. Aber Landry, dem das Herz schwer war, weil er alle Ursache hatte auf die Madelon böse zu sein, wollte von der Freiheit, welche ihm die kleine Fadette zurückgegeben hatte, keinen Gebrauch machen. Er half lieber seinem Bruder das Vieh von der Weide holen; und da ihn dies schon auf die Hälfte des Weges nach la Priche führte, und ihn ohnehin der Kopf schmerzte, wünschte er seinem Bruder am Ende der Schilfwiese für heute eine gute Nacht. Sylvinet wollte es durchaus nicht leiden, dass Landry seinen Weg durch die Strudelfurt nehmen sollte, aus Furcht das Irrlicht oder die Grille könnten ihm wiederum irgendeinen bösen Streich spielen. Er musste also Sylvinet das Versprechen geben, dass er einen Umweg machen, und über den Steg bei der großen Mühle gehen wolle.

Landry tat dies seinem Bruder zu Gefallen, und statt quer über die Schilfwiese zu gehen, stieg er den Abhang hinunter, der sich am Hügel von Chaumois hinzieht. Er empfand nichts von Furcht, weil noch immer das Geräusch des Festes in der Luft erklang. Er hörte, wenn auch noch so schwach, die Töne des Dudelsackes und den Jubel der Tanzenden. Auch war es ihm wohl bekannt, dass die Geister ihr Wesen erst dann zu treiben beginnen, wenn alles in der Gegend im Schlafe liegt.

Als er den Fuß des Hügels erreicht hatte, rechts vom Steinbruch, hörte er eine Stimme jammern und weinen. Anfangs glaubte er, es könnten die Töne des Brachvogels sein. Aber je näher er kam, je mehr glaubte er in ihnen menschliche Klagen zu erkennen. Da es ihm nie an Herz und Mut gebrach, besonders, wenn es galt einem Wesen seiner Art zu Hilfe zu kommen, stieg er kühn in die tiefste Höhlung des Steinbruches hinab.

Aber das Geschöpf, von dem die Jammertöne ausgingen, verstummte, sobald es ihn nahen hörte.

»Wer weint hier denn so?« fragte er mit fester Stimme.

Es erfolgte nicht ein Laut der Antwort.

»Ist hier vielleicht jemand plötzlich von einer Krankheit befallen,« fragte er weiter.

Da wieder keine Antwort erfolgte, dachte er daran fortzugehen; aber zuvor wollte er doch noch nachsehen unter den Steinen und zwischen den großen Disteln, welche den Ort überwucherten. Es dauerte nicht lange, so entdeckte er beim Schein des aufsteigenden Mondes eine menschliche Gestalt, der ganzen Länge nach auf dem Boden hingestreckt. Mit dem Gesicht nach unten gekehrt, lag sie regungslos da, als ob sie bereits tot gewesen wäre. Sei es nun, dass sie es wirklich beinah schon war, oder hatte sie sich vielleicht in überwältigendem Schmerz nur so dahingeworfen, und dass sie, um nicht erkannt zu werden, sich jetzt nicht mehr bewegen wollte.

Landry hatte noch niemals einen Toten gesehen und ebenso wenig berührt. Die Vorstellung, dass dies vielleicht eine Leiche sei, machte ihm einen furchtbaren Eindruck; aber er überwand sich mit dem Gedanken, dass er seinem Nächsten beistehen müsse; entschlossen tastete er nach der Hand der dahingestreckten Gestalt, welche sich, als ob sie sich entdeckt sehe, sobald er dicht an sie herangetreten war, halb aufrichtete; und als Landry ihr ins Gesicht sah, erkannte er die kleine Fadette.

Anfangs war er ärgerlich, überall auf seinem Wege die Fadette zu finden; aber da sie in großer Betrübnis zu sein schien, tat sie ihm doch leid. So kam es, dass sich folgendes Gespräch unter ihnen entspann:

»Wie, Grille, du bist es, die hier so weinte? Hat dich jemand geschlagen, oder haben sie dich gar noch verfolgt, dass du so klagst und dich verbirgst?«

»Nein, Landry, seitdem du mich so mutig beschützt hast, hat es niemand mehr gewagt, mir etwas zuleide zu tun. Ich versteckte mich hier, um zu weinen, das ist alles; denn man kann nichts dümmeres tun, als seinen Schmerz vor anderen zur Schau zu tragen.«

»Aber was bekümmert dich denn so sehr? Ist's noch wegen der Bosheiten, mit denen sie dich heute gequält haben? Ein wenig bist du freilich selbst Schuld daran gewesen; aber du musst dich darüber trösten, und dich dem nicht wieder aussetzen.«

»Warum sagst du denn Landry, dass ich selbst schuld daran gewesen sei? War es etwa ein Schimpf für dich, dass ich wünschte mit dir zu tanzen, und bin ich es denn allein unter den Mädchen, das kein Vergnügen haben darf wie die anderen?«

»Das meine ich nicht, Fadette; ich will dir gar keinen Vorwurf daraus machen, dass du mit mir tanzen wolltest. Ich habe getan, was du wünschtest, und ich habe mich dir gegenüber benommen, wie es recht war. Dein Unrecht ist nicht erst von heute, und du hast es nicht gegen mich begangen, sondern gegen dich selbst, das wirst du recht gut wissen.«

»Nein, Landry; so wahr ich Gott liebe! Ich weiß nichts von einem solchen Unrecht; ich habe nie an mich selbst gedacht, und wenn ich mir etwas vorzuwerfen habe, so wäre es nur, dass ich dir wider meinen Willen Unannehmlichkeiten bereitet habe.«

»Wir wollen nicht von mir reden, Fadette; ich beklage mich nicht über dich; aber reden wir von dir. Und, da du dir keines Fehlers bewusst bist, willst du mir gestatten, dass ich dir offen und in aller Freundschaft sage, worin du gefehlt hast?«

»Ja, Landry, ich bitte dich, tue dies, und ich werde es als die beste Belohnung schätzen, oder als die beste Strafe betrachten, die du mir erteilen kannst für das Gute, oder das Böse, was ich dir getan habe.«

»Nun, so höre, Fränzchen Fadet, da du so vernünftig sprichst, und da ich dich zum ersten Mal in deinem Leben so sanft und so fügsam sehe, werde ich dir sagen, warum man dich nicht achtet, wie dies einem Mädchen von sechzehn Jahren zusteht. Das kommt also, weil du in deinen Mienen und in deinem Benehmen nichts von einem Mädchen an dir hast, und dich ganz und gar so gebärdest als ob du ein Knabe wärst; und dann bekümmerst du dich auch gar nicht darum, wie du aussiehst. Um damit anzufangen: du achtest nicht einmal darauf, dass deine Kleider reinlich und ordentlich sind; durch deinen Anzug und durch deine Art zu reden machst du dich wirklich hässlich. Du weißt recht gut, dass die Kinder dich oft mit einem noch viel unangenehmeren Namen rufen, als die Grille ist. Sie nennen dich oft die Schlange. Glaubst du denn, dass es schicklich ist, wenn man im Alter von sechzehn Jahren steht, und noch gar nicht aussieht, wie dies einem jungen Mädchen zukommt. Du kletterst wie ein Eichhörnchen auf die Bäume, und wenn du auf ein ungesatteltes Pferd springst, zwingst du es zum Galopp, als ob der leibhaftige Teufel darauf säße. Es ist sehr schön, wenn man stark und gewandt ist; es ist auch sehr gut, sich vor nichts zu fürchten, aber das alles sind die natürlichen Vorzüge für einen Mann. Für eine Frau sind sie überflüssig, und du gibst dir dadurch nur den Anschein, als ob du dich bemerkbar machen wolltest. Und du erregst auch Aufsehen; man neckt dich und ruft hinter dir her, wie man es bei den Wölfen tut. Du bist klug und verstehst dich darauf boshafte Antworten zu geben, die belacht werden, aber nur von solchen, auf die sie nicht gemünzt sind. Es ist gewiss auch etwas recht Schönes, den anderen an Verstand überlegen zu sein, aber, wenn man dies zu viel merken lässt, macht man sich Feinde. Du bist neugierig, und wenn es dir gelungen ist, die Geheimnisse anderer zu erspähen, wirfst du sie ihnen rücksichtslos an den Kopf, sobald du dich über sie zu beklagen hast. Aus diesen Gründen bist du gefürchtet, und wen man fürchtet, den verabscheut man. Man gibt es ihm schließlich schlimmer zurück, als er es selbst getrieben hat. Ob du nun schließlich eine Hexe bist oder nicht: Ich will glauben, dass du Kenntnisse besitzest, aber hoffentlich hast du dich nicht den bösen Geistern verschrieben. Du trachtest danach, dich mit einem Schein zu umgeben, als ob es so wäre, um diejenigen zu erschrecken, die dich ärgern, und dich selbst bringst du dadurch in einen recht bösen Ruf. Da habe ich dir nun alle deine Fehler genannt, Fränzchen Fadet, und da kann es dir klar werden, warum die Leute dir unrecht tun und dich kränken. Denke ein wenig über die Sache nach, und du wirst sehen, wenn du dich etwas mehr nach den anderen richten wolltest, würden sie deinen Verstand, der dem ihrigen überlegen ist, mehr zu schätzen wissen.«

»Ich danke dir, Landry,« sagte die Fadette mit sehr ernster Miene, nachdem sie den Zwilling mit der größten Aufmerksamkeit angehört hatte. »Du hast mir beinah alles gesagt, was die Leute mir vorwerfen, und du hast es mit großer Aufrichtigkeit und Schonung getan, wie es die anderen nicht tun; aber darf ich dir jetzt auch sagen, was ich darauf zu erwidern habe, und willst du dich, um mich anzuhören, einen Augenblick hier neben mich setzen?«

»Der Ort ist grade nicht besonders angenehm,« sagte Landry, der sich keineswegs gern lange mit ihr aufhalten mochte, und dem es auch gar nicht aus dem Sinne kam, dass sie im Verdacht stand denen, die nicht vor ihr auf der Hut waren, irgendein böses Geschick anzuzaubern.

»Du findest den Ort nicht angenehm?« hob sie wieder an; »das kommt, weil ihr reichen Leute so verwöhnt seid. Ihr müsst einen schönen Rasen haben, wenn ihr euch draußen niedersetzen wollt, und in eueren Wiesen und in eueren Gärten könnt ihr euch ja die schönsten und schattigsten Stellen dazu aussuchen. Aber wer nichts hat, der macht nicht so viele Ansprüche an den lieben Gott, der begnügt sich mit dem ersten besten Stein, um sein Haupt darauf niederzulegen. Die Füße der Armen wissen nichts von den Dornen, und wo sie sich auch aufhalten mögen, da haben sie einen offenen Blick für alles, was es Schönes und Liebliches gibt am Himmel und auf Erden. Für solche, Landry, welche die nützlichen und angenehmen Eigenschaften aller von Gott erschaffenen Dinge kennen, gibt es keinen hässlichen Ort. Ich, ich weiß es, ohne eine Hexe zu sein, wozu die geringsten Kräuter, die du unter deinen Füßen zertrittst, gut sind. Und, wenn ich ihren Wert kenne, dann betrachte ich sie, ohne mich durch ihren Geruch, oder ihre Form abschrecken zu lassen. Ich sage dir dies, Landry, um dich gleich noch über etwas anderes zu belehren, das sich ebenso gut auf die Gemütsart christlicher Seelen anwenden lässt, als auf die Blumen in den Gärten und auf das Dornengestrüpp in den Steinbrüchen. Also höre: Gar oft verachtet man, was dem Anschein nach weder schön noch gut ist, und beraubt sich dadurch des Heilsamen und Nützlichen.«

»Ich verstehe nicht recht, was du eigentlich sagen willst,« sagte Landry, indem er sich neben sie setzte.

Einen Augenblick verweilten sie so, ohne zu sprechen, denn der Geist der kleinen Fadette hatte sich zu Ideen verstiegen, welche Landry durchaus fremd waren. Aber obgleich es ihm etwas wirr davon im Kopfe wurde, konnte er sich doch nicht erwehren, den Reden dieses Mädchens mit Vergnügen zuzuhören. Noch nie hatte er eine so sanfte Stimme und so wohlgeordnete Reden gehört, wie die kleine Fadette sie in diesem Augenblick an ihn richtete.

»Höre, Landry,« sprach sie weiter, »ich bin mehr zu beklagen als zu tadeln; und wenn ich ein Unrecht gegen mich selbst begangen habe, so habe ich wenigstens anderen niemals ein ernstliches zugefügt, und wenn die Leute gerecht und vernünftig wären, dann würden sie mehr auf mein gutes Herz, als auf mein hässliches Gesicht und auf meine schlechten Kleider sehen. Bedenke einmal, oder höre jetzt, wenn du es noch nicht weißt, welch ein Los mir zugefallen ist, seitdem ich in der Welt bin. Ich werde dir nichts Böses sagen von meiner armen Mutter, die von jedermann getadelt und geschimpft wird, obgleich sie nicht da ist, um sich verteidigen zu können. Ich kann es auch nicht, da ich nicht einmal recht weiß, was sie Böses getan haben soll, und was sie dazu getrieben haben mag. Von meiner armen Mutter also werde ich dir nichts Böses sagen. Die Leute sind aber so schlecht, dass damals, als meine Mutter mich kaum verlassen hatte, und ich noch bitterlich darüber weinte, die anderen Kinder, wenn sie das geringste gegen mich hatten, mir das Vergehen meiner Mutter vorwarfen. Mochte es beim Spiel oder sonst wegen irgendeiner Kleinigkeit sein, die sie sich untereinander rasch verziehen hätten, gleich wollten sie mich zwingen, dass ich mich meiner Mutter schämen sollte. Ein vernünftiges Mädchen, wie du es nennst, würde sich vielleicht so weit erniedrigt haben zu schweigen, und sich mit dem Gedanken getröstet haben, dass es klüger sei, die Sache ihrer Mutter aufzugeben und sie beschimpfen zu lassen, um sich selbst vor weiteren Unannehmlichkeiten zu bewahren.

Aber sieh, mir war das unmöglich. Das wäre mehr gewesen, als ich hätte ertragen können. Meine Mutter ist und bleibt immer meine Mutter, und was man ihr auch vorwerfen mag, ob ich sie je wieder finde, oder ob ich niemals mehr etwas von ihr höre noch sehe, ich werde nicht aufhören, sie stets mit der ganzen Kraft meines Herzens zu lieben. Wenn man mich das Kind einer Landstreicherin oder einer Marketenderin schimpft, dann gerate ich in Zorn, aber nicht meinetwegen, sondern wegen jener armen, teuren Frau, die es meine Pflicht ist zu verteidigen. Ich weiß ja, dass ich nichts Böses getan habe, und so können die schnöden Reden mich selbst auch nicht beleidigen. Und wenn ich meine Mutter nicht verteidigen kann, oder es nicht verstehe, dann räche ich sie, indem ich den anderen die Wahrheit sage, wie sie es verdienen, und ihnen beweise, dass sie nicht mehr wert sind als solche, auf die sie den Stein werfen. Da weißt du nun, warum sie mich neugierig und unverschämt nennen, und warum ich ihre Geheimnisse belaure und sie ausplaudere. Es ist wahr, der liebe Gott hat mich neugierig erschaffen, wenn es Neugierde ist, das Verlangen zu haben, die verborgenen Dinge kennenzulernen. Aber hätte man mich gut und menschlich behandelt, dann würde ich nicht daran gedacht haben, meine Neugierde auf Kosten meiner Nebenmenschen zu befriedigen. Ich würde meine Wissbegierde darauf beschränkt haben, die Geheimnisse zur Heilung des menschlichen Körpers kennenzulernen, worin meine Großmutter mich unterrichtet. Die Blumen, die Kräuter, die Insekten, alle die verschiedenen Geheimnisse der Natur, daran würde ich schon genug gehabt haben, um mich zu beschäftigen und zu vergnügen, besonders, da ich ja so gern überall spähend umherschweife. Ich hätte immer allein sein können, ohne zu erfahren, was Langeweile sei, denn es ist mein größtes Vergnügen, einsame Orte aufzusuchen, um dort über tausenderlei Dinge nachzugrübeln, von denen ich niemals reden hörte, selbst nicht von Personen, die sich dünken sehr weise und vielwissend zu sein. Wenn ich mich auf den Verkehr mit den Menschen einließ, so geschah dies, weil ich mich ihnen gern hätte nützlich erzeigen mögen mit den kleinen Kenntnissen, die ich von meiner Großmutter habe, und aus denen diese selbst oft ihren Gewinn zieht, ohne etwas davon zu sagen. Aber statt mir einfach und aufrichtig dafür zu danken, wenn ich bei den Kindern meines Alters Wunden und Krankheiten heilte, und sie über die Heilmittel belehrte, ohne je eine Belohnung dafür zu verlangen, tat man als ob ich eine Hexe sei, und diejenigen, die ganz harmlos, sanft und demütig bittend herankamen, wenn sie mich brauchen konnten, warfen mir später bei der ersten besten Gelegenheit nichts als Schmähungen an den Kopf.

»Das brachte mich in Zorn, und ich hätte ihnen schaden können, denn so gut wie mir Mittel bekannt sind, mit denen ich Gutes bewirken kann, kenne ich auch solche, die das Übel schaffen und Schaden anrichten können, und dennoch habe ich niemals einen Gebrauch davon gemacht. Ich weiß nichts von heimtückischem Nachtragen, und wenn ich mich durch Worte räche, so geschieht dies, weil es mir Erleichterung verschafft, wenn ich alles gleich heraussage, wie es mir auf die Zunge kommt, und darnach denke ich nicht mehr daran und verzeihe, wie es uns von Gott geboten wird. Wenn ich wenig Sorgfalt auf meine Person und auf mein Benehmen verwende, so sollte man darin einen Beweis erkennen, dass ich nicht so töricht bin, mich für schön zu halten, sondern, dass ich weiß, wie hässlich ich bin, und dass mich niemand ansehen mag. Man hat es mir oft genug gesagt, dass ich es also wohl wissen kann; und da ich sehe, wie hart und geringschätzig die Leute gegen solche sind, die vom lieben Gott, was das Äußere anbetrifft, nicht gut ausgestattet sind, habe ich mir ein Vergnügen daraus gemacht, ihnen zu missfallen. Im übrigen tröste ich mich damit, dass mein Gesicht für den lieben Gott und meinen Schutzengel nichts Abstoßendes haben wird, die mir aus meiner Hässlichkeit keinen Vorwurf machen werden, so wenig, wie ich mich selbst darüber beklage. Auch bin ich keine von denen, die da sagen: ›Seht da, eine Raupe; welch ein garstiges Tier sie ist! Man muss sie töten.‹ Mir fällt es nicht ein, so ein armes Geschöpf des lieben Gottes zu zertreten; und wenn eine Raupe ins Wasser fällt, reiche ich ihr ein Blatt hin, damit sie sich wieder heraushelfen kann. Deshalb sagt man nun von mir, dass ich die schädlichen Tiere liebe, und dass ich eine Hexe sei, weil ich einen Frosch nicht quälen mag, weil ich einer Wespe die Beine nicht ausreißen und eine lebendige Fledermaus nicht an einen Baumstamm nageln mag! ›Armes Tier,‹ sage ich ihr, ›wenn alles getötet werden müsste, was hässlich ist, dann habe ich so wenig ein Recht zu leben, wie du.‹«

Achtzehntes Kapitel

Landry fühlte sich durch die Art, wie die kleine Fadette so bescheiden und gelassen von ihrer Hässlichkeit sprach, eigentümlich gerührt. Er rief sich ihre Züge, die er in der Dunkelheit des Steinbruches kaum in ihren oberflächlichen Umrissen zu erkennen vermochte, ins Gedächtnis zurück und sagte ihr, ohne daran zu denken, ihr schmeicheln zu wollen:

»Aber, Fadette, du bist nicht so hässlich, wie du meinst, oder wie du es glauben machen willst. Da gibt es viel Hässlichere als du bist, denen man keinen Vorwurf daraus macht.«

»Ob ich es nun etwas mehr oder weniger bin, Landry, so kannst du doch nicht sagen, dass ich ein hübsches Mädchen bin. Lass das auch nur gut sein, und bemühe dich nicht mich zu trösten, denn ich habe keinen Kummer darüber.«

»Nun, wer weiß, wie du aussehen würdest, wenn du gekleidet wärest wie die anderen Mädchen, und trügest auch dein Haar, wie sie, unter einem Häubchen aufgesteckt? In einer Hinsicht sind alle Leute einverstanden, nämlich: Dass du gar nicht so übel wärest, wenn nur deine Nase nicht so kurz, dein Mund nicht so groß und deine Haut nicht so dunkel wäre; und dann sagt man auch, dass es in der ganzen Gegend hier herum, kein paar Augen gebe, die sich mit den deinigen messen könnten, und wenn du nur nicht so keck und spöttisch dreinschauen wolltest, dann würde man sich sehr gern von diesen Augen ansehen lassen.«

In dieser Art sprach Landry weiter, ohne sich Rechenschaft von dem zu geben, was er sagte. Er war einmal im Zuge die Fehler und die Vorzüge der kleinen Fadette gegeneinander abzuwiegen, zum ersten Mal hatte er eine Aufmerksamkeit und ein Interesse für sie, deren er sich einen Augenblick zuvor noch nicht fähig geglaubt hätte. Sie bemerkte dies wohl, da sie aber zu klug war, um die Sache ernsthaft zu nehmen, bewahrte sie vollkommen den Schein der Unbefangenheit.

»Meine Augen,« sagte sie, »sehen das Gute freundlich an, und was nicht gut ist, mitleidig an. Und ich tröste mich leicht darüber, wenn ich solchen missfalle, die mir selbst nicht gefallen; und ich kann nicht begreifen, warum diese schönen Mädchen, die ich so umworben sehe, mit allen so gefällig und freundlich tun, als ob alle die Burschen, die ihnen entgegenkommen, nach ihrem Geschmacke wären. Was mich betrifft, wenn ich schön wäre, würde ich es nur für den sein wollen, der mir gefiele, und nur gegen ihn würde ich liebenswürdig sein.«

Landry dachte an die Madelon, aber die kleine Fadette ließ ihn nicht lange bei diesem Gedanken verweilen; sie setzte das Gespräch in folgender Art fort:

»Darin also, Landry, besteht mein ganzes Unrecht gegen andere, dass ich nicht darnach trachte, mir ihr Mitleiden oder ihre Nachsicht für meine Hässlichkeit zu erbetteln. Dass ich mich ihnen, ohne diese hinter einer Ausstaffierung zu verbergen, so zeige, wie ich da bin, das also ärgert sie, und darüber vergessen sie, dass ich ihnen oft Gutes erzeigt und niemals Böses zugefügt habe. Wenn ich auf der anderen Seite auf meine Person auch Sorgfalt verwenden möchte, woher sollte ich denn die Mittel nehmen, um mich zu putzen? Habe ich jemals gebettelt, obgleich ich für mich auch nicht über einen Sous zu verfügen habe? Gibt meine Großmutter mir außer dem Unterschlupf und der Nahrung auch nur das Geringste? Und ist's etwa meine Schuld, wenn ich aus den alten Fetzen, die meine Mutter für mich da gelassen hat, nichts zu machen weiß, weil niemand mir die Anleitung dazugab? Bin ich doch seit meinem zehnten Jahre ganz mir selbst überlassen, ohne dass ich bei irgendjemanden Liebe oder Erbarmen gefunden hätte. Ich weiß recht gut, was man mir eigentlich vorwirft, und du hast nur aus Mitleiden mich damit verschont, es auszusprechen: Man wirft mir vor, dass ich sechzehn Jahre alt sei, und dass ich mich recht gut vermieten könnte, dann würde ich einen Lohn haben und was sonst zu meinem Unterhalt gehört; aber weil ich von Natur träge sei, und aus Liebe zum müßigen Herumtreiben, bliebe ich bei meiner Großmutter, die mich nicht einmal leiden könne, und die recht gut die Mittel habe, sich eine Magd zu halten.«

»Nun ja, ist dies nicht auch die Wahrheit?« sagte Landry. »Man wirft dir vor, dass du nicht gern arbeiten magst, und deine Großmutter selbst sagt jedem, der es nur hören mag, dass sie sich viel besser dabei stehen würde, statt deiner eine Magd zu nehmen.«

»Meine Großmutter sagt dies, weil sie gern schimpft und sich beklagt. Und doch, wenn ich sage, dass ich fortgehen will, hält sie mich davon zurück, weil sie recht gut weiß, dass ich ihr nützlicher bin, als sie es Wort haben will. Sie hat nicht mehr die Augen und die Beine eines fünfzehnjährigen Mädchens, um die Kräuter suchen zu können, aus denen sie ihre Tränke und Pulver bereitet; um diese zu finden, muss man oft sehr weit gehen und sich an schwierig zu betretende Stellen wagen. Außerdem sagte ich dir schon, dass ich selbst an den Kräutern Eigenschaften entdecke, die ihr unbekannt geblieben sind, und sie ist sehr erstaunt, wenn ich Heilmittel bereite, von deren vortrefflicher Wirksamkeit sie sich bald nachher überzeugt. Sind unsere Tiere nicht so schön, dass man darüber staunen muss, solch ein Vieh bei Leuten zu finden, die es doch nur auf die Gemeindeweide treiben können? Nun, meine Großmutter weiß recht gut, wem sie es zu verdanken hat, dass unsere Schafe so seine Wolle und unsere Ziegen so gute Milch geben. O, sie hat gar keine Lust mich gehen zu lassen, und ich trage ihr viel mehr ein, als ich ihr koste. Und ich selbst, ich habe meine Großmutter darum doch lieb, wenn sie mich auch noch so hart behandelt und mir nur wenig gibt. Aber ich habe noch einen anderen Grund, weshalb ich nicht von ihr gehe, und wenn du willst, Landry, will ich dir sagen, warum ich es nicht tue.«

»So sage es mir,« erwiderte Landry, der gar nicht müde wurde, der kleinen Fadette zuzuhören.

»Dieser Grund ist,« sagte sie, »weil meine Mutter mir damals, als ich noch kaum zehn Jahre alt war, ein armes Kind auf dem Halse zurückgelassen hat. Es ist sehr hässlich, ebenso hässlich wie ich, ja noch viel missgestalteter, da es von Geburt an lahm ist. Ein elendes, kränkliches Kind, das immer voller Zorn und Verdruss ist, weil der arme Junge immer seine Leiden hat. Alle Leute zerren und quälen an meinem armen Grashüpfer herum, und wollen ihn immer heruntersetzen. Meine Großmutter schilt und zankt ihn viel zu viel, und würde ihn auch zu viel prügeln, wenn ich ihn nicht gegen ihre Misshandlungen schützen würde, indem ich so tue, als ob ich ihn durch Zanken und Lärmen zurechtweisen und statt ihrer züchtigen wollte. Aber ich nehme mich immer sehr in acht, dass ich ihn bei Erteilung dieser Prügel nicht wirklich berühre, und er selbst weiß das recht gut. Sobald er etwas Verkehrtes angerichtet hat, kommt er deshalb auch sogleich herbeigelaufen, sucht sich in meinem Rock zu verstecken und sagt: ›Haue mich nur tüchtig, ehe die Großmutter mich packt.‹ Und dann schlage ich auf ihn los, dass es rein zum Lachen ist, und der kleine Bösewicht schreit aus Leibeskräften. Ich sorge auch sonst für ihn, aber ich kann es nicht immer verhindern, dass der arme Schlingel nicht manchmal recht zerlumpt aussieht. Wenn ich nur einige Lappen habe, richte ich sie zu einem Kleidungsstück für ihn zusammen, und wenn er krank ist, nehme ich mich seiner an, dass er bald wieder gesund wird, während er unter der Pflege meiner Großmutter sterben würde, denn sie versteht es gar nicht kranke Kinder zu behandeln. So erhalte ich diesen armen, schwachen Knaben am Leben, der ohne mich sehr unglücklich wäre und bald unter der Erde an der Seite unseres armen Vaters liegen würde, den ich vor dem Tode nicht habe bewahren können. Ich weiß nicht, ob ich dem armen Kinde einen Dienst erweise, wenn ich es am Leben erhalte, verwachsen und von so wenig angenehmen Wesen, wie es ist; aber ich kann nun einmal nicht anders handeln. Wenn ich daran denke, in einen Dienst zu treten, um etwas Geld für mich zu haben, und mir aus dem Elend, in dem ich mich hier befinde, heraushelfen zu können, bricht mir bei dem Gedanken an meinen armen Grashüpfer schier das Herz vor Erbarmen, und ich mache mir Vorwürfe, als ob ich seine Mutter wäre, und als ob ich ihn durch meine Schuld zugrunde gehen sehen müsste. Siehst du, Landry, das sind nun alle meine Fehler und das Böse, das man mir zur Last legt. Der liebe Gott mag mein Richter sein: Ich verzeihe allen, die mich so verkennen.«

Neunzehntes Kapitel

Landry hörte alles, was die kleine Fadette sagte mit der gespanntesten Aufmerksamkeit an, und fand gegen keinen ihrer Gründe auch nur das Geringste einzuwenden. Besonders die Art, wie sie von ihrem kleinen Bruder, dem Grashüpfer, sprach, brachte auf ihn einen Eindruck hervor, als ob er plötzlich in sich eine Freundschaft für sie erwachen fühlte, und als ob er gegen die ganze Welt Partei für sie ergreifen müsste.

»Wer dir jetzt noch unrecht geben würde, Fadette,« sagte er, »der würde selbst im Unrecht sein, denn alles, was du da gesagt hast, ist ganz so, wie es sein muss. Niemand kann darnach an deinem guten Herzen zweifeln, und ebenso wenig an deiner gesunden Vernunft. Warum tust du nicht dazu, dass man dich auch für das ansieht, was du wirklich bist? Man würde dann nicht mehr schlecht von dir reden, und manche würden dir Gerechtigkeit widerfahren lassen.«

»Ich habe es dir ja schon gesagt, Landry,« erwiderte sie, »dass ich gar kein Verlangen darnach habe, jemanden zu gefallen, der mir nicht gefällt.«

»Aber, wenn du mir dies sagst, so kommt das also ...!

Landry verstummte plötzlich, ganz erstaunt, ja fast erschrocken über das, was ihm da beinah entfahren wäre. Nachdem er sich gesammelt hatte, hob er wieder an:

»Das kommt also,« sagte er noch halb stockend, »weil du vor mir mehr Achtung hast, als vor anderen? Ich glaubte ganz bestimmt, du hättest mich gehasst, weil ich niemals gut gegen dich gewesen bin.«

»Es ist schon möglich, dass ich dich ein wenig hasste,« antwortete die Fadette, »aber wenn dies auch so gewesen ist, Landry, von heute an wird es nicht mehr so sein, und ich werde dir jetzt auch sagen warum. Ich habe dich für stolz gehalten, und das bist du auch; aber du verstehst es auch deinen Stolz zu überwinden, um deine Pflicht zu erfüllen, und dadurch hast du um so mehr Verdienst. Obgleich der Stolz, den man dir von Kindesbeinen an anerzogen hat, dich dazu drängt, stolz aufzutreten, so bist du doch in der Erfüllung deines Wortes so treu, dass dich nichts davon abhalten könnte; schließlich hielt ich dich für furchtsam, und deshalb war ich geneigt dich zu verachten; aber ich habe gesehen, dass du nur abergläubisch bist, und dass es dir nicht an Mut fehlen wird, wenn es sich darum handelt, einer bestimmten Gefahr entgegenzutreten. Du hast heute mit mir getanzt, obgleich du deshalb viele Demütigungen ertragen musstest. Du hast mich sogar nach der Vesper hinter der Kirche aufgesucht, grade in dem Augenblick, wo ich mein Gebet verrichtet und dir in meinem Herzen verziehen hatte, und wo ich nicht mehr daran dachte, dich noch weiter belästigen zu wollen. Du hast mich gegen ungezogene Buben verteidigt, und die großen Burschen, die mich ohne deinen Schutz misshandelt haben würden, hast du herausgefordert und zur Ordnung verwiesen. Endlich bist du diesen Abend, als du mich weinen hörtest, zu mir gekommen, um mir beizustehen und mich zu trösten. Glaube nur ja nicht, Landry, dass ich das alles je vergessen könnte. Solange du lebst, werde ich es dir beweisen, dass ich eine lebhafte Erinnerung daran bewahre, und du kannst von mir verlangen, was du immer willst, und zu jeder Zeit, wann es auch sein mag, werde ich bereit sein, dir jeglichen Dienst zu leisten. Ich weiß, um es nur gleich herauszusagen, dass ich dir heute großen Kummer bereitet habe. Freilich weiß ich es, Landry, ich bin Zauberin genug um dich erraten zu haben, wenn ich auch heute Morgen noch keine Ahnung davon hatte. Du kannst davon überzeugt sein, ich bin eher mutwillig als boshaft, und wenn ich darum gewusst hätte, dass du in die Madelon verliebt bist, würde ich dich gewiss nicht mit ihr vereinigt haben, wie es leider geschehen ist, da ich dich gezwungen habe mit mir zu tanzen. Ich gestehe, dass es mich belustigte, dass du ein schönes Mädchen stehen lassen musstest, um mit einem so hässlichen Mädchen zu tanzen, wie ich es bin. Aber ich glaubte, es würde nur ein kleiner Stich für deine Eigenliebe sein. Als mir nach und nach klar wurde, dass dein Herz dadurch schmerzlich betroffen wurde; als ich sah, dass du trotz deiner selbst immer wieder zu der Madelon hinüberblicken musstest, und dass ihr trotziges Zürnen dir beinah Tränen entlockte, da habe ich auch geweint; ja, wahrhaftig, ich habe geweint in dem Augenblick, als du dich gegen ihre Liebhaber schlagen wolltest, und du kannst mir glauben, dass es Tränen der Reue waren. Aus demselben Grunde habe ich auch noch eben so bitterlich geweint, als du mich hier überrascht hast, und ich werde noch so lange darüber weinen, bis ich das Weh, das ich einem guten und braven Burschen, wie ich jetzt weiß, dass du es bist, verursacht habe, wieder gut gemacht habe.«

Landry war ganz gerührt von den Tränen, die ihr aufs Neue in die Augen traten. »Wenn wir auch annehmen, du gutes Fränzchen,« sagte er, »du wärest schuld an einem Zerwürfnis zwischen mir und einem Mädchen, in das ich, wie du sagst, verliebt sein soll, was könntest du denn tun, uns wieder miteinander zu versöhnen?«

»Verlass dich nur auf mich, Landry,« sagte die kleine Fadette. »Ich bin nicht so dumm, dass ich nicht eine Erklärung zu stände bringen könnte, wie es sich gehört. Die Madelon soll erfahren, dass alles Unrecht durch mich angerichtet wurde. Ich werde ihr alles bekennen, und du sollst so rein und weiß dastehen, wie der Schnee. Wenn sie dir morgen ihre Freundschaft nicht zurückgibt, dann hat sie dich auch nie geliebt, und ...«

»Und dann brauche ich auch nichts weiter zu bedauern, Fränzchen; und wenn sie mich wirklich niemals geliebt hat, würdest du dir wirklich eine überflüssige Mühe machen. Tue es also nicht, und tröste dich wegen des kleinen Verdrusses, den du mir gemacht hast. Ich bin schon wieder frei davon.«

»Solche Schmerzen sind nicht so leicht vergessen,« erwiderte die kleine Fadette. Nach kurzem Besinnen setzte sie hinzu: »Wenigstens sagt man dies. Es war gewiss nur der Verdruss, der eben aus dir sprach. Wenn du mal darüber geschlafen hast, und es wieder Tag geworden ist, wirst du sicherlich sehr betrübt sein, bis du dich mit diesem schönen Mädchen wieder versöhnt hast.«

»Das kann sein,« sagte Landry, »aber darauf kann ich dir mein Wort geben, dass ich in diesem Augenblick nichts davon weiß, und überhaupt gar nicht mehr daran denke. Es kommt mir so vor, als ob du mir einreden möchtest, als ob ich so große Freundschaft für sie gehabt hätte; mir selbst aber scheint es, dass diese Freundschaft, wenn ich sie auch wirklich für sie gehabt habe, so schwach gewesen ist, dass ich sozusagen, die Erinnerung daran verloren habe.«

»Das ist sonderbar,« sagte die Fadette und seufzte dabei. »Das ist also die Art, wie ihr Burschen zu lieben pflegt?«

»O, und ihr Mädchen, ihr liebt nicht besser! Gleich seid ihr beleidigt und werdet böse, und dann wisst ihr euch rasch mit dem ersten besten anderen Burschen zu trösten. Aber wir sprechen da von Dingen, die wir vielleicht noch nicht verstehen; wenigstens du nicht, Fränzchen, die du dich über die Verliebten lustig machst. Ich glaube fast, du treibst sogar in diesem Augenblick nur deinen Spott mit mir, indem du meine Angelegenheit mit der Madelon in Ordnung bringen willst. Ich sage dir: Tu's nicht, denn sie könnte meinen, ich hätte dich damit beauftragt, und da würde sie sich doch irren. Vielleicht könnte es sie auch ärgern, wenn sie denken müsste, ich wolle mich ihr als Liebhaber aufdringen lassen, denn ich selbst habe ihr noch nie ein Wort von Liebe gesagt. Wenn ich auch Vergnügen daran fand, in ihrer Gesellschaft zu sein und gern mit ihr tanzte, so hat sie mich doch niemals dazu ermutigt, ihr dies auch in Worten zu sagen. Deshalb also lassen wir die Sache ruhen; wenn die Madelon Lust hat, wird sie von selbst sich mir wieder zuwenden, und ich glaube, wenn sie dies nicht tut, werde ich auch nicht darüber zugrunde gehen.«

»Ich weiß besser als du selbst, Landry, wie dir in dieser Hinsicht zumute ist,« erwiderte die kleine Fadette. »Ich glaube dir, wenn du mir sagst, dass du der Madelon niemals in Worten etwas von deiner Freundschaft verraten hast. Aber sie müsste wirklich sehr einfältig sein, wenn sie nichts davon in deinen Augen gelesen hätte, und besonders heute. Da ich nun die Ursache eueres Zerwürfnisses bin, so muss ich es auch sein, die euch wieder miteinander versöhnt, und das ist dann zugleich die beste Gelegenheit ihr verstehen zu geben, dass du sie liebst. Mir kommt es zu, dies alles zu tun, und ich werde so geschickt und schlau dabei zu Werke gehen, dass es ihr auch gar nicht in den Sinn kommen kann, als ob du mich dazu angestiftet hättest. Verlasse dich nur auf die kleine Fadette, Landry; vertraue der armen garstigen Grille, deren Herz gewiss nicht so hässlich ist, wie ihr Äußeres. Verzeihe ihr, dass sie dich gequält hat, denn es wird für dich zu einem großen Glücke führen. Du wirst erfahren, wie süß es ist die Liebe eines schönen Mädchens zu besitzen, und wie nützlich die Freundschaft eines hässlichen sein kann, denn die hässlichen sind uneigennützig und geraten nicht so leicht in Verdruss und Zorn.«

»Ob du nun schön oder hässlich bist, Fränzchen,« sagte Landry, indem er ihre Hand ergriff, »ich glaube schon jetzt zu erkennen, dass deine Freundschaft etwas sehr Gutes ist, so gut, dass im Vergleich dazu, die Liebe vielleicht nicht mehr in Betracht kommt. Ich erkenne jetzt, dass du die wahre Herzensgüte besitzest, denn ich habe dir eine große Beleidigung zugefügt, die du heute gar nicht beachten wolltest, und wenn du sagst, dass ich mich dir gegenüber sehr gut benommen habe, so finde ich selbst, dass ich den Forderungen der Schicklichkeit gar nicht genügte, und dass ich nicht tat, was sich gehört hätte.«

»Wieso denn, Landry? Ich wüsste nicht, worin ...«

»Ich habe dich beim Tanze ja nicht ein einziges Mal geküsst, Fränzchen, wie es meine Pflicht und mein Recht gewesen wäre, weil es so der Brauch ist. Ich habe es mit dir gemacht, wie man es mit den Mädchen von zehn Jahren tut, zu denen man sich nicht herunter neigt, um sie zu küssen, und doch bist du ja mit mir in einem Alter; es wird sich dabei höchstens um ein Jahr handeln. Ich habe dir also eigentlich einen Schimpf angetan, und wenn du nicht ein so gutes Mädchen wärest, würdest du dir das sicherlich gemerkt haben.«

»Ich habe nicht einmal daran gedacht,« sagte die Fadette, und gleich darauf stand sie auf, denn sie sagte hier geflissentlich eine Unwahrheit und wollte sich das nicht anmerken lassen. »Da höre einmal,« sagte sie, sich zu einem heiteren Tone zwingend, »wie die Grillen auf den Stoppelfeldern singen, hörst du? Sie rufen mich bei meinem Namen, und da unten die Eule ruft mir die Stunde zu, welche da oben am Himmel die Sterne, wie auf einem Zifferblatte bezeichnen.«

»Ja, ich höre es auch ganz deutlich, und ich muss ellen, dass ich nach la Priche komme; aber, Fadette, willst du mir nicht verzeihen, ehe wir voneinander scheiden?«

»Aber, ich bin dir ja nicht böse, Landry; und ich habe dir ja nichts zu verzeihen.«

»Doch gewiss,« sagte Landry, der sich in rätselhafter Weise erregt fühlte, seitdem sie ihm von Liebe und Freundschaft gesprochen hatte. Seine Stimme klang dabei so sanft, dass im Vergleich dazu das leise Gezwitscher der in den Gebüschen schlafenden Dompfaffen noch hart und rau erklang. »Doch, doch, du musst mir verzeihen, das heißt: Du musst mir jetzt die Erlaubnis geben, dass ich dich küssen darf, um das den Tag über Versäumte nachzuholen.«

Ein leichtes Zittern erfasste die kleine Fadette, aber rasch ihre Heiterkeit wiedergewinnend, sagte sie:

»Du willst also, Landry, dass ich dich dein Unrecht durch eine Strafe abbüßen lasse? Wohlan denn, du wackerer Bursche, ich befreie dich davon. Es wird wohl genug sein, dass du die Hässliche zum Tanze führtest; ihr noch dazu einen Kuss geben zu müssen, das wäre wirklich zu viel verlangt.«

»O nein! Sprich nicht so,« rief Landry, ihre Hand ergreifend und dazu auch ihren Arm, – »ich glaube nicht, dass es eine Strafe sein kann, dir einen Kuss zu geben ... wenn es dich nicht etwa verdrießt und dir zuwider ist, dass grade ich ...«

Und als er dies gesagt hatte, fühlte er sich so von der Sehnsucht ergriffen, die kleine Fadette zu küssen, dass die Furcht, sie könne sich weigern, ihn heftig zittern machte.

»Höre, Landry,« sagte sie ihm mit ihrer sanften einschmeichelnden Stimme, – »wenn ich schön wäre, dann würde ich dir sagen, dass es hier weder der Ort noch die Stunde gestatten, sich heimlicherweise zu küssen. Wenn ich gefallsüchtig wäre, dann würde ich im Gegenteil denken, dass grade dies die Stunde und der Ort dazu wären, weil die Nacht meine Hässlichkeit verbirgt, und weil hier niemand ist, der dich wegen deines Einfalls verhöhnen könnte. Da ich nun aber weder gefallsüchtig noch schön bin, so höre, was ich dir sage: Sieh, hier, meine Hand; drücke sie mir zum Zeichen der reinen und aufrichtigen Freundschaft, und ich werde mich damit begnügen, ich, die ich noch nie eine Freundschaft gehabt habe und niemals nach einer anderen verlangen werde.«

»Ja,« sagte Landry, »von ganzem Herzen drücke ich dir hier die Hand. Aber, höre Fadette, die ehrbarste Freundschaft, und die ich für dich empfinde, ist dies, – ist durchaus kein Hindernis, dass man sich nicht einen Kuss geben dürfte. Wenn du mir diesen Beweis nicht gestatten willst, dann muss ich glauben, dass du mir noch etwas nachträgst.«

Er versuchte ihr einen Kuss zu rauben, ehe sie sich dessen versehen konnte, aber sie widerstrebte und als er darauf bestand, fing sie an zu weinen, und sagte:

»Lass mich, Landry, du bereitest mir nur Schmerz.«

Landry blieb ganz betroffen stehen, und es verdross ihn so sehr sie wieder weinen zu sehen, dass er etwas wie Zorn empfand.

»Ich sehe wohl,« sprach er, »dass es dir nicht bedacht ist, wenn du mir sagst, meine Freundschaft sei die einzige, die du haben möchtest. Du hast gewiss eine viel bessere, und deshalb magst du mir keinen Kuss geben.«

»Gewiss nicht, Landry,« erwiderte sie schluchzend, »aber ich fürchte, wenn du mich im Dunkeln geküsst hast, ohne mich zu sehen, wirst du mich hassen, wenn du mich dann bei Tage widerstehst.«

»Habe ich dich denn etwa noch nie gesehen?« sagte Landry, indem er die Geduld verlor; »sehe ich dich denn nicht auch jetzt? Komm, tritt ein wenig näher in den Mondschein; ich sehe dich recht gut, und ich weiß wirklich nicht, ob du hässlich bist, aber ich weiß, dass ich dein Gesicht liebe, weil ich dich gern habe, und das ist alles.«

Und dann schloss er sie in seine Arme und küsste sie; anfangs zitternd und schüchtern; dann aber tat er es wiederholt mit solchem Feuer, dass sie sich fürchtete und ihn zurückdrängend sagte:

»Genug! Landry, genug! Man sollte meinen, du umarmst mich aus Zorn, oder du dächtest dabei an die Madelon. Beruhige dich; morgen werde ich mit ihr reden, und morgen wirst du sie dann mit größerer Freude umarmen, als ich sie dir gewähren kann.«

Mit diesen Worten verließ sie rasch den Steinbruch, und leichten Schrittes war sie verschwunden.

Landry war wie betört, und er hatte alle Lust ihr nachzueilen. Dreimal war er im Begriff, dies zu tun, bis er sich endlich dazu entschließen konnte, in der Richtung des Flusses hinunterzusteigen. Endlich, als ob er den Teufel hinter sich gehabt hätte, fing auch er an zu laufen, und mäßigte seine Schritte nicht eher wieder, als bis er in la Priche angekommen war.

Am folgenden Morgen, als er sich mit Tagesgrauen zu seinen Ochsen begab, dachte er, während er sie streichelte und liebkoste, an jenes Geplauder, das er im Steinbruch von Chaumois eine geschlagene Stunde lang mit der kleinen Fadette geführt hatte, und das ihm nur die Dauer eines Augenblickes gehabt zu haben schien. Der Kopf war ihm noch schwer vom Schlaf und von der geistigen Abspannung eines Tages, der so ganz anders verlaufen war, als er es erwartet hatte. Er fühlte sich sehr beunruhigt und wie verstört über das, was er für jenes Mädchen empfunden hatte, das ihm jetzt wieder als hässlich und in ihren gewohnten schlechten Kleidern, wie er sie von jeher gekannt hatte, vor Augen schwebte. Es gab Augenblicke, in denen ihm das ganze Erlebnis nur wie ein Traum erschien. Dass ihm die Fadette im Steinbruch plötzlich soviel schöner und liebenswürdiger erschienen war, als irgendein anderes Mädchen in der Welt; – das Verlangen sie zu umarmen und die Wonne, mit der er sie endlich ans Herz gedrückt hatte, als ob er in leidenschaftlicher Liebe für sie entbrenne: – das alles glaubte er nur geträumt zu haben.

»Es muss wirklich wohl so sein,« dachte er bei sich selbst, »dass sie eine Zauberschwester ist, wie man es ihr nachsagt, wenn sie es auch nicht eingestehen will. Soviel ist gewiss, dass sie mich gestern Abend behext hat; denn niemals in meinem ganzen Leben habe ich weder für Vater, Mutter, Schwester oder Bruder, auch nicht für die schöne Madelon, ja nicht einmal für meinen lieben Zwillingsbruder solch eine glühende Liebe empfunden, wie sie gestern Abend zwei oder drei Minuten lang für jenes Teufelsmädchen in mir aufwallte. Wenn der arme Sylvinet gesehen hätte, was in meinem Herzen vorging, dann wäre er vor Eifersucht vergangen. Meine Neigung für die Madelon hat meinem Bruder keinen Abbruch getan; wenn ich aber nur einen Tag lang so vernarrt und in so feuriger Aufregung geblieben wäre, wie ich es für einen Augenblick neben der kleinen Fadette gewesen bin, dann hätte ich närrisch darüber werden müssen, und ich würde für nichts in der Welt mehr Sinn behalten haben, als nur für sie.«

Es war Landry zumute, als ob er vor Scham, vor Ermüdung und Unbehagen ersticken müsste. Er setzte sich auf die Krippe der Ochsen und geriet in Angst, ob nicht die Zauberin ihn vielleicht um seine mutige Kraft, seinen Verstand und seine Gesundheit gebracht haben könnte.

Als nun die Sonne aufgegangen war, und die Arbeiter von la Priche sich zusammengefunden hatten, fingen sie an Landry wegen seines Tanzes mit der garstigen Grille zu necken. Sie spotteten soviel über ihre Hässlichkeit, ihr sonderbares Benehmen und ihren schlechten Anzug, dass Landry nicht mehr wusste, wo er sich verbergen sollte, so sehr schämte er sich dessen, was die anderen gesehen hatten, und ebenso sehr der nur ihm allein bekannten Vorgänge, von denen er sich wohl hütete, auch nur das Geringste verlauten zu lassen.

Er wurde aber keineswegs böse darüber, denn die Leute von la Priche waren alle seine guten Freunde, und trieben ihre Neckereien durchaus nicht in böser Absicht. Er hatte sogar den Mut ihnen zu sagen, dass die kleine Fadette gar nicht sei, wofür man sie ansehe, dass sie eben so gut sei, wie die anderen Mädchen, und dass sie sich darauf verstehe große Dienste zu leisten. Durch diese Behauptungen erregte er aufs Neue die Spottlust der anderen und musste es sich gefallen lassen, dass sie ihn verhöhnten.

»Ihre Großmutter,« so schallte es ihm entgegen, »ja, das mag sein; aber sie selbst ist ja noch ein Kind, das nichts versteht; wenn du ein krankes Vieh hast, will ich dir nicht raten ihre Mittel anzuwenden, denn sie ist eine Schwätzerin, die nicht das Geringste von den Geheimnissen der Heilkunst versteht. Aber wie es scheint, versteht sie sich darauf, die Burschen zu betören, denn am Feste des heiligen Andoche bist du ihr kaum von der Seite gewichen. Du tätest wohl daran, armer Landry, besser auf deiner Hut zu sein; sonst wird man dich bald den Gefährten der Grille und den Kobold der Fadette heißen. Wir werden noch gezwungen sein, dir den Teufel wieder austreiben zu lassen.«

»Ich glaube auch,« ließ sich die kleine Solange vernehmen, »dass er gestern Morgen einen seiner Strümpfe links angezogen hat. Das lockt die Hexen herbei, und die kleine Fadette hatte es gewiss bemerkt.«

Zwanzigstes Kapitel

Als Landry während des Tages auf dem Felde beschäftigt war, sah er die kleine Fadette vorübergehen. Sie ging sehr schnell und wandte sich einer dicht bewachsenen Stelle zu, wo die Madelon das Laub für ihre Schafe sammelte. Es war um die Zeit, wo man die Ochsen auszuspannen pflegte, weil die Hälfte des Tagewerkes vollbracht war. Landry, der die seinigen auf die Weide zurückführte, blickte beständig der kleinen Fadette nach, die so leicht dahinschritt, dass ihre Füße kaum eine Spur auf dem Grase zurückließen. Landry hätte gern wissen mögen, was sie der Madelon sagen würde. Statt also seine Suppe zu verzehren, die für ihn in die vom Eisen der Pflugschar noch warme Furche hingestellt war, schlich er sich längs des Gebüsches hin, um das Gespräch der beiden Mädchen zu behorchen. Sehen konnte er sie nicht, und da die Madelon ihre Antworten in dumpfem Tone gleichgültig dahinmurmelte, war es ihm unmöglich zu verstehen, was sie sagte. Aber die Stimme der kleinen Fadette war trotz ihres sanften Klanges, darum nicht weniger hell und deutlich, sodass ihm auch nicht ein einziges ihrer Worte entging, obgleich sie keineswegs sehr laut sprach. Es war die Rede von ihm, und wie sie es Landry versprochen hatte, machte sie der Madelon begreiflich, wie sie sich schon vor zehn Monaten von Landry hatte das Wort geben lassen, dass er ihr zu irgendeinem Dienst, den sie nach ihrem Belieben von ihm fordern würde, zu Gebote stehen müsse. Sie wusste das alles so bescheiden und so allerliebst auseinanderzusetzen, dass es ein Vergnügen war, ihr zuzuhören. Und dann erzählte sie, ohne jedoch des Irrlichtes zu erwähnen, und dass Landry sich davor gefürchtet habe, wie dieser beinah ertrunken wäre, als er am Vorabende des heiligen Andochefestes die Strudelfurt verfehlt hatte. Schließlich wusste sie alles in das beste Licht zu rücken und erklärte offen und deutlich, dass das ganze Unheil allein durch ihre Eitelkeit verschuldet sei, weil sie, die bisher immer nur mit den Buben tanzte, es sich in den Kopf gesetzt hatte, mit einem erwachsenen Burschen tanzen zu wollen.

Die Madelon geriet darüber in hellen Zorn, sodass sie mit lauter Summe rief:

»Was habe denn ich mit alledem zu schaffen? Tanze doch dein ganzes Leben lang mit den Zwillingen vom Zwillingshofe, und bilde dir nur nicht ein, Grille, dass mich das auch nur im Geringsten ärgert oder neidisch macht.«

Die Fadette erwiderte darauf: »Rede nicht mit so harten Worten gegen den armen Landry, Madelon; er hat nun einmal sein Herz an dich gehängt, und wenn du nichts von ihm wissen willst, wird er sich mehr darüber kümmern, als ich es auszusprechen vermag.«

Wiederum hatte sie dies in so zierlich gewählten Worten, mit so einschmeichelndem Tone gesagt, und dabei in so anerkennender Weise von Landry gesprochen, dass dieser gern alle ihre Ausdrücke für immer seinem Gedächtnis eingeprägt hätte, um sich ihrer bei Gelegenheit selbst bedienen zu können. Als er sich in solcher Weise loben hörte, errötete er vor innerem Behagen.

Auch die Madelon war erstaunt wie hübsch die kleine Fadette zu reden verstand, aber ihre Geringschätzung gegen dieselbe war zu groß, um es sie merken zu lassen. – »Du hast ein tüchtiges Mundwerk und eine anerkennenswerte Dreistigkeit,« sagte sie ihr; »man sollte meinen, deine Großmutter habe dich dazu abgerichtet, die Leute zu beschwatzen; aber ich liebe es nicht mit Hexen zu plaudern, das bringt Unglück, und ich bitte dich, gehörnte Grille, lass mich jetzt in Ruhe. Du hast nun einen Liebhaber gefunden, und den bewahre dir, mein Schätzchen, denn er wird der erste und der letzte sein, der an einer so garstigen Schnauze wie die deinige, Geschmack findet. Was mich betrifft, ich mag nichts von dem, was du nicht willst, und wenn's der Sohn des Königs wäre, dein Landry ist ein Narr, und es muss Wohl recht wenig an ihm gelegen sein, da du in der Meinung, du hättest ihn mir genommen, schon so bald herankommst, mich zu bitten, dass ich ihn in Gnaden wieder annehmen soll. Wahrhaftig, das wäre ein schöner Liebhaber für mich, wenn selbst die kleine Fadette nichts nach ihm fragt!

»Wenn es das ist, woran du Anstoß nimmst,« antwortete die Fadette in einem Tone, der Landry bis ins Innerste seines Herzens drang; »und wenn dein Stolz so groß ist, dass du nicht eher gerecht sein kannst, als nachdem du mich gedemütigt hast, dann gib dich nur zufrieden, schöne Madelon: Die arme Feldgrille wird ihren Stolz und ihren Mut dir unter die Füße legen. Du glaubst also, dass ich Landry verachte, weil ich dich sonst nicht bitten würde, ihm zu verzeihen. Nun, so erfahre denn, wenn es dir so angenehmer ist, dass ich ihn schon seit langer Zeit liebe, dass er der einzige Bursche ist, an den ich jemals gedacht habe, und der mir vielleicht mein ganzes Leben lang im Sinne bleiben wird. Zugleich aber bin ich zu verständig und auch viel zu stolz, um je daran zu denken, dass er meine Liebe erwidern sollte. Ich weiß, wer er ist, und wer ich bin. Er ist schön, reich und angesehen; und ich bin hässlich, arm und verachtet. Ich weiß also recht gut, dass er nicht für mich bestimmt ist. Du hast jedenfalls auch sehen müssen, wie geringschätzig er sich auf dem Feste gegen mich benommen hat. Du kannst dich also damit beruhigen, dass der, den die kleine Fadette nicht einmal anzublicken wagt, seine Augen voller Liebe nach dir richtete. Strafe die kleine Fadette dadurch, dass du sie verspottest und ihr den wieder entreißt, den sie dir nicht einmal streitig zu machen wagen würde. Und, wenn du es nicht aus Liebe zu ihm tust, so tue es wenigstens, um mich für meine Unverschämtheit zu strafen. Versprich mir, wenn er jetzt zu dir kommt, um sich vor dir zu entschuldigen, dass du ihn gut aufnehmen und ihm ein wenig Trost zusprechen willst.«

Statt von soviel Demut und Ergebenheit gerührt zu werden, bezeigte die Madelon sich sehr hart und schickte die kleine Fadette wieder fort, indem sie ihr sagte, dass Landry gerade für sie sehr passend sei; was aber sie selbst, die Madelon, betreffe, so finde sie ihn für sich viel zu bubenhaft und zu einfältig. Aber trotz der schroffen Abweisungen der schönen Madelon verfehlte die große Selbstverleugnung, womit die Fadette sich selbst zum Opfer gebracht hatte, nicht ihre Früchte zu tragen. Das Herz der Frauen ist nun einmal so beschaffen, dass ein junger Bursche in ihren Augen erst das Ansehen eines Mannes gewinnt, wenn sie sehen, dass er von anderen Frauen geschätzt wird. Die Madelon, die ihre Gedanken niemals besonders ernstlich mit Landry beschäftigt hatte, begann jetzt, sobald sie die Fadette fortgeschickt hatte, viel an ihn zu denken. Sie wiederholte sich alles, was diese Schönrednerin ihr von Landrys Liebe vorgesprochen hatte, und wenn sie darüber nachdachte, dass die Fadette bis zu dem Grade in ihn verliebt war, dass sie es ihr sogar gestanden hatte, blähte sie sich in der

Siegesgewissheit, sich an diesem armen, kleinen Mädchen rächen zu können.

Sie ging am Abend nach la Priche, das von ihrer eignen Behausung nicht mehr als zwei bis drei Flintenschüsse weit entfernt war. Unter dem Vorwande eines von ihren Tieren zu suchen, das auf den Feldern sich unter das Vieh ihres Onkels verlaufen hatte, machte sie sich in Landrys Nähe zu schaffen und ermutigte ihn durch ihre Blicke zu ihr heranzukommen, dass er mit ihr reden sollte.

Landry bemerkte dies recht gut, denn seitdem die kleine Fadette sich in die Sache eingemischt hatte, war er merkwürdig geweckt und klug geworden. – »Die Fadette kann wirklich zaubern,« dachte er bei sich, »denn sie hat mir die Zuneigung der Madelon zurückgewonnen, und durch ihr Geplauder hat sie in einer Viertelstunde mehr für mich bewirkt, als ich selbst in einem ganzen Jahre zustande gebracht haben würde. Sie hat einen wunderbaren Verstand und ein Herz, wie es vom lieben Gott nur alle Jubeljahre erschaffen wird.

Während er mit diesen Gedanken beschäftigt war, blickte er die Madelon an, aber so gelassen, dass sie schon wieder fortging, bevor er sich nur entschlossen hatte, sie anzureden. Nicht, dass er sich etwa vor ihr geschämt hätte; im Gegenteil, seine Beschämung war verschwunden, ohne dass er selbst wusste, wie; aber mit der schüchternen Verlegenheit waren zugleich auch die Freude, die er sonst gehabt hatte, sie zu sehen, und das Verlangen von ihr geliebt zu werden, in ihm erloschen.

Als er kaum das Abendessen verzehrt hatte, so tat er zum Schein, als ob er zu Bette gehen wollte. Aber er stand gleich wieder auf, schlich längs der Mauer hin und eilte unaufhaltsam graden Weges nach der Strudelfurt. Das Irrlicht führte seinen Flammentanz auch an diesem Abend wieder auf. Als Landry es noch ganz aus der Ferne hüpfen sah, dachte er: »Das ist um so besser; da ist der Fadet, so wird die Fadette nicht ferne sein. Er durchschritt die Furt, ohne sich zu fürchten und ohne sich beirren zu lassen. Dann ging er bis zu dem Hause der Mutter Fadet, das er sorgfältig prüfend von allen Seiten umspähte. Er verweilte hier geraume Zeit, ohne Licht zu sehen, und ohne das geringste Geräusch zu vernehmen. Sie mussten drinnen schon alle zu Bett gegangen sein. Er hoffte, dass die Grille, welche abends, wenn ihre Großmutter und der Grashüpfer schon im Schlafe lagen, oft hinausging, um in der Gegend umherzuschweifen, dies auch heute tun würde. Er begann deshalb auch in der Nähe des Hauses herumzustreifen. Pfeifend und singend, um sich bemerkbar zu machen, schritt er quer über die Schilfwiese hin nach dem Steinbruch von Chaumois; aber er traf auf seinem Wege nichts als den Dachs, der in die Stoppelfelder entfloh, und die Eule, die auf ihrem Baume krächzte. So blieb ihm nichts übrig, als wieder heimzukehren, ohne die Gelegenheit gefunden zu haben, der guten Freundin, die seine Interessen so ausgezeichnet vertreten hatte, seinen Dank zu sagen.

Einundzwanzigstes Kapitel

Die ganze Woche verging, ohne dass es Landry gelingen wollte der Fadette zu begegnen, worüber er sehr erstaunt und sogar bekümmert war. – »Sie wird mich gar noch für undankbar halten,« dachte er; »und doch lasse ich es gewiss nicht daran fehlen, mich nach ihr umzusehen und auf sie zu warten. Es muss also wohl etwas anderes sein, weshalb ich sie gar nicht treffen kann. Vielleicht hat es sie gekränkt, dass ich sie im Steinbruch, sozusagen, wider ihren Willen geküsst habe, und doch geschah es gewiss nicht in böser Absicht; es kam mir ja gar nicht in den Sinn sie beleidigen zu wollen.«

Während der ganzen Woche setzte er seine Grübeleien in dieser Weise fort, und er dachte mehr nach, als er dies in seinem ganzen Leben getan hatte. Er konnte sich selbst nicht klar werden und blieb träumerisch und aufgeregt; er musste sich zur Arbeit förmlich zwingen, denn weder die stattlichen Ochsen, noch die blanke Pflugschar, oder die vom Herbstregen gefeuchtete schöne braune Erde, vermochten ihn aus seinen Betrachtungen und Träumereien herauszureißen.

Am Donnerstag gegen Abend machte er sich auf, seinen Zwillingsbruder zu besuchen; er fand diesen ebenso bekümmert, wie er es selbst war. Sylvinet hatte einen von dem seinigen ganz verschiedenen Charakter, der nur manchmal durch besondere Eindrücke ihm ähnlich wurde. Es war an diesem Tage, als ob er erraten hätte, dass die Ruhe seines Bruders durch irgendetwas gestört sei, und doch war er weit davon entfernt zu ahnen, wodurch dies geschehen sein könnte. Er fragte ihn, ob er sich mit der Madelon wieder versöhnt habe, und zum ersten Mal in seinem Leben sagte Landry ihm eine Lüge, indem er diese Frage bejahte. Die Wahrheit ist, dass er der Madelon auch nicht ein Wort gesagt hatte, und er dachte, dass es noch immer Zeit dazu sein würde, da ihn ja nichts dazu dränge.

Endlich kam der Sonntag heran, und Landry war einer von den Ersten, die sich in der Messe einfanden. Er war schon da, bevor noch geläutet wurde, denn er wusste, dass die kleine Fadette grade in dem Augenblick zu kommen pflegte, wenn das Geläute begann, weil sie immer so lange Gebete hersagte, was die Leute veranlasste, sich darüber aufzuhalten. Er erblickte jetzt in der Kapelle der Heiligen Jungfrau eine kleine kniende Gestalt; den Rücken hatte sie dem Publikum zugewandt, und das Gesicht in den Händen verborgen, um desto andächtiger beten zu können. Dies war wohl die gewohnte Stellung der kleinen Fadette, aber nicht die Art, wie sie das Haar zu stecken und sich zu kleiden pflegte, noch überhaupt ihr sonstiges Wesen. Landry ging wieder hinaus, um zu sehen, ob er sie nicht unter dem Portal finden würde, welches bei uns die Bettelhalle genannt wird, weil sich hier während des Gottesdienstes die in Lumpen gehüllten Bettler von Profession aufzuhalten pflegen.

Der zerlumpte Anzug der Fadette war der einzige, den er hier nicht entdecken konnte; er hörte die Messe, ohne sie erspäht zu haben. Erst als die Einleitung zum Messopfer begonnen hatte, und er noch einmal jenes Mädchen betrachtete, welches so andächtig in der Kapelle betete, erkannte er, als sie den Kopf erhob, in ihr seine Grille, aber in einem Anzuge und mit einer Haltung, die ihm ganz neu an ihr waren. Das waren wohl noch immer ihre ärmlichen Kleider, ihr Rock von halbwollenem Stoff, ihre rote Schürze und ihre leinene Haube ohne Spitzenverzierung; aber das alles war im Laufe der Woche rein und weißgewaschen, anders zugeschnitten und zusammengenäht. Ihr Rock war verlängert worden und fiel in zierlicheren Falten auf die Strümpfe herab, die blendendweiß waren, ebenso wie ihre Haube, die auch eine andere Form erhalten hatte, und zierlich auf ihrem glatt gekämmten schwarzen Haare befestigt war; ihr Halstuch war neu und von einer hübschen mattgelblichen Farbe, die zu ihrer bräunlichen Haut vortrefflich stand. Auch das Mieder hatte sie verlängert und statt, dass ihr Oberkörper sonst wie ein bekleidetes Scheit Holz ausgesehen hatte, war ihre Taille jetzt fein und biegsam wie der Leib einer Wespe. Ja, mehr noch! Der Himmel mag's wissen mit welcher Mischung von Blumen- und Kräutersaft sie während der acht Tage Gesicht und Hände gewaschen haben mochte, denn ihr farbloses Gesicht und ihre zierlichen Hände hatten ein so reines zartes Aussehen, dass sie mit frischer Weißdornblüte im Frühling wetteifern konnten.

Als Landry sie so verändert sah, ließ er vor Erstaunen sein Gebetbuch fallen. Das dadurch verursachte Geräusch veranlasste die kleine Fadette sich umzuwenden, und sie erblickte Landry grade in dem Augenblick, als er sie eifrig betrachtete. Sie errötete ein wenig, wenn auch nicht mehr als die zarte Waldrose; aber durch den wärmeren Farbenton wurde sie beinah schön, umsomehr, da ihren schwarzen Augen, an denen man niemals etwas auszusetzen fand, ein so leuchtender Glanz entstrahlte, dass ihr Gesicht dadurch wie verklärt erschien. In Landry erwachte aufs neue der Gedanke: »Sie ist eine Zauberin! Sie war hässlich und wollte schön werden, und da ist sie nun durch ein Wunder schön geworden. Es war ihm als ob er vor Furcht erstarren müsse; aber trotz der Furcht empfand er doch ein so heftiges Verlangen sich ihr zu nähern und mit ihr zu reden, dass ihm zumute war, als müsse ihm bis zum Schluss der Messe das Herz vor Ungeduld zerspringen.

Sie aber sah ihn nicht mehr an, und statt wie sonst nach dem letzten Gebet mit den Kindern um die Wette herumzulaufen und zu scherzen, ging sie still und bescheiden fort, sodass man im allgemeinen kaum Zeit gehabt hatte zu bemerken, wie sehr sie sich zu ihrem Vorteil verändert hatte. Landry hatte nicht den Mut ihr zu folgen, um so weniger, als Sylvinet ihn nicht aus den Augen ließ; aber, nachdem er eine Stunde gewartet hatte, gelang es ihm doch zu entschlüpfen, und diesesmal dem Drange seines Herzens folgend, fand er die kleine Fadette, wie sie verständig ihre Tiere hütete in dem schmalen Hohlwege, der die Gendarmenschlucht genannt wird. In längst vergangener Zeit haben die Bewohner von la Cosse an dieser Stelle einen königlichen Gendarmen getötet, weil die Armen, im Widerspruch mit dem Wortlaut des Gesetzes, das ohnehin schon streng genug war, zur Bezahlung der Abgaben und zur Leistung des Frondienstes gewaltsam gezwungen werden sollten.

Zweiundzwanzigstes Kapitel

Da es Sonntag war, hütete die kleine Fadette ihre Schafe, ohne dabei zu nähen oder zu stricken. Sie ging einem stillen Vergnügen nach, welches die Kinder in unserer Gegend manchmal sehr ernsthaft beschäftigt. Sie suchen ein vierblätteriges Kleeblatt, ein sogenanntes Kleeviere, das sehr selten ist und dem Finder, der seine Hand darüber legt, Glück verheißen soll.

»Hast du eins gefunden, Fränzchen?« fragte Landry, sobald er sich an ihrer Seite befand.

»Ich habe es schon oft gefunden,« antwortete sie; »aber es bringt doch kein Glück, wie man glaubt, und es hilft mir nichts, obgleich ich schon drei davon in meinem Gebetbuche habe.«

Landry setzte sich neben sie, als ob er mit ihr plaudern wollte. Aber mit einem Mal wurde es ihm so beklommen, wie es ihm noch niemals neben der Madelon gewesen war, und trotzdem er im Sinne gehabt hatte, recht viel zu sagen, wusste er auch nicht ein Wort herauszubringen und konnte sich auf nichts mehr besinnen.

Auch die kleine Fadette wurde verlegen, denn: Sprach der Zwilling auch nichts zu ihr, so betrachtete er sie doch mit sehr eigentümlichen Blicken. Endlich fasste sie sich ein Herz und fragte ihn, warum er sie denn so erstaunt ansehe.

»Ist es etwa,« sagte sie, »weil ich meine Haube in Ordnung gebracht habe? Darin bin ich deinem Rat gefolgt; ich habe gedacht, um ein verständiges Aussehen zu gewinnen, müsse ich damit anfangen, mich anständiger zu kleiden. Auch wage ich nicht, mich sehen zu lassen, denn ich fürchte, dass man mir noch gar einen Vorwurf daraus macht und etwa sagt, ich hätte den Versuch gemacht, mich weniger hässlich zu machen, ohne dass es mir damit gelungen wäre.«

»Mögen die Leute sagen, was sie wollen,« sagte Landry; »aber ich weiß wirklich nicht, was du nur angefangen hast, um dich so zu verschönern; denn du bist heute wirklich hübsch, und man müsste gar keine Augen im Kopfe haben, wenn man das nicht sehen könnte.«

»Spotte nicht, Landry,« hob die kleine Fadette wieder an. »Man sagt: Die Schönen lassen sich durch ihre Schönheit den Kopf verdrehen, und die Hässlichkeit bringe die Hässlichen zur Verzweiflung. Ich habe mich schon daran gewöhnt durch meinen Anblick den Leuten Schrecken einzujagen, und ich möchte jetzt nicht so einfältig werden, zu glauben, dass ich gefallen könnte. Aber du bist doch nicht etwa zu mir gekommen, um von diesen Dingen zu reden; ich denke du wirst mir sagen, dass die Madelon dir verziehen hat.«

»Ich komme nicht, um mit dir von der Madelon zu reden. Ich weiß nichts davon, ob sie mir verziehen hat, und bekümmere mich auch nicht darum. Ich weiß nur, dass du mit ihr darüber gesprochen hast, und du hast es so gut gemacht, dass ich dir großen Dank dafür schuldig bin.«

»Wie weißt du denn, dass ich mit ihr gesprochen habe? Sie hat es dir also gesagt? In diesem Falle habt ihr euch also wieder versöhnt.«

»Wir haben uns gar nicht versöhnt; wir lieben uns nicht genug, um miteinander böse zu sein. Ich weiß, dass du mit ihr geredet hast, weil sie es jemanden gesagt hat, der es mir wieder hinterbrachte.«

Die kleine Fadette wurde dunkelrot, was sie noch viel schöner erscheinen ließ; denn bis zu diesem Tage hatte man diesen züchtig verschämten Ton der Furcht und der Freude, der die Hässlichsten verschönt, noch niemals auf ihren Wangen erblickt. Aber zu gleicher Zeit geriet die Fadette in Unruhe bei dem Gedanken, dass die Madelon alle ihre Reden wiederholt haben könnte und sie vielleicht dem Gelächter preisgegeben hätte, wegen des Liebesgeständnisses, das sie ihr in Bezug auf Landry gemacht hatte.

»Was hat denn die Madelon von mir gesagt?« fragte sie weiter.

»Sie hat gesagt, dass ich ein einfältiger Tropf sei, der keinem einzigen Mädchen gefalle, nicht einmal der kleinen Fadette; dass diese mich verachte, dass sie mir ausweiche und sich schon die ganze Woche verborgen halte, um mir nur nicht zu begegnen, obgleich ich die ganze Woche nach ihr gesucht hätte und überall herumlaufe, um der kleinen Fadette zu begegnen. Du siehst also, Fränzchen, dass ich es bin, der zum Gespött der Leute geworden ist, weil es bekannt ist, dass ich dich liebe, und dass du mich nicht ausstehen kannst.«

»Das ist einmal ein abscheuliches Geschwätz,« erwiderte die Fadette ganz erstaunt, denn sie verstand sich nicht genug auf die Zauberei, um zu begreifen, dass in diesem Augenblick Landry schlauer war, als sie selbst. »Ich hätte nicht gedacht, dass die Madelon so verlogen und so falsch sein könnte. Aber man muss es verzeihen, Landry, denn es ist nur der Verdruss, der sie so reden lässt, und der ist nichts anderes, als die Liebe.«

»Das mag wohl sein,« sagte Landry, »denn eben deshalb hast du keinen Zorn gegen mich, Fränzchen. Du verzeihst mir alles, weil dir alles, was ich auch tun mag, vollkommen gleichgültig ist.«

»Das habe ich nicht verdient, Landry, dass du so redest; nein, wahrhaftig das habe ich nicht um dich verdient. Ich habe ganz anders mit der Madelon gesprochen. Was ich ihr gesagt habe, war nur für sie bestimmt, aber es war durchaus nicht zu deinem Nachteil und hätte ihr im Gegenteil durchaus beweisen müssen, wie sehr ich dich achte.«

»Höre, Fränzchen,« sagte Landry, »lass uns nicht weiter streiten über das, was du gesagt oder nicht gesagt hast. Da du in manchen Dingen so klug bist, möchte ich dich über etwas zurate ziehen. Am vergangenen Sonntag im Steinbruch habe ich, ohne selbst zu wissen, wie es eigentlich gekommen ist, eine so große Freundschaft für dich gewonnen, dass ich die ganze Woche über nicht mehr essen noch schlafen konnte. Ich will dir nichts verbergen; einem so schlauen Mädchen gegenüber wäre dies nur verlorene Mühe. Ich gestehe also, dass ich mich schon am Montagmorgen meiner Gefühle für dich geschämt habe, und dass ich mir vornahm recht weit fortzugehen, um nicht wieder in diese Torheit zu verfallen. Aber schon am Montagabend war ich wieder so tief hineingeraten, dass ich in der Nacht durch die Furt ging, ohne mich im geringsten um das Irrlicht zu kümmern, das mich freilich daran verhindern wollte, dich aufzusuchen, denn es war wieder da. Aber, als es beginnen wollte sein boshaftes Spiel mit mir zu treiben, habe ich es verhöhnt. Seit dem Montag bin ich jeden Morgen ganz verstört, weil man nicht aufhört mich damit aufzuziehen, dass ich Geschmack an dir gefunden hätte. Jeden Abend bin ich wie toll, weil ich fühle, dass meine Neigung für dich viel stärker ist, als die falsche Scham. Da sehe ich dich nun heute so hübsch, und du hast überhaupt ein so verständiges Aussehen, dass alle Leute darüber erstaunt sein müssen. Wenn du nun so dabei bleibst, wird man, ehe noch vierzehn Tage vergangen sind, es nicht nur verzeihlich finden, dass ich mich in dich verliebt habe, sondern es wird auch noch vielen anderen Burschen ebenso ergehen. Es ist also für mich kein Verdienst dabei, dich zu lieben, und du bist es mir auch kaum schuldig, mir den Vorzug zu geben. Und doch, wenn du an den letzten Sonntag denkst, du weißt an den Festtag des heiligen Andoche, dann wirst du dich daran erinnern, dass ich dich im Steinbruch um die Erlaubnis bat, dich küssen zu dürfen, und dass ich es dann mit solcher Herzlichkeit getan habe, wie ich es nur hätte tun können, wenn du nicht als hässlich und unausstehlich verschrien gewesen wärest. Sieh, Fadette, das ist es, worin mein Anspruch besteht. Sage mir, ob du ihn willst gelten lassen, oder ob die Sache dich ärgert, statt, dass du dadurch für mich gewonnen wirst.«

Die kleine Fadette verbarg ihr Gesicht schweigend in den Händen. Landry glaubte nach dem, was er von ihrer Unterredung mit der Madelon verstanden hatte, dass sie ihn liebe, und dieses Liebesgeständnis hatte auf ihn die Wirkung hervorgebracht, dass er sich seiner eignen Liebe augenblicklich bewusst geworden war. Jetzt aber, als er die beschämte und traurige Haltung des jungen Mädchens sah, begann er zu fürchten, ob sie der Madelon nicht etwa nur ein Märchen aufgebunden habe, in der guten Absicht dem von ihr unternommenen Versöhnungswerk den gewünschten Erfolg zu verschaffen. Dieser Gedanke machte ihn nur noch verliebter, aber zugleich erfüllte er ihn mit Kummer. Sanft zog er ihr die Hände vom Gesicht, und nun sah er, dass sie totenblass geworden war. Als er ihr dann lebhafte Vorwürfe machte, dass sie seine glühende Liebe gar nicht erwidere, sank sie auf die Knie und faltete seufzend ihre Hände, denn sie fühlte sich dem Ersticken nahe, und gleich darauf lag sie bewusstlos am Boden.

Dreiundzwanzigstes Kapitel

Landry geriet in große Angst; er rieb ihr die Hände, um sie zum Bewusstsein zurückzubringen. Ihre Hände waren eiskalt und so starr, als ob sie von Holz gewesen wären. Er versuchte sie zu erwärmen und hielt ihre Hände lange zwischen den seinigen; als sie dann endlich wieder eines Wortes fähig war, sagte sie zu ihm:

»Ich glaube du treibst dein Spiel mit mir, Landry; aber es gibt Dinge, mit denen man nicht spielen sollte. Ich bitte dich also, lass mich in Ruhe und rede nicht mehr mit mir; wenigstens nicht anders, als wenn ich dir in irgendetwas helfen kann; in diesem Falle wirst du mich stets zu deinem Dienste bereitfinden.«

»Fadette, Fadette,« sagte er, »was du da redest ist nicht gut. Du bist es, die ihr Spiel mit mir getrieben hat. Du kannst mich nicht leiden, und doch ließest du mich etwas anderes hoffen.«

»Ich?!« sagte sie ganz betrübt; »was ist es denn, was ich dich hoffen ließ? Ich habe dir eine aufrichtige Zuneigung entgegengebracht, wie dein Zwillingsbruder sie für dich hat; vielleicht ist sie auch noch selbstloser, denn ich weiß nichts von Eifersucht, und statt dir bei deiner Liebe zur Madelon entgegen zu sein, habe ich mich bemüht, dir dienlich zu sein.«

»Das ist alles wahr,« sagte Landry. »Du bist so gut gewesen, wie nur der liebe Gott es sein kann, und es ist unrecht von mir dir Vorwürfe zu machen. Verzeihe mir, Fränzchen, und lass mich dich lieben, so gut ich es vermag. Vielleicht wird meine Liebe zu dir keine so ruhige sein, wie ich sie für meinen Zwillingsbruder oder für meine Schwester Nanette empfinde; aber ich verspreche dir, dich nicht mehr küssen zu wollen, wenn dir das zuwider ist.«

Als Landry sich wieder etwas beruhigt hatte, bildete er sich wirklich ein, die Fadette empfinde für ihn nichts mehr, als eine ganz besonnene Freundschaft, und da er weder eitel noch eingebildet war, verhielt er sich ihr gegenüber ebenso schüchtern und zurückhaltend, als ob er mit seinen beiden Ohren nichts von alledem gehört hätte, was sie der schönen Madelon in Bezug auf ihn gesagt hatte.

Was nun die kleine Fadette selbst betrifft, so war sie klug genug, um schließlich dahinter zu kommen, dass Landry bis über die

Ohren verliebt in sie war. Die übergroße Freude darüber hatte sie auf einen Augenblick in den einer Ohnmacht ähnlichen Zustand versetzt. Aber sie fürchtete, dass ein so rasch gewonnenes Glück, ebenso rasch wieder verloren sein könnte. Diese Furcht war es auch, weshalb sie Landry etwas hinhalten wollte, bis das heiße Verlangen nach Erwiderung seiner Gefühle in ihm erwacht sein würde.

Er verweilte bei ihr bis in die Nacht hinein; wenn er sich auch nicht mehr traute ihr Schmeicheleien zu sagen, so war er doch so verliebt in sie und fand eine so große Freude daran sie anzusehen und sie reden zu hören, dass er sich nicht entschließen konnte, ihr auch nur auf einen Augenblick von der Seite zu weichen. Er spielte mit dem Grashüpfer, der niemals lange von seiner Schwester getrennt blieb, und der auch bald erschienen war, sie aufzusuchen. Er war freundlich mit ihm und bemerkte bald, dass dieser arme Knabe, der von aller Welt so schlecht behandelt wurde, weder dumm noch böse war, wenn man nur gut mit ihm umging. Nach Verlauf einer Stunde war der kleine Bursche sogar so zutraulich und erkenntlich geworden, dass er dem Zwilling die Hände küsste, und ihn seinen Landry nannte, wie er seine Schwester »mein Fränzchen« zu nennen pflegte. Dies rührte Landry, und es erhöhte seine Teilnahme und sein Mitleiden, als er die Überzeugung gewann, dass er selbst so gut wie alle anderen Leute, sich bisher an diesen beiden armen Kindern der Mutter Fadet wirklich versündigt hatte. Man brauchte sie ja nur wie andere Kinder ein wenig liebevoll zu behandeln und sie waren die besten von allen.

Am anderen Tage, ebenso wie auch an den nächstfolgenden Tagen, gelang es Landry die kleine Fadette wiederzusehen. Bald geschah's am Abend, und dann konnte er ein wenig mit ihr plaudern, oder sie waren sich einander am Tage auf dem Felde begegnet. Und, wenn sie sich dann auch nicht lange bei ihm aufhalten konnte, weil sie in ihren Pflichten nichts versäumen mochte, so war er doch schon zufrieden, ihr aus vollem Herzen ein paar Worte zurufen zu können, und seine Augen an ihrem Anblick erquickt zu haben. Sie fuhr fort sich in ihren Reden, sowie in ihrem Anzüge und in ihrem Verkehr mit den Leuten stets fein und sittsam zu zeigen. Dies wurde bald von allen bemerkt, und man nahm auch gegen sie einen anderen Ton und eine andere Art des Benehmens an. Da sie nichts mehr tat, was nicht schicklich gewesen wäre, beleidigte man sie auch nicht mehr; und da sie sah, dass man sie in Ruhe ließ, geriet sie auch nicht mehr in Versuchung die Leute durch schmähende und spöttische Reden gegen sich aufzubringen.

Indessen, da die Meinung der Leute sich nicht so schnell mit unseren Entschlüssen und Vorsätzen zu ändern pflegt, so kostete es noch einige Zeit, bis die allgemein gewohnte Geringschätzung gegen die Fadette sich in Achtung und der Widerwille gegen sie sich in Wohlwollen verwandelt hatten. Im Laufe der Erzählung werden wir sehen, auf welche Art diese Verwandlung vor sich ging. Dass man nicht auf der Stelle der plötzlich erwachten Ordnungsliebe der Fadette eine so große Aufmerksamkeit schenkte, wird sich jedermann denken können.

Vier oder fünf gute alte Männer und Weiber, von der Sorte, welche die heranwachsende Jugend mit nachsichtigen Blicken betrachten, und die in ihrem Ort, sozusagen, für alle Welt als Väter und Mütter gelten, berieten sich manchmal miteinander unter den großen Nussbäumen von la Cosse. Sie sahen dabei die junge Generation, die einen Kegel schiebend, die anderen tanzend, um sich herumwimmeln. Diese ehrwürdigen Alten pflegten dann über die einzelnen ihre Bemerkungen zu machen: – »Der da,« sagten sie, »wird ein prächtiger Soldat, wenn er es so fortmacht, denn um freizukommen, hat er einen zu richtigen Körper; dieser hier wird noch einmal so schlau und klug sein, wie sein Vater; jener scheint die Bedachtsamkeit und Ruhe seiner Mutter geerbt zu haben. Seht dort die junge Lucette! Sie verspricht einmal eine hübsche Magd für die Meierei zu werden; und da die dicke Louise wird mit der Zeit schon mehr als einem gefallen; und was die kleine Marion betrifft, so lasst sie nur erst heranwachsen, dann wird sie schon verständig werden, wie die anderen auch.«

Wenn bei diesen Unterhaltungen schließlich die Reihe an die kleine Fadette kam, um geprüft und beurteilt zu werden, so hieß es wohl:

»Seht! Wie rasch sie vorübergeht; sie will weder singen noch tanzen; seit dem Fest des heiligen Andoche lässt sie sich überhaupt fast gar nicht mehr sehen. Sie muss sich wohl schrecklich darüber geärgert haben, dass die Kinder hier aus dem Ort ihr beim Tanz die Haube heruntergerissen haben; sie hat ihren großen Deckel von Mütze auch verändert, und man sollte fast meinen, dass sie jetzt nicht hässlicher ist als eine andere.«

»Habt ihr schon darauf geachtet, wie ihre Haut seit einiger Zeit so hell geworden ist?« fragte die Mutter Couturière. »Ihr Gesicht sah ja aus wie ein Wachtelei, so sehr war es mit Sommersprossen bedeckt; und das letzte Mal, als ich sie in der Nähe gesehen habe, war ich ganz erstaunt, wie weiß sie geworden war; ja, sogar so bleich, dass ich sie fragte, ob sie das Fieber gehabt habe. Wie man sie da jetzt vor Augen hat, sollte man sagen, sie könne sich noch ganz umgestalten, und wer weiß, was noch aus ihr wird? Es hat schon Hässliche gegeben, die sich mit siebzehn oder achtzehn Jahren als Schönheiten entpuppten.«

»Ja, wenn der Verstand kommt,« sagte der Vater Naubin, »und wenn ein Mädchen anfängt auf sich zu achten, dann weiß sie auch, wie sie sich hübsch und angenehm machen kann. Es ist freilich Zeit, dass die Grille endlich begreift, dass sie kein Bube ist. Du lieber Gott! Man dachte sie würde sich so hässlich auswachsen, dass es eine Schande für den Ort wäre. Aber, sie hat sich gemacht, und wird den anderen noch gleichkommen. Sie wird's wohl wissen, dass sie etwas gut zu machen hat, weil sie eine Mutter von so schlechtem Rufe hatte, und ihr werdet sehen, bald wird sie nichts mehr von sich zu reden geben.

»Das wolle Gott!« sagte die Mutter Courtillet, denn es ist schlimm, wenn ein Mädchen aussieht, wie ein scheu gewordenes Pferd. Aber, bei dieser Fadette gebe ich die Hoffnung noch nicht auf; denn vorgestern bin ich ihr begegnet, und statt, dass sie wie sonst gleich hinter mir her war, um mir mein Hinken nachzumachen, wünschte sie mir einen guten Tag und fragte mich sehr höflich nach meinem Befinden.«

»Die Kleine, von der ihr da redet, ist eher närrisch als boshaft,« fiel hier der Vater Henri ein. »Sie hat durchaus kein böses Herz, das lasst Euch von mir gesagt sein. Als Beweis dafür brauche ich nur zu sagen, dass sie oft, wenn meine Tochter krank war, aus reiner Gefälligkeit meine Enkelkinder auf dem Felde unter ihre Aufsicht genommen hat; und sie bewahrte sie so freundlich und gut, dass sie gar nicht mehr von ihr lassen wollten.«

»Ist es denn wahr, was ich mir erzählen ließ,« sagte die Mutter Couturière, »dass auf dem letzten Feste des heiligen Andoche, einer von den Zwillingen des Vaters Barbeau sich in sie vergafft hat?

»Warum nicht gar!« erwiderte der Vater Aubin; »das muss man nicht im Ernst nehmen. Das ist nur eine Kinderei gewesen; die Barbeaus sind nicht dumm, die Kinder so wenig wie die Eltern, versteht Ihr?«

In dieser Weise urteilte man über die Fadette, an die man aber überhaupt nicht viel mehr dachte, da sie fast gar nicht mehr zu sehen war.

Vierundzwanzigstes Kapitel

Wer sie aber häufig sah und ihr große Aufmerksamkeit erzeigte, das war Landry Barbeau. Er geriet ganz außer sich, wenn er nicht nach Gefallen mit ihr reden konnte. Sobald er nur einen Augenblick mit ihr zusammen sein konnte, war er gleich wieder beruhigt und zufrieden, weil sie ihn lehrte vernünftig zu sein, und ihn über alles tröstete, was er peinliches dachte und empfand. Sie trieb ein feines Spiel mit ihm, das vielleicht nicht ganz frei von Koketterie war; wenigstens glaubte er dies manchmal selbst. Aber, da sie in redlicher Absicht verfuhr und ihn trotz seiner Liebe zu ihr durchaus nicht als gebunden betrachten wollte, wenigstens nicht eher, als bis er die Sache bei sich reiflich überlegt haben würde, so hatte er wenigstens keinen Grund ihr böse zu werden. In ihr konnte eben so wenig irgendein Argwohn auftauchen, dass er sie über die Kraft und Ausdauer seiner Gefühle täuschen wolle, denn dies war überhaupt eine Art von Liebe, wie sie bei den Landleuten, die in ihrer Liebe gelassener und ruhiger zu sein pflegen, als die Städter, nicht häufig vorkommt.

Grade Landry hatte sonst einen gleichmütigeren Charakter als andere, und niemals hätte man es voraussehen können, dass er so rasch Feuer fangen würde, und wer darum gewusst hätte, denn er war sorglich bemüht seine glühende Leidenschaft geheim zu halten, würde sich höchlich darüber gewundert haben. Die kleine Fadette aber, als sie erkannte, dass er sich ihr so ganz und gar und so plötzlich hingegeben hatte, befürchtete, dass seine Liebe nur ein Strohfeuer sein möchte, oder mehr noch, dass sie selbst in ungeschickter Weise Feuer fangen könnte. So ging die Sache nicht weiter und das Verhältnis hielt sich in den Grenzen, wie dies zwischen zwei jungen Leuten natürlich ist, die noch nicht im heiratsfähigen Alter stehen, wenigstens nicht nach den Ansichten der Eltern und den Vorschriften der Vernunft, die Liebe selbst weiß freilich nicht viel von Worten, und wenn sie einmal bei zwei jungen Leuten das Blut in Wallung gebracht hat, ist es ein großes Wunder, wenn sie noch auf fremde Zustimmung wartet.

Indessen die kleine Fadette, die in ihrer äußeren Erscheinung länger Kind geblieben war als andere Mädchen, war in Bezug auf Vernunft und Willenskraft ihrem Alter weit vorausgeeilt. Dies kam daher, weil ihrem Geist eine selbstbewusste stolze Kraft eingeboren war, trotzdem ihr Herz gewiss eben so glühend und vielleicht noch glühender war, als das ihres Geliebten. Sie liebte ihn bis zur Raserei, und doch benahm sie sich mit großer Besonnenheit. Den ganzen Tag über, die Nacht, überhaupt in jeder Stunde des wachen Bewusstseins waren alle ihre Gedanken mit ihm beschäftigt; verzehrte sie sich vor Ungeduld ihn wiederzusehen und vor Sehnsucht nach seinen Liebkosungen. Sobald sie ihn aber erblickte, nahm sie eine gelassene Miene an, redete ruhig und besonnen mit ihm, ja sie wusste sich sogar soweit zu verstellen, als ob sie von der glühenden Gewalt der Liebe noch gar nichts verstehe. Sie gestattete ihm einen Händedruck, aber nicht höher hinauf als bis zum Handgelenk.

Landry, der so ganz von ihr bezaubert war, hätte sich an den einsamen Orten, wo sie sich zu treffen pflegten, und wo sie oft sogar in stockfinsterer Nacht beisammen waren, leicht soweit vergessen können, dass er sich ihrem Willen nicht mehr gefügt hätte. Aber seine Furcht ihr zu missfallen war so groß, und er war so wenig sicher, ob er auch wohl wirklich von ihr geliebt werde, dass er sich neben ihr so harmlos verhielt, als ob sie seine Schwester gewesen wäre, und er ihr kleiner Jeannot, der Grashüpfer.

Um ihn von Gedanken, die sie durchaus nicht ermutigen wollte, abzulenken, unterrichtete sie ihn in den Dingen, von denen sie eine besondere Kenntnis hatte und worin sie bei ihrem Geist und ihrer natürlichen Begabung das Wissen und die Erfahrung ihrer Großmutter bei Weitem überholt hatte. Sie wollte vor Landry kein Geheimnis haben, und da dieser immer etwas Furcht vor der Hexerei bezeigte, strebte sie mit allen Kräften dahin, ihm begreiflich zu machen, dass der Teufel mit den Geheimnissen ihrer Kunst nichts zu schaffen habe.

»Geh doch, Landry,« sagte sie ihm eines Tages, »du hast es immer mit der Einmischung des bösen Geistes zu tun. Es gibt nur einen Geist, und der ist ein guter Geist, denn er ist Gott selbst. Luzifer ist eine Erfindung des Herrn Pfarrers, und Georgeon, den haben die alten Klatschbasen im Dorfe erfunden. Als ich noch ein kleines Kind war, glaubte ich daran und fürchtete mich vor den Hexereien der Großmutter. Sie aber lachte mich aus. Wenn man sagt, dass jemand, der selbst alles bezweifelt, die anderen alles glauben machen möchte, so ist dies ganz wahr. Niemand glaubt weniger an den Teufel, als die Zauberer, die so tun, als ob sie ihn bei jeder Gelegenheit anriefen. Sie wissen recht gut, dass sie ihn niemals gesehen haben, und dass er ihnen bei keiner Gelegenheit zu Hilfe gekommen ist. Alle, die einfältig genug waren daran zu glauben und ihn herbeirufen wollten, haben es noch nie zustande gebracht, dass er ihnen erschienen wäre. Da ist gleich der Müller vom Hundssteg als Beweis dafür anzuführen. Meine Großmutter erzählte mir, dass er mit einem dicken Knüttel bewaffnet nach einem Kreuzweg ging, um den Teufel herbeizurufen und ihm, wie er sagte, eine tüchtige Tracht Prügel zu geben. Und man hat ihn auch in der Nacht gehört, wie er rief: ›Willst du kommen, du Wolfsgesicht? Willst du kommen, toller Hund? Willst du kommen, du Teufels-Georgeon?‹ Aber Georgeon ist niemals erschienen, und das hat den Müller beinah toll gemacht vor Eitelkeit, denn er behauptete, dass der Teufel sich vor ihm fürchte.«

»Aber,« sagte Landry, »es ist nicht sehr christlich, mein liebes Fränzchen, wenn du glaubst, es gebe keinen Teufel.«

»Ich kann darüber nicht streiten,« erwiderte sie; »aber, wenn es wirklich einen gibt, so bin ich überzeugt, dass er nicht die Macht hat auf der Erde zu erscheinen, um uns in Versuchung zu führen, und unsere Seelen dem lieben Gott zu entziehen. Er würde sich nicht erdreisten dies zu tun, weil die Erde dem lieben Gott gehört, und nur der liebe Gott hat die Macht die Dinge und die Menschen zu lenken, die sich darauf befinden.«

Landry, der von seiner törichten Furcht zurückgekommen war, konnte sich der Bewunderung nicht erwehren, wie sehr die kleine Fadette in allen ihren Anschauungen sich als gute Christin bewährte. Ihre Frömmigkeit hatte sogar etwas viel Lieblicheres als die der anderen. Sie liebte Gott mit der vollen Hingabe ihres Herzens, und sie zeigte überhaupt in allem, was sie tat einen teilnehmenden Geist und ein liebevolles Gemüt. Wenn sie von ihrer Liebe zu Gott mit Landry sprach, musste dieser darüber staunen, dass man ihn gelehrt hatte, Gebete herzusagen und religiöse Gebräuche zu befolgen, ohne je daran gedacht zu haben, ihm das Verständnis derselben klar zu machen. Er hatte sich dabei im Gedanken der Pflicht ehrerbietig verhalten, aber sein Herz war dadurch nie, wie das der kleinen Fadette, von der Liebe zu seinem Schöpfer erwärmt worden.

Fünfundzwanzigstes Kapitel

Ebenso lernte er aus ihren Gesprächen und im Verkehr mit ihr die Eigenschaften der verschiedenen Kräuter und die daraus bereiteten Mittel zur Heilung von Menschen und Tieren kennen. Es dauerte nicht lange, so versuchte er auch die Wirksamkeit derselben bei einer Kuh des Vaters Caillaud, deren Leib aufgedunsen war, weil sie zu viel Grünes gefressen hatte. Der Tierarzt hatte sie schon aufgegeben und gesagt, dass sie nicht eine Stunde mehr leben könne. Aber Landry gab ihr einen Trank ein, dessen Bereitung ihn die kleine Fadette gelehrt hatte. Er tat dies ganz im Geheimen, und als am anderen Morgen die Arbeiter, traurig über den unabwendbaren Verlust einer so schönen Kuh herbeikamen, um sie in eine Grube zu werfen, fanden sie das Tier aufrechtstehend, mit klaren Augen, die Nüstern dem Geruch des Futters öffnend, und die Gedunsenheit war fast ganz verschwunden. Ein anderes Mal war ein Füllen von einer Viper gebissen; Landry verfuhr auch hier nach den Anweisungen der kleinen Fadette, und die Heilung gelang ihm eben so leicht. Endlich versuchte er in la Priche auch ein Mittel gegen die Hundswut an einem Hunde, der auch davon geheilt wurde und niemanden biss. Da Landry seinen Verkehr mit der kleinen Fadette sehr zu verheimlichen bemüht war, und sich auch seiner Kenntnisse nicht rühmte, schrieb man die Heilung der ihm anvertrauten Tiere der sorgfältigen Pflege zu, die er ihnen angedeihen ließ. Indessen der Vater Caillaud, der sich auch darauf verstand, wie dies jeder tüchtige Pächter und Landwirt tun muss, war für sich darüber erstaunt und sagte:

»Der Vater Barbeau hat kein Geschick die Tiere zu behandeln und hat auch kein Glück damit, denn er hat im letzten Jahre sehr viele verloren, und das war nicht das erste Mal, dass es so gewesen ist. Landry hat in dieser Hinsicht eine sehr glückliche Hand, und das ist etwas, das man schon mit auf die Welt bringen muss. Es ist dem einen gegeben oder nicht gegeben; und wenn man selbst, wie die Heilkünstler, auf die Schule gehen wollte, um es zu studieren, so würde das gar nichts helfen, wenn das Geschick dazu einem nicht angeboren ist. Ich sage euch aber, dass Landry dazu geschaffen ist, und dass er stets das Richtige herauszufinden weiß. Das ist eine große Gabe, die er der Natur zu verdanken hat, und für ihn ist sie, um eine Meierei zu bewirtschaften, von größerem Wert als ein großes Kapital an Geld.«

Diese Meinung des Vaters Caillaud war keineswegs die eines oberflächlichen und einsichtslosen Mannes, nur täuschte er sich darin, dass er Landry eine besondere Naturgabe zuschrieb. Dieser besaß keine andere Gabe, als dass er die Mittel, die man ihn gelehrt hatte, sorgsam und verständig anzuwenden wusste. Was aber sonst im Allgemeinen die Naturgabe betrifft, so ist es damit durchaus kein Hirngespinst, denn die kleine Fadette besaß sie wirklich. An der Hand der wenigen verständigen Unterweisungen, welche sie von ihrer Großmutter erhalten hatte, entdeckte und erriet sie, wie jemand, der sich auf Erfindungen verlegt, die heilkräftigen Eigenschaften, welche der liebe Gott gewissen Kräutern verliehen hat, und zugleich erforschte sie die verschiedenen Arten ihrer wirksamsten Verwendung. Sie brauchte deshalb noch lange keine Hexe zu sein und hatte alle Ursache sich gegen einen solchen Ruf zu verteidigen. Aber sie besaß einen beobachtenden Geist, der dazu neigte Untersuchungen, Vergleiche und Versuche anzustellen, und es ist sicherlich nicht zu leugnen, dass dies eine besondere Gabe der Natur ist. Der Vater Caillaud ging in dieser Auffassung noch etwas weiter. Er war der Meinung, dass diesem oder jenem Viehzüchter oder Landwirt in Bezug auf das Vieh eine glücklichere oder weniger glückliche Hand angeboren sei, und dass seine Anwesenheit im Stall allein schon hinreichend sei, eine gute oder schädliche Einwirkung auf die Tiere hervorzubringen. Man muss zugeben, wie in den unrichtigsten Anschauungen immer noch etwas Wahres enthalten sein kann, dass sorgfältige Pflege, Reinlichkeit und pünktliches Verfahren die Macht haben etwas zum Guten hinauszuführen, was durch Nachlässigkeit oder Dummheit hätte zum Schlimmen gewendet werden können.

Landry hatte von jeher Sinn für alle diese Dinge gehabt, und deshalb wurde seine Freundschaft für die kleine Fadette nur noch erhöht durch die Dankbarkeit, die er für ihre Unterweisung empfand und durch die achtungsvolle Bewunderung, welche ihm die Begabung dieses jungen Mädchens einflößte. Er wusste es ihr jetzt auch von ganzem Herzen Dank, dass sie ihn auf den Spaziergängen und in den Unterhaltungen, die sie miteinander führten, dazu genötigt hatte seine Gedanken von der Liebe abzulenken; ebenso musste er erkennen, dass ihr die Interessen und der Vorteil ihres Liebhabers mehr am Herzen gelegen hatten, als das Vergnügen sich beständig den Hof machen und sich liebkosen zu lassen, wie das anfangs so sehr seinen eigenen Wünschen entsprochen hätte.

Landry war bald so verliebt, dass er sogar das Gefühl der Beschämung, das ihn anfangs verhindert hatte, seine Liebe zu einem kleinen Mädchen, das als schlecht erzogen, hässlich und boshaft verschrien war, vor den Leuten blicken zu lassen, – ganz und gar beiseite geworfen hatte. Wenn er in dieser Hinsicht noch eine Vorsicht beobachtete, so geschah dies seines Zwillingsbruders wegen, dessen Eifersucht ihm bekannt war, und den es schon die größte Überwindung gekostet hatte, sich endlich ohne Verdruss darin zu finden, dass Landry die Liebelei mit der Madelon gehabt hatte. Und was war diese unbedeutende und ruhige Liebelei gewesen im Vergleich zu dem, was er jetzt für Fränzchen Fadet empfand.

Wenn Landry in seiner Liebe zu leidenschaftlich war, um die Klugheit beobachten zu können, so verlangte die kleine Fadette dagegen von ihm ein so unbedingtes Schweigen, dass ungefähr ein Jahr darüber verging, bevor etwas von dem Verhältnis bekannt wurde. Für ihren Geist hatte das Geheimnisvolle etwas Verlockendes; außerdem wollte sie Landry nicht zu sehr auf die Probe stellen durch das Gespött der Leute, und schließlich liebte sie ihn auch viel zu sehr, als dass sie ihm nicht gern die Verdrießlichkeiten in seiner Familie hätte ersparen mögen. So war also ein Jahr vergangen, ehe das Verhältnis bekannt wurde. Landry hatte Sylvinet allmählich dahin zu bringen gewusst, ihn nicht mehr überall auf Schritt und Tritt zu überwachen, und das Terrain der nicht sehr bevölkerten, überall von Schluchten und Hügeln durchsetzten, sehr waldreichen Landschaft ist heimlichen Liebesverhältnissen sehr günstig.

Als Sylvinet sah, dass Landry sich nicht mehr um die Madelon bekümmerte, war er hocherfreut, obgleich er schon begonnen hatte, diese Teilung seiner Liebe als ein unvermeidliches Übel hinzunehmen, das durch Landrys Schüchternheit und die ruhige Besonnenheit des Mädchens allerdings auch ziemlich erträglich gewesen war. Er fand eine große Beruhigung in dem Gedanken, dass Landry jetzt nicht mehr gedrängt sei, ihm sein Herz zu entziehen, um es an eine Frau zu hängen, und da er nicht mehr von der Eifersucht gequält wurde, ließ er auch seinem Bruder an den Fest- und Ruhetagen eine größere Freiheit in seinen Beschäftigungen und Erholungen. Landry fehlte es nicht an Vorwänden sein Kommen und Gehen nach Belieben einzurichten, und namentlich an den Sonntag Abenden verließ er den Zwillingshof schon beizeiten, kehrte aber erst um Mitternacht nach la Priche zurück. Er konnte dies sehr leicht ausführen, denn er hatte sich eine kleine Lagerstatt in dem »Capharnion« herrichten lassen. Der Leser wird mich vielleicht wegen dieses Ausdruckes tadeln, weil der Schulmeister ihn beanstandet und verlangt, dass man Capharnaum sagen soll. Aber, wenn der Lehrer das Wort auch kennt, so ist er mit der Sache selbst doch nicht vertraut, denn ich bin genötigt gewesen, ihm begreiflich zu machen, dass dies in der Scheune, ein den Ställen zunächst liegender Ort ist, wo die Joche, die Ketten, die Geräte und Werkzeuge aller Art, wie sie für die bei der Arbeit verwendeten Tiere und überhaupt zum Ackerbau erforderlich sind, aufbewahrt werden. Auf diese Art konnte Landry zu jeder Stunde, wann und wie es ihm beliebte zu seinem Lager kommen, ohne jemanden aufzuwecken. So hatte er stets den Sonntag bis zum Montagmorgen ganz zu seiner Verfügung. Der Vater Caillaud und sein ältester Sohn, die beide sehr gesetzte Männer waren, niemals in die Wirtshäuser gingen, und durchaus nicht aus jedem Feiertage eine Festlichkeit machen wollten, pflegten im Gegenteil grade an solchen Tagen alle Sorgen für die Meierei und die ganze Überwachung derselben, selbst zu übernehmen. Wie sie sagten, taten sie dies, damit die auf dem Anwesen beschäftigten jungen Leute, welche in der Woche mehr zu arbeiten hatten als sie, sich nach Lust und Belieben herumtummeln und belustigen könnten, wie es der Wille des lieben Gottes sei.

Während des Winters, wo die Nächte so kalt sind, dass es auf freiem Felde sehr erschwert ist, ein Liebesgespräch zu halten, fanden Landry und die kleine Fadette eine gute Zuflucht in dem Jacot-Turme, einem alten Taubenschlag, der seit vielen Jahren von den Tauben verlassen, aber noch gut gedeckt und verschließbar war, und Landry hatte den Schlüssel dazu. Er gehörte zur Meierei des Vaters Caillaud, der den Überfluss seiner Vorräte darin aufbewahrte, und da er auf der Grenzscheide der Ländereien von la Priche, nicht weit von la Cosse, in der Mitte eines Kleefeldes lag, hätte es selbst der Teufel schlau anstellen müssen, um das junge Liebespaar bei seinen Zusammenkünften zu überraschen. Wenn das Wetter milde war, gingen sie unter das Strauchwerk, das aus jungen gestutzten Bäumen besteht, womit das Land übersäet ist, und wo Diebe und Liebespaare eine sichere Zufluchtsstätte finden. Da es in unserer Gegend aber keine Diebe gibt, werden diese Baumgruppen ausschließlich von den Liebespaaren benutzt, die unter dem schützenden Geäst nichts von Furcht und Langeweile wissen.

Sechsundzwanzigstes Kapitel

Aber da es kein Geheimnis gibt, das unentdeckt bleiben könnte, so geschah es, dass eines schönen Sonntags Sylvinet, als er an der Mauer des Kirchhofes entlang ging, die Stimme seines Zwillingsbruders erkannte, der zwei Schritte weit von ihm hinter dem inneren Winkel sprach, den die Mauer hier bildete. Landry sprach sehr leise, aber Sylvinet war so vertraut mit seiner Redeweise, dass er auf ihn geraten haben würde, wenn er auch seine Stimme nicht genau erkannt hätte.

»Warum willst du nicht zum Tanze gehen,« sagte er zu jemanden, den Sylvinet nicht sehen konnte. »Es ist schon so lange her, dass du nach der Messe nicht mehr geblieben bist; man könnte also nichts darüber sagen, wenn ich dich einmal wieder zum Tanze führte; man denkt wohl kaum mehr daran, dass ich dich überhaupt kenne. Man würde gewiss nicht sagen, es geschehe aus Liebe, sondern nur der Schicklichkeit wegen. Ich bin auch neugierig, ob du nach so langer Zeit wohl noch eben so gut tanzen wirst.«

»Nein, Landry, nein,« – erwiderte eine Stimme, die Sylvinet völlig unbekannt war, weil es schon sehr lange her war, dass er sie nicht gehört hatte, denn die kleine Fadette hatte sich von allen Leuten fern gehalten, und ganz besonders von ihm.

»Nein,« sagte sie, »man muss es vermeiden die Aufmerksamkeit auf mich zu lenken, das ist das Beste. Und, wenn du einmal mit mir getanzt hast, wirst du jeden Sonntag wieder davon anfangen, und das wäre schon mehr als genug, um die Leute reden zu machen. Glaube nur, Landry, was ich dir immer gesagt habe: Mit dem Tage, an dem es bekannt wird, dass du mich liebst, werden für uns die Widerwärtigkeiten und Prüfungen beginnen. Lass mich jetzt gehen, und wenn du einen Teil des Tages bei den Deinigen und mit deinem Bruder verbracht hast, dann kommst du wieder zu mir, wie wir es verabredet haben.«

»Aber es ist doch ein trauriges Ding, nie zu tanzen!« sagte Landry; »du hast doch sonst so gern getanzt, mein Fränzchen, und du konntest es so gut! Wie viel Vergnügen würde es mir machen, dich so an der Hand zu führen und dich dann in meinen Armen zu schwenken, und zu sehen, wie du dich so leicht und zierlich zu drehen verstehst, und immer nur mit mir allein!«

»Und gerade das dürfte nicht geschehen,« erwiderte sie. »Aber ich sehe wohl, mein lieber Landry, wie leid es dir tut nicht tanzen zu können, und ich sehe auch nicht ein, warum du darauf verzichten sollst. Geh doch hin und mache ein paar Tänze mit. Es wird mir eine Freude sein zu denken, dass du Vergnügen hast, und ich warte dann um so geduldiger auf dich, bis du wieder kommst.«

»O! Du bist viel zu geduldig,« sagte Landry in einem Tone, der deutlich verriet, dass er nicht viel von Geduld wissen wollte; ich aber, ich würde mir lieber meine beiden Füße abhauen lassen, als dass ich mit Mädchen tanzen sollte, die ich nicht liebe, und die ich nicht um hundert Frank küssen möchte.«

»Nun gut! Wenn ich zum Tanzen ginge,« fiel hier die kleine Fadette wieder ein, »müsste ich ja auch mit anderen tanzen, als nur mit dir, und müsste mich dann auch von ihnen küssen lassen.«

»O, geh' doch! Mach' nur, dass du fort kommst, so schnell wie möglich,« sagte Landry; »sie sollen dich nicht küssen, ich will es nicht dulden!«

Sylvinet hörte jetzt weiter nichts als Schritte, die sich entfernten, und um nicht von seinem Bruder als Horcher überrascht zu werden, trat er rasch auf den Kirchhof und ließ den Bruder ungesehen vorübergehen.

Die Entdeckung, die er da gemacht hatte, war für Sylvinets Herz wie ein Dolchstich gewesen. Er trachtete gar nicht darnach zu wissen, wer das Mädchen sein mochte, das von Landry so leidenschaftlich geliebt wurde. Er hatte genug damit, dass es überhaupt jemanden gab, dem zu liebe Landry von ihm abließ und der sein ganzes Sein bis zu dem Grade erfüllte, dass er sein Inneres vor seinem Bruder verschloss und diesem nichts von der Sache anvertraut hatte. – »Jedenfalls misstraut er mir,« flüsterte ihm eine innere Stimme zu, »und das Mädchen, das von ihm so heiß geliebt wird, muss ihn dahin gebracht haben, dass er sein Inneres vor mir verbirgt und mich verabscheut. Jetzt wundere ich mich nicht mehr, dass er sich bei uns zu Hause immer zu langweilen scheint, und dass er so ungeduldig wird, wenn ich mit ihm spazieren gehen möchte. Ich glaubte nur darin zu erkennen, dass er lieber allein sein wollte; jetzt aber werde ich mich Wohl hüten, nur noch zu versuchen, ihn zu stören. Ich werde ihm nichts mehr sagen; er würde ja nur böse werden, dass der Zufall mir verraten hat, was er mir nicht anvertrauen wollte. Ich werde alles für mich allein tragen, während er sich freut, mich los zu werden.«

Sylvinet tat, wie er es sich vorgenommen hatte, und er trieb es darin sogar noch weiter, als es sein Vorsatz gewesen war. Nicht allein, dass er nicht mehr dahin trachtete, seinen Bruder bei sich zurückzuhalten, sondern damit dieser sich auch nicht weiter durch ihn behindert fühlen sollte, sorgte er dafür, dass er das Haus zuerst verließ, und ging dann ganz allein hinaus, um sich auf der Wiese seinen Träumereien hinzugeben. Auf das Feld mochte er nicht mehr gehen, denn er dachte sich: »Wenn ich Landry dort begegnen würde, könnte er sich denken, ich wolle ihm nachspüren, und dann würde er es mich schon fühlen lassen, dass ich ihm nur störend bin.«

So stellte sich nach und nach der alte Kummer, von dem er sozusagen schon geheilt war, wieder ein, und diesmal war er so tief und nachhaltig, dass es ihm bald auf seinem Gesichte anzusehen war. Seine Mutter machte ihm sanfte Vorstellungen; aber da er sich schämte, mit achtzehn Jahren noch dieselbe Gemütsschwäche zu haben, wie er sie im Alter von fünfzehn gehabt hatte, so war er nicht zu einem Geständnis zu bewegen, was eigentlich an ihm nage.

Dies bewahrte ihn aber auch davor, dass er nicht krank wurde; denn der liebe Gott verlässt nur solche, die sich selbst aufgeben; aber wer den Mut hat, seinen Schmerz in sich zu verschließen, der gewinnt mehr Kraft, ihn zu bewältigen, als wer sich in Klagen darüber ergeht.

Es wurde dem armen Zwilling gleichsam zur Gewohnheit, traurig und blass zu werden. Von Zeit zu Zeit hatte er auch einen Fieberanfall zu bestehen, und da er immer noch ein wenig im Wachsen begriffen war, blieb er im Ganzen schmächtig und zart. In der Arbeit war er nicht sehr ausdauernd, aber dies war wider seinen eignen Willen, denn er wusste ja auch, dass die Arbeit ihm zuträglich sei. Es war ja schon genug, den Vater durch sein betrübtes Gesicht zu verdrießen, er wollte ihn nicht auch noch durch Schlaffheit und Trägheit ärgern und schädigen. So machte er sich also an die Arbeit und schaffte gleichsam sich selbst zum Trotz. Dabei übernahm er sich oft, indem er mehr tat, als seine Kräfte erlaubten, und am folgenden Tage war er dann so erschöpft, dass er nichts mehr tun konnte.

»Der wird in seinem Leben kein tüchtiger Arbeiter werden,« sagte der Vater Barbeau; »aber er tut, was er kann, und wenn er imstande ist, was zu tun, weiß er sich nicht zu schonen. Das ist es, warum ich ihn nicht zu anderen Leuten geben mag; denn aus Furcht vor dem Tadel und bei der geringen Kraft, die ihm von Gott verliehen ist, würde er sich schnell aufgerieben haben, und ich hätte mir mein Leben lang einen Vorwurf daraus zu machen.«

Die Mutter Barbeau fand diese Gründe und Ansichten ganz nach ihrem Sinn; zugleich tat sie ihr Möglichstes, um Sylvinet aufzuheitern. Wegen seiner Gesundheit zog sie mehrere Ärzte zurate, und einige von diesen gaben den Rat, dass er sich sehr schonen und nichts als Milch trinken müsse, weil er sehr schwach sei. Andere waren der Meinung, dass man ihn tüchtig arbeiten lassen und dann guten Wein zu trinken geben solle, denn weil er sehr schwach sei, müsse er gekräftigt werden. Die Mutter wusste schließlich nicht, welchem der Ärzte sie folgen sollte, wie es immer geht, wenn man mehrere zurate zieht.

In diesen Zweifeln befangen, befolgte sie glücklicherweise keinen der erhaltenen Ratschläge, und Sylvinet zog seines Weges dahin, den der liebe Gott vor ihm eröffnet hatte, ohne auf etwas zu stoßen, das ihn zu sehr nach rechts oder nach links hin gedrängt hätte. Er trug sein Leid, ohne sich allzu sehr davon niederbeugen zu lassen, bis zu dem Augenblick, wo Landrys Liebesverhältnis offenkundig wurde und Sylvinet seinen eignen Kummer durch den, der seinem Bruder bereitet wurde, vermehrt sah.

Siebenundzwanzigstes Kapitel

Die Madelon war es, welche das Geheimnis entdeckte; und wenn sie auch nicht in boshafter Absicht dahinter gekommen war, so benutzte sie die gemachte Entdeckung doch zu bösen Zwecken. Sie hatte sich leicht über Landry zu trösten gewusst, und wie es sie nicht viele Zeit gekostet hatte, sich in Landry zu verlieben, so hatte es sie noch weniger gekostet, ihn wieder zu vergessen. Indessen war ihr im Herzen doch ein gewisser Groll zurückgeblieben, der auf die Gelegenheit wartete, sich Genugtuung zu verschaffen; so wahr ist es, dass bei den Frauen der Verdruss den Gram überdauert. Die schöne Madelon, die wegen ihrer stattlichen und sittsamen Erscheinung und wegen ihres stolzen Benehmens den Burschen gegenüber in großem Ansehen stand, war unter dieser Hülle dennoch sehr kokett und nicht halb so verständig und treu in ihren Zuneigungen, wie die arme Grille, die eine so böse Nachrede hatte, und von der man für die Folge so viel Schlimmes zu prophezeien wusste. Die Madelon hatte, ohne Landry mitzuzählen, nun schon zwei Liebhaber gehabt und neigte sich schon einem dritten zu, der ihr Vetter war, dem jüngsten Sohne des Vaters Caillaud von la Priche. Da sie von dem letzten der beiden vorhergehenden Liebhaber überwacht wurde und fürchten musste, dass er einen Skandal machen würde, wusste sie nicht, wo sie im Verborgenen mit dem neuen Liebhaber nach Lust und Belieben plaudern könnte. Sie ließ sich von ihm bereden, den Taubenturm als Versteck zu wählen, wo gerade auch Landry mit der Fadette seine ehrbaren Zusammenkünfte hielt.

Der junge Caillaud hatte eifrig nach dem Schlüssel des Taubenturmes gesucht, konnte ihn aber gar nicht finden, weil Landry ihn stets bei sich in der Tasche trug. Der andere hatte nicht gewagt, irgendjemanden nach dem Schlüssel zu fragen, weil er die Gründe, weshalb er ihn haben wollte, nicht angeben mochte. Außer Landry war auch niemandem etwas daran gelegen, wo der Schlüssel sein mochte. Der junge Caillaud glaubte nun, dass er verloren gegangen sein müsse, oder dass sein Vater ihn vielleicht in seinem Schlüsselbunde habe. Deshalb besann er sich nicht weiter und sprengte die Thür gewaltsam auf. Aber gerade an dem Tage, wo er dies tat, befand sich dort auch Landry mit der Fadette, und so standen die vier Liebesleute sich plötzlich ganz verblüfft gegenüber. Sie hatten ja aber alle das gleiche Interesse, zu schweigen und nichts von der Sache verlauten zu lassen.

Indessen die Madelon empfand aufs Neue etwas wie eine Anwandlung von zorniger Eifersucht, als sie sah, dass Landry, der mittlerweile einer der schönsten und angesehensten Burschen in der ganzen Gegend geworden war, seit dem Feste des heiligen Andoche der kleinen Fadette eine so unerschütterliche Treue bewahrt hatte. Sie beschloss, sich dafür zu rächen. Ohne den jungen Caillaud, der ein ehrenhafter Mann war und sich zu solchen Dingen auch nicht hergegeben hätte, nur im geringsten ins Vertrauen zu ziehen, wählte sie sich zu ihrem Beistande unter ihren Freundinnen ein paar junge Mädchen, die auch gegen Landry, wegen seiner augenscheinlichen Gleichgültigkeit, ein wenig gereizt waren. Sein Verbrechen bestand hauptsächlich darin, dass er sie nie mehr zum Tanze geholt hatte. Sie machten sich also daran, die kleine Fadette so sorgfältig zu überwachen, dass es nicht lange dauerte, bis sie sich von deren Verhältnis mit Landry vollkommen überzeugt hatten. Sobald sie ihrer Sache sicher waren, und die beiden ein- oder zweimal in ihrem Verkehr belauscht hatten, machten sie im ganzen Dorfe ein großes Geschrei darüber und sagten jedem, der es hören wollte, – und Gott mag's wissen, ob es der Verleumdung je an Ohren fehlt sich vernehmbar zu machen, oder an Zungen, um weiter verbreitet zu werden, – dass Landry in der Person der kleinen Fadette eine schlechte Bekanntschaft geschlossen habe.

Nun mischte sich die ganze weibliche Jugend in das Gerede hinein; wenn ein schöner, wohlhabender Bursche sich einer einzigen besonders zuwendet, ist dies gleichsam eine Beleidigung für alle die anderen ledigen Mädchen, und man macht sich weiter kein Gewissen daraus über diese einzelne, wenn man nur etwas zu tadeln finden kann, auf das Grimmigste herzufallen. Man könnte auch sagen: Wenn die Frauen einmal eine Bosheit angezettelt haben, geht es mit der Ausführung und Verbreitung derselben besonders rasch vonstatten.

So waren kaum vierzehn Tage nach jenem Abenteuer im Taubenturm verstrichen, und die ganze Welt, Groß und Klein, Jung und Alt, wusste auch schon von der Liebschaft zwischen Landry, dem Zwilling und Fränzchen, der Grille. Von dem Turm war dabei nicht weiter die Rede, eben so wenig von der Madelon, die sich wohl gehütet hatte aus dem Hintergrund hervorzutreten, und die sogar tat, als ob sie eine Neuigkeit erfahre, wenn man ihr erzählte, was sie doch selbst zuerst unter der Hand verbreitet hatte.

Das Gerücht fand auch seinen Weg zu den Ohren der Mutter Barbeau, die sich sehr darüber betrübte und ihrem Manne gar nichts davon sagen wollte. Aber der Vater Barbeau erfuhr es schon von anderer Seite, und Sylvinet, der das Geheimnis seines Bruders sorgfältig gehütet hatte, erlebte jetzt zu seinem großen Kummer, dass es allen Leuten preisgegeben war.

Indessen, eines Abends, als Landry sich anschickte den Zwillingshof frühzeitig zu verlassen, wie er es zu tun pflegte, trat plötzlich sein Vater auf ihn zu, und in Gegenwart seiner Mutter, seiner ältesten Schwester und seines Zwillingsbruders sprach er zu ihm:

»Sei nicht so eilig uns zu verlassen, Landry; ich habe mit dir zu reden, aber ich warte noch auf die Ankunft deines Paten, denn in Gegenwart von allen, die zur Familie gehören, und die an deinem Schicksal den meisten Anteil nehmen, werde ich von dir eine Erklärung fordern.«

Und als der Pate, der Onkel Landriche, sich eingefunden hatte, sprach der Vater Barbeau in folgender Weise: »Was ich dir zu sagen habe, Landry, wird etwas beschämend für dich sein; auch ist es nicht ohne Beschämung für mich selbst, und es geschieht nicht ohne großes Bedauern, dass ich mich also genötigt sehe, vor der versammelten Familie ein Geständnis von dir zu fordern. Aber ich hoffe, dass diese Beschämung dir heilsam sein wird, und dass du dadurch von einer törichten Laune befreit wirst, die dir Schaden bringen könnte.

»Wie es scheint, hast du am letzten Andochefest – es wird nun bald ein Jahr sein – eine besondere Bekanntschaft gemacht. Man hatte mir gleich am ersten Tage davon gesprochen, denn es war gewiss höchst auffallend dich einen ganzen Festtag über mit einem Mädchen tanzen zu sehen, welches für das hässlichste und das unsauberste in der ganzen Gegend gilt und noch dazu im schlechtesten Rufe steht. Ich wollte nicht darauf achten, weil ich dachte, du hättest dir nur einen Spaß gemacht; ich kann zwar nicht sagen, dass ich die Sache gebilligt hätte; wenn man die missachteten Leute auch grade nicht aufsuchen muss, so darf man ihnen die Demütigungen und das Unglück, dass sie allen übrigen Menschen hassenswert erscheinen, doch nicht noch empfindlicher machen. Ich hatte es unterlassen mit dir darüber zu reden, weil ich dachte, als ich dich am anderen Morgen traurig sah, du hättest dir selbst Vorwürfe deshalb gemacht und würdest dergleichen nicht wieder tun. Nun aber höre ich seit ungefähr einer Woche noch ganz andere Dinge erzählen und noch dazu, dass sie von glaubwürdigen Personen ausgehen, ich will mich aber keineswegs auf diese Aussagen verlassen, bis du mir nicht selbst alles bestätigt hast. Wenn ich dir Unrecht tat, dich im Verdacht zu haben, so hast du dies nur meinem Interesse für dich zuzuschreiben und der Pflicht, die mir obliegt, dein Betragen zu überwachen. Wenn an der Sache nichts Wahres ist, wird es mich sehr freuen, wenn du mir dein Wort darauf geben kannst und mir dadurch bewiesen wird, dass man dich mit Unrecht in meiner Meinung herabsetzen wollte.«

»Mein Vater,« sagte Landry, »sagen Sie mir, wessen man mich beschuldigt, und ich werde Ihnen der Wahrheit und der Achtung gemäß, die ich Ihnen schuldig bin, darauf antworten.«

»Man beschuldigt dich, Landry, – ich glaube es dir schon deutlich genug zu verstehen gegeben zu haben – man beschuldigt dich also, einen unziemlichen Verkehr mit der Enkelin der Mutter Fadet zu unterhalten, und diese ist ein Weib, das schon böse genug ist, ohne davon zu reden, dass die eigene Mutter jenes unglücklichen Mädchens böswilligerweise ihren Mann, ihre Kinder und ihre Heimat verlassen hat, um den Soldaten nachzuziehen. Man klagt dich an, dich aller Orten mit der kleinen Fadette herumzutreiben, weshalb ich befürchte, dass du dich durch sie in einen bösen Liebeshandel verwickeln lässt, den du dein Leben lang zu bereuen haben könntest. Verstehst du mich jetzt?«

»Ich verstehe alles recht gut, mein lieber Vater,« erwiderte Landry. »Erlauben Sie mir nur noch eine Frage, bevor ich Ihnen eine Antwort darauf gebe. Ist es nur wegen ihrer Familie, oder wegen ihrer selbst, dass Sie meinen, die Franziska Fadet sei eine schlechte Bekanntschaft für mich?«

»Das ist sicherlich sowohl wegen der Familie als wegen des Mädchens selbst,« antwortete der Vater in etwas strengerem Tone, als er ihn anfangs gehabt hatte. Er hatte erwartet Landry würde sehr bestürzt sein, statt dessen fand er ihn ruhig, entschlossen und wie auf alles gefasst. »Erstlich,« fuhr der Vater fort, »ist eine schlechte Verwandtschaft ein hässlicher Makel, und eine Familie, die geachtet und geehrt ist, wie die meinige, wird niemals auf eine Verbindung mit der Familie Fadet eingehen. Zweitens flößt die kleine Fadette selbst niemanden weder Achtung noch Vertrauen ein. Wir haben gesehen, wie sie aufgewachsen ist, und wir wissen alle, was an ihr gelegen ist. Ich habe sagen hören und weiß es auch selbst, da ich sie zwei- oder dreimal gesehen habe, – dass sie seit einem Jahre ein besseres Betragen angenommen hat; nicht mehr mit den Buben herumläuft und gegen niemanden mehr böse Reden führt. Du siehst, dass ich, was recht und billig ist, gelten lassen will; aber das genügt mir nicht, um zu glauben, dass aus einem so schlecht erzogenen Mädchen jemals eine ehrbare Frau werden könnte. Und da ich weiß, wie die Großmutter beschaffen ist, habe ich allen Grund zu fürchten, dass man irgendeinen Schelmenstreich ausgeheckt hat, um Versprechungen von dir zu erpressen und dich in Schande und Verlegenheit zu bringen. Man hat mir sogar gesagt, dass die Kleine guter Hoffnung sei, was ich übrigens nicht so obenhin glauben will; aber es würde mich sehr bekümmern, weil man es dir aufbürden und dich dafür zur Verantwortung ziehen würde, und schließlich könnte die Sache durch einen Prozess mit Schimpf und Schande endigen.«

Landry, der sich gleich vom ersten Worte an vorgenommen hatte, vorsichtig zu sein und mit ruhiger Überlegung zu antworten, verlor nun doch die Geduld. Er wurde dunkelrot, und indem er aufstand, sagte er: »Mein Vater, die Leute, die Ihnen das gesagt haben, sind infame Lügner. Sie haben Fränzchen Fadet eine so große Beschimpfung angetan, dass, wenn ich sie hier unter meinen Händen hätte, sie ihre Aussagen widerrufen sollten, oder mit mir ringen müssten, bis einer von uns am Boden liegen würde. Sagen Sie ihnen, dass sie gewissenlose, feige Verleumder sind; sie sollten doch kommen, mir ins Gesicht zu sagen, was sie heimtückischerweise Ihnen ins Ohr gesetzt haben; dann würden wir ein ehrliches Spiel haben und einmal sehen, was daraus werden sollte!«

»Ereifere dich nicht so, Landry,« sagte Sylvinet, der von Kummer ganz niedergeschlagen war. »Der Vater beschuldigt dich ja gar nicht, dass du diesem Mädchen unrecht getan hättest; er fürchtet nur, ob sie sich nicht mit anderen vergangen haben könnte, und dass sie nun, da sie bei Tage und bei Nacht mit dir herumgeht, glauben machen möchte, dass es dir zukomme, ihren guten Namen wiederherzustellen.«

Achtundzwanzigstes Kapitel

Landry schien durch die Stimme seines Bruders ein wenig besänftigt; aber die Worte, die dieser geredet hatte, konnte er nicht so hingehen lassen, ohne darauf zu erwidern.

»Bruder,« sagte er, »du verstehst nichts von diesen Dingen. Du bist immer gegen die kleine Fadette eingenommen gewesen, und du kennst sie gar nicht. Ich bekümmere mich wenig um das, was man über mich reden mag; aber, dass man gegen sie etwas sagt, das dulde ich nicht, und mein Vater und meine Mutter sollen zu ihrer Beruhigung jetzt aus meinem Munde erfahren, dass es auf Erden nicht zwei Mädchen gibt, die so ehrenhaft, so verständig, so gut und so uneigennützig wären, wie die Fadette. Wenn sie das Unglück hat eine schlechte Verwandtschaft zu haben, so hat sie ein um so größeres Verdienst, dass sie ist, wie sie ist, und ich würde es nie geglaubt haben, dass christliche Leute ihr aus dem Unglück ihrer Herkunft einen Vorwurf machen könnten.«

»Es sieht so aus, Landry, als ob du mir selbst einen Vorwurf machen wolltest,« sagte der Vater Barbeau, indem auch er aufstand, um seinem Sohn zu zeigen, dass er es nicht gestatten würde, dass die Sache noch weiter zwischen ihnen verhandelt werde. »Ich erkenne übrigens an deinem Verdruss, dass dir an der Fadette mehr gelegen ist, als ich gewünscht hätte. Weil du weder Scham noch Reue darüber hast, so wollen wir nicht weiter davon reden. Ich werde darauf bedacht sein, was ich tun kann, um dich vor einer jugendlichen Torheit zu bewahren. Jetzt kehre zu deinem Dienstherrn zurück.«

»Ihr werdet doch so nicht voneinander gehen wollen,« sagte Sylvinet, seinen Bruder zurückhaltend, der schon im Begriff war, sich zu entfernen. »Vater, sehen Sie nur, wie sehr es Landry betrübt Ihnen missfallen zu haben, und dass er nicht ein Wort mehr herausbringen kann. Schließen Sie ihn in Ihre Arme, zum Zeichen, dass Sie ihm verzeihen wollen; gewiss wird er die ganze Nacht hindurch weinen, denn Ihre Unzufriedenheit ist eine gar zu harte Strafe für ihn.«

Sylvinet brach in Tränen aus, die Mutter Barbeau weinte auch, und die älteste Schwester und der Onkel Landriche weinten gleichfalls. Da war niemand, außer dem Vater Barbeau und Landry, der mit trockenen Augen da gestanden hätte; aber das Herz war diesen beiden eben so schwer wie den anderen, und man brachte es dahin, dass sie sich umarmten. Der Vater forderte kein Versprechen, denn er wusste recht gut, dass in Herzensangelegenheiten diese Versprechungen sehr unzuverlässig sind, und so zog er es vor, sein väterliches Ansehen lieber nicht aufs Spiel zu setzen. Aber er gab Landry zu verstehen, dass die Sache keineswegs beendet sei, und dass man darauf zurückkommen werde. Trostlos und zugleich voller Entrüstung ging Landry fort. Sylvinet wäre ihm gern nachgegangen, aber er wagte es nicht, denn er vermutete ganz richtig, dass Landry die Fadette aufsuchen würde, um ihr seinen Kummer mitzuteilen. Er ging also zu Bett, aber er war so traurig, dass er die ganze Nacht hindurch seufzte und nur immer von Unglück in der Familie träumte.

Landry ging gerades Weges zu dem Hause der kleinen Fadette und klopfte an die Thür. Die Mutter Fadet war so taub geworden, dass sie durch kein Geräusch wieder aufgeweckt werden konnte, wenn sie einmal eingeschlafen war, und seitdem Landry sein Geheimnis verraten sah, konnte er mit Fränzchen nicht anders plaudern, als abends in dem Zimmer, wo die alte Großmutter und der kleine Jeannot schliefen. Selbst hier war es noch sehr gewagt für ihn, denn die alte Hexe konnte ihn gar nicht leiden, und hätte ihn viel lieber mit dem Besenstiel vertrieben, als dass sie ihn in höflicher Weise zum Gehen nötigte. Landry teilte der kleinen Fadette seinen Kummer über das Vorgefallene mit, und er fand sie voller Ergebung und Mut. Anfangs versuchte sie ihm einzureden, dass er in seinem eignen Interesse wohl daran tun würde, seine Neigung für sie aufzugeben, und nicht mehr an sie zu denken. Als sie aber sah, wie sehr ihn dies betrübte, und wie er immer aufgebrachter wurde, forderte sie ihn auf zurzeit gehorsam zu sein und seine Hoffnung auf die Zukunft zu setzen.

»Höre, Landry,« sprach sie zu ihm, »ich habe es immer kommen sehen, was uns jetzt betroffen hat, und ich habe oft darüber nachgedacht, was wir in diesem Falle tun sollten. Dein Vater hat gar nicht unrecht, und ich bin ihm auch nicht böse darüber; es geschieht ja nur aus großer Liebe zu dir, wenn er fürchtet du könntest dich in eine so geringe Person verlieben, wie ich es bin. In Bezug auf mich verzeihe ich ihm also seinen Stolz und seine Ungerechtigkeit; denn es lässt sich ja nicht leugnen, dass ich in meiner Kindheit recht toll gewesen bin; du selbst hast es mir ja vorgeworfen an dem Tage, wo du anfingst mich lieb zu gewinnen. Seit einem Jahre habe ich meine Fehler abgelegt; das ist aber noch nicht lange genug, um, wie er dir heute gesagt hat, schon Vertrauen zu mir fassen zu können. So muss also noch die Zeit darüber hingehen, bis die Vorurteile, die man gegen mich hat, nach und nach verschwunden sind. Die schändlichen Lügen, die man jetzt verbreitet hat, werden in sich selbst zerfallen. Dein Vater und deine Mutter werden schon sehen, dass ich verständig bin, und dich weder in die Wirtshäuser locken, noch Geld aus dir herauspressen will. Es wird so kommen, dass sie der Ehrbarkeit meiner Liebe zu dir Gerechtigkeit widerfahren lassen müssen, und dann können wir uns sehen und miteinander reden, ohne uns vor irgendjemanden verbergen zu müssen. Aber einstweilen musst du deinem Vater gehorchen, der, wie ich sicherlich weiß, es dir verbieten wird, mich zu besuchen.«

»Nie werde ich das ertragen,« sagte Landry; lieber stürze ich mich gleich in den Fluss!«

»Nun gut! Wenn du den Mut nicht hast, mich zu meiden, so werde ich ihn für dich haben,« sagte die kleine Fadette. »Ich, ich werde fortgehen, ich werde für einige Zeit die Gegend verlassen. Es sind schon zwei Monate her, dass man mir in der Stadt eine gute Stelle angeboten hat. Meine Großmutter ist jetzt so taub und so alt geworden, dass sie sich fast nicht mehr damit beschäftigen kann ihre Arzneien zu verkaufen und ihre Verordnungen zu erteilen. Da hat sie nun eine sehr gute Verwandte, die ihr angeboten hat, dass sie kommen will, um mit ihr zusammenzuwohnen. Diese wird sie auch recht gut pflegen, eben so wie meinen armen Grashüpfer!«

Bei dem Gedanken an dieses Kind, das ihr zusammen mit Landry das Liebste war, was sie auf der Erde besaß, versagte der kleinen Fadette die Stimme. Aber bald hatte sie sich wieder gefasst und fuhr dann fort:

»Jetzt ist er kräftig genug, um mich entbehren zu können. Bald wird er zur ersten Kommunion zugelassen werden, und das Vergnügen mit den anderen Kindern in die Katechismuslehre zu gehen, wird ihn den Kummer über mein Fortgehen vergessen lassen. Du wirst schon bemerkt haben, dass er verständiger geworden ist, und dass er sich durch die anderen Buben nicht mehr so in Zorn bringen lässt. Du siehst wohl, Landry, dass es so sein muss, damit die Leute mich erst einmal ein wenig vergessen; gerade jetzt sind sie in der ganzen Gegend sehr aufgebracht und eifersüchtig gegen mich. Wenn ich mal ein oder zwei Jahre fort gewesen bin, und dann mit guten Zeugnissen und einem guten Rufe zurückkehre, den ich mir anderswo leichter erwerben kann, als hier, dann wird man uns nicht mehr quälen und wir lieben uns noch viel mehr, als je zuvor.«

Landry wollte nichts von diesen Vorschlägen wissen; er geriet immer wieder in Verzweiflung, und schließlich kehrte er in einem Zustande nach la Priche zurück, der das schlechteste Herz zum Erbarmen bewegt haben würde.

Zwei Tage später, als er die Butte zur Weinlese fuhr, redete der junge Caillaud in folgender Weise zu ihm:

»Ich sehe, Landry, dass du mir böse bist, und schon seit einiger Zeit sprichst du nicht mehr mit mir. Du glaubst gewiss, dass ich es sei, der deine Liebschaft mit der kleinen Fadette unter die Leute gebracht hat; es ärgert mich wirklich, wenn du mir eine solche Schlechtigkeit zutrauen könntest. So wahr es einen Gott im Himmel gibt, ich habe nie, auch nur das Geringste davon gesagt, und es bekümmert mich sogar, dass man dir diese Verdrießlichkeiten angezettelt hat. Ich habe immer viel auf dich gehalten, und auch der kleinen Fadette habe ich nie eine Beleidigung angetan. Ich kann sogar sagen, dass ich Achtung vor diesem Mädchen habe, seit unserem Erlebnis, worüber sie ihrerseits hätte schwatzen können. Aber kein Mensch hat etwas davon erfahren, so verschwiegen ist sie gewesen. Sie hätte diesen Vorfall benutzen können, um sich an der Madelon zu rächen, welche, wie sie recht gut weiß, die Urheberin von alle diesen Klatschereien ist. Trotzdem hat sie es nicht getan, und ich sehe ein, Landry, dass man sich auf den äußeren Schein und den Ruf durchaus nicht verlassen kann. Die Fadette, die für böse galt, ist gut gewesen, und die Madelon, die für gut galt, ist nicht allein gegen die Fadette und gegen dich hinterlistig gewesen, sondern auch gegen mich; denn gerade jetzt habe ich allen Grund mich über ihre Treulosigkeit zu beklagen.«

Landry nahm die Erklärungen des jungen Caillaud freudigen Herzens entgegen, und dieser bot alles auf, ihn nach besten Kräften wegen seines Kummers zu trösten.

»Man hat dir vielen Verdruss bereitet, mein armer Landry,« sagte er zum Schluss; »aber du musst dich darüber hinwegsetzen in dem Gedanken an das gute Benehmen der kleinen Fadette. Sie tut recht daran, fortzugehen, damit's ein Ende nimmt mit den Verdrießlichkeiten in deiner Familie; ich habe ihr das auch selbst gesagt, als ich ihr eben auf dem Wege begegnete und Abschied von ihr genommen habe.«

»Was sagst du mir da!« rief Landry außer sich; »sie geht? Sie ist schon fort?«

»Wusstest du das denn nicht?« fragte der junge Caillaud. »Ich dachte, das wäre eine unter euch verabredete Sache gewesen, und du hättest ihr nur das Geleite nicht gegeben, um nicht wieder neuen Verdruss anzuregen. Aber ganz gewiss, sie geht fort; vor höchstens einer Viertelstunde ist sie rechts von unserem Anwesen vorübergegangen, und sie trug ihr kleines Bündel unter dem Arme. Sie ging nach Chateau-Meillant, und jetzt wird sie nicht weiter sein als Vieille-Ville, oder höchstens bis zur Anhöhe d'Urmont.«

Landry steckte seinen Leitstachel an die Stirnriemen seiner Ochsen und lief ohne Unterlass auf dem bezeichneten Wege dahin, bis er die kleine Fadette auf dem Sandpfade erreicht hatte, der zwischen den Weinbergen von Urmont nach Fremelaine hinabführt.

Dort fiel er, vom Kummer und von der großen Hast, mit der er gelaufen war, ganz erschöpft, quer über den Weg hin, unfähig auch nur ein Wort herauszubringen. Nur durch Zeichen konnte er der Geliebten begreiflich machen, dass sie erst über seinen Körper hinschreiten müsse, wenn sie ihn verlassen wolle. Als er sich wieder ein wenig erholt hatte, sprach die Fadette zu ihm: »Ich wollte dir diesen Schmerz ersparen, mein lieber Landry, und da tust du nun alles, was du nur kannst, um mir den Mut zu nehmen. Sei doch ein Mann und mache es mir nicht so schwer die Kraft zu bewahren; es gehört mehr dazu, als du meinst, und wenn ich daran denke, dass mein armer, kleiner Jeannot mich jetzt suchen und nach mir jammern wird, dann fühle ich, wie mir der Mut vergehen will, und es fehlt nicht viel daran, dass ich mir den Kopf hier an diesen Steinen zerschmettern möchte. Ach! Ich bitte dich, lieber Landry, hilf mir doch lieber das zu tun, was ich tun muss, als dass du mich davon abzubringen suchst; wenn ich heute nicht gehe, werde ich niemals fortkommen, und dann sind wir verloren.«

»Ach! Fränzchen, Fränzchen, es kostet dich nicht vielen Mut,« antwortete Landry. »Du bedauerst nur ein Kind, das sich bald trösten wird, weil es eben nur ein Kind ist. Meine Verzweiflung kümmert dich nicht; du weißt nicht, was Liebe ist. Du empfindest sie gewiss nicht für mich; du wirst mich rasch vergessen haben, und dann wirst du vielleicht auch gar nicht wiederkommen.«

»Ich komme wieder, Landry; ich nehme Gott zum Zeugen, dass ich in einem, oder spätestens in zwei Jahren zurückkehren werde, und dass ich dich nie vergessen will, so wenig wie ich je einen anderen Freund oder Geliebten haben werde, als dich.«

»Keinen anderen Freund, Fränzchen, das ist möglich, weil du niemals einen finden wirst, der dir so ergeben wäre, wie ich es bin; aber, ob du keinen anderen Liebhaber haben wirst, das weiß ich nicht. Wer könnte dafür einstehen?«

»Ich, ich bürge dir dafür!«

»Das kannst du selbst nicht wissen, Fadette; du hast noch nie geliebt, und wenn die Liebe bei dir einkehrt, wirst du an deinen armen Landry kaum mehr denken. Ach! Wenn du mich so geliebt hättest, wie ich dich liebe, dann könntest du gar nicht so von mir gehen.«

»Meinst du das, Landry?« sagte die kleine Fadette, ihn mit trauriger und sehr ernster Miene betrachtend. Du weißt wohl gar nicht, was du da sagst. Ich glaube, dass die Liebe mich noch mehr als die Freundschaft zu dem treiben würde, was ich jetzt tue.«

»Nun, ja, wenn es Liebe wäre, was dich treibt, dann würde mein Kummer nicht mehr so groß sein. Ach, Fränzchen, wenn es Liebe wäre, dann glaube ich beinah, dass ich trotz meines Missgeschicks glücklich sein könnte. Ich würde deinem Wort vertrauend, meine Hoffnung auf die Zukunft setzen, wahrlich! Ich würde denselben Mut haben wie du. – Aber, du weißt ja nicht, was

Liebe ist, du hast es mir oft genug gesagt, und ich habe es auch erkannt an der großen Ruhe, die du mir gegenüber bewahrtest.«

»Du glaubst also, dass es nicht Liebe ist, was mich treibt?« fragte die kleine Fadette; »bist du davon überzeugt?«

Und, während sie nicht aufhörte ihn zu betrachten, füllten sich ihre Augen mit Tränen, die ihr allmählich über die Wangen rannen, und dabei lächelte sie in seltsamer Weise.

»Ach, Gott, mein Gott!« rief Landry, und schloss sie in seine Arme, »wenn ich mich dennoch getäuscht hätte?«

»Ich, ich glaube es wirklich, dass du dich getäuscht hast,« erwiderte die kleine Fadette, noch immer unter Tränen lächelnd. »Ich glaube wirklich, dass die arme Grille schon seit ihrem dreizehnten Jahre ein Auge auf Landry hatte, und dass sie niemals nach einem anderen geschaut hat. Ich glaube auch, wenn sie ihm über die Felder und auf den Wegen folgte, törichte Reden und Neckereien hinter ihm herrufend, dann wollte sie ihn nur zwingen, dass er sich mit ihr beschäftigen sollte, sie wusste selbst noch nicht, was sie eigentlich tat, und was sie so zu ihm hindrängte. Ich glaube auch, als sie an jenem Tage, da sie Landry in so großer Not sah, diesem behilflich war, Sylvinet aufzusuchen, und als sie ihn am Ufer des Flusses fand mit einem kleinen Lamm auf dem Schoße, da hat sie Landry gegenüber ein wenig Zauberei getrieben, damit er gezwungen werden sollte, ihr erkenntlich zu sein. Ich glaube auch wohl, als sie ihn in der Strudelfurt beleidigte, dass dies aus Zorn und Verdruss darüber geschah, weil er sie seither nicht wieder angeredet hatte. Ich glaube auch, als sie mit ihm tanzen wollte, dass dies nur geschah, weil sie in ihn vernarrt war, und weil sie ihm durch ihr zierliches Tanzen zu gefallen hoffte. Ich glaube auch, als sie im Steinbruch von Chaumois weinte, dass dies aus Reue und Schmerz geschah, ihm missfällig gewesen zu sein. Ebenso glaube ich, als er sie küssen wollte und sie sich weigerte, und als er ihr von Liebe sprach und sie ihm dagegen von Freundschaft redete, da tat sie dies in der Furcht, durch zu rasche Erwiderung, seine Liebe wieder zu verlieren. Und schließlich glaube ich, wenn sie jetzt mit zerrissenem Herzen fortgeht, so geschieht dies in der Hoffnung zurückzukehren, und dass sie dann in den Augen der Leute seiner würdig sein wird und seine Frau werden kann, ohne dass dies seine Familie demütigen und zur Verzweiflung bringen könnte.«

Jetzt war es Landry zumute, als ob er vor Wonne den Kopf verlieren müsste. Abwechselnd lachte er, schrie laut auf, er weinte und bedeckte seines Fränzchens Hände und ihr Kleid mit tausend Küssen. Er hätte ihr auch die Füße geküsst, wenn sie es nur geduldet hätte; aber sie hob ihn liebevoll auf und gab ihm den echten Kuss der Liebe, und es war ihm, als ob er daran vergehen müsse, denn es war der erste, den er von ihr bekam, und auch noch von keiner anderen hatte er je einen bekommen. Während er vor übergroßer Wonne wie betäubt am Rande des Weges niedertaumelte, raffte sie, ihm verbietend ihr zu folgen und ihm mit einem Schwur beteuernd, dass sie wiederkommen werde, – selbst noch hochgerötet und verwirrt, ihr Bündel von der Erde auf, und eilte davon.

Neunundzwanzigstes Kapitel

Landry fügte sich und kehrte zu der Weinlese zurück. Er war selbst erstaunt, dass er sich nicht mehr so unglücklich fühlte, wie er es sich vorgestellt hatte. Aber das Bewusstsein geliebt zu werden ist ja so süß, und wenn man wirklich eine tiefe Liebe empfindet auch das Vertrauen so groß, dass daraus alles leicht erklärlich wird. Er war selbst sehr erstaunt darüber und es war ihm dabei so wohl zumute, dass er es sich nicht versagen konnte mit Cadet Caillaud davon zu reden. Auch dieser war erstaunt darüber und bewunderte die kleine Fadette, die es so gut verstanden hatte, von der Zeit an, dass sie Landry liebte und von ihm wieder geliebt wurde, sich jeder Schwachheit und Unbesonnenheit enthalten zu haben.

»Es freut mich,« sagte der junge Caillaud, »an diesem Mädchen so viele gute Eigenschaften kennenzulernen; ich für mein Teil habe sie zwar niemals schlecht beurteilt und kann wohl sagen, wenn sie mir Beachtung erwiesen hätte, dann würde sie mir gewiss nicht missfallen haben. Ihrer schönen Augen wegen ist sie mir oft viel eher schön als hässlich erschienen, und seit einiger Zeit, wo sie mehr Sorgfalt auf sich verwandte, hätte jeder es bemerken müssen, dass sie mit jedem Tage hübscher wurde. Aber sie hatte nur Augen für dich, Landry, und begnügte sich damit den anderen nicht gerade zu missfallen. Sie trachtete nach keines anderen Wohlgefallen als nach dem deinigen, und du kannst es mir glauben, dass eine Frau von solchem Charakter mir sehr behagen würde. Überdies habe ich sie ja von ihrer frühesten Kindheit an gekannt und bin immer der Meinung gewesen, dass sie ein gutes Herz hat. Wenn man die Leute auf ihr Gewissen hin fragen wollte, was sie von ihr hielten, und was sie denn eigentlich von ihr zu sagen wüssten, so würde jeder genötigt sein ihre Partei zu nehmen. Aber die Leute sind nun einmal so beschaffen, dass wenn zwei oder drei Personen sich daran machen jemanden herunterzusetzen, dann fallen sie gleich alle miteinander darüber her und bringen ihn in einen schlechten Ruf, ohne selbst zu wissen warum, als ob es ein Vergnügen wäre jemanden, der sich nicht verteidigen kann, nur so unter die Füße zu treten.« Es war für Landry eine große Erleichterung den jungen Caillaud in dieser Weise reden zu hören, und von diesem Tage an schloss er eine große Freundschaft mit ihm. Er fand seinen Trost darin, ihm seine Kümmernisse anzuvertrauen, und eines Tages ging er in seiner freundschaftlichen Teilnahme sogar soweit, dass er ihm sagte:

»Mein guter Caillaud, du tätest klug nicht mehr an die Madelon zu denken; sie ist es gar nicht wert, und sie hat uns beiden Verdruss genug angerichtet. Du stehst im gleichen Alter, und es drängt dich nichts, dich zu verheiraten. Da ist nun meine kleine Schwester Nanette, die so hübsch ist wie ein Röschen. Sie wird bald sechzehn Jahre alt, ist sanft und freundlich und sehr wohl erzogen. Komm nur manchmal uns zu besuchen; mein Vater hält viel von dir, und wenn du unsere Nanette erst recht kennengelernt hast, wirst du dich überzeugen, dass du nichts Besseres tun könntest, als mein Schwager zu werden.«

»Wahrhaftig! Da sage ich nicht nein,« erwiderte der junge Caillaud. »Wenn das junge Mädchen nicht anderswo schon zugesagt hat, werde ich jeden Sonntag zu euch kommen.«

Am Abend des Tages, an welchem die kleine Fadette die Gegend verlassen hatte, machte Landry sich auf den Weg zu seinem Vater, um ihm das ehrenhafte Benehmen dieses Mädchens, von welchem er eine so schlechte Meinung gehabt hatte, mitzuteilen. Zugleich wollte er ihm sagen, dass er sich, unter dem Vorbehalt der Zukunft, für die Gegenwart seinem Gebot unterwerfen würde. Als er am Hause der Mutter Fadet vorüberging, wurde ihm das Herz sehr schwer; aber er fasste sich und waffnete sich mit Mut, indem er sich sagte, dass ohne Fränzchens Abreise es noch lange gedauert haben könnte, bis ihm das Glück zuteil geworden wäre, sich von ihr geliebt zu wissen. Er sah nun auch die Mutter Franziska, welche mit Fränzchen verwandt und ihre Patin war. Sie war jetzt gekommen, um an Fränzchens Stelle die alte Großmutter und den Grashüpfer zu verpflegen. Sie saß vor der Thür und hatte den Grashüpfer auf dem Schoße. Der arme Jeanet weinte und wollte durchaus nicht zu Bette gehen, weil seine Fadette noch nicht wieder da sei, und weil er bei ihr seine Gebete hersagen müsse, und dass sie ihn zu Bette bringen solle. Die Mutter Franziska bot alles auf ihn zu trösten, und Landry hörte mit Vergnügen zu, wie sie ihn mit sanften und freundlichen Worten zu beruhigen suchte. Aber sobald der Grashüpfer Landry erblickt hatte, entschlüpfte er den Händen der Fanchette, rannte, auf die

Gefahr hin, eins seiner mageren Beinchen dabei einzubüßen, dem Zwilling entgegen, und warf sich ihm zu Füßen. Seine Kniee umklammernd, bestürmte er ihn mit Fragen und beschwor ihn, sein Fränzchen ihm wieder zurückzubringen. Landry schloss den kleinen Krüppel, selbst in Tränen ausbrechend, in seine Arme und tröstete ihn so gut er es vermochte. Er wollte ihm eine von den Trauben mit den schönen großen Beeren geben, welche die Mutter Caillaud ihm in einem Körbchen zurecht gelegt hatte, damit er sie in ihrem Auftrage der Mutter Barbeau mitbringen sollte. Allein Hänschen, der sonst naschhaft genug war, wollte nichts annehmen, wenn Landry ihm dagegen nicht versprechen würde, ihm sein Fränzchen wiederzubringen, was Landry wohl oder übel mit einem Seufzer zu tun versprach, weil Jeanet sich sonst der alten Fanchette nicht wieder gefügt haben würde.

Vater Barbeau hatte von der kleinen Fadette einen so großen Entschluss kaum erwartet. Er war zufrieden damit, aber er war ein zu gerechter und guter Mann, um über ihren Schritt nicht doch ein gewisses Bedauern zu empfinden. – »Es betrübt mich, Landry,« sagte er, »dass du nicht den Mut hattest, auf den Umgang mit ihr zu verzichten. Hättest du gehandelt, wie die Pflicht es dir vorschrieb, dann würdest du nicht Schuld an ihrer Entfernung sein. Wolle Gott, dass dieses Kind in seiner neuen Stellung nicht zu leiden hat, und dass seine Abwesenheit seiner Großmutter und seinem kleinen Bruder nicht zum Nachteil gereichen wird. Wenn auch viele Leute Böses von ihr reden, so gibt es dagegen auch einige, die sie verteidigen und die mir versichert haben, dass sie ein sehr gutes Herz habe und für ihre Familie eigentlich unentbehrlich sei. Wenn es eine Lüge ist, dass sie, wie man mir sagte, guter Hoffnung sei, dann werden wir es schon erfahren und wir wollen sie verteidigen, wie es sich gehört. Sollte es aber unglücklicherweise doch wahr sein, und du, Landry, es verschuldet haben, dann wollen wir ihr beistehen, und sie nicht ins Elend geraten lassen. Dass du sie nicht heiratest, das ist alles, was ich von dir verlange, Landry.«

»Mein Vater,« sagte dieser, »wir haben über diese Angelegenheit sehr verschiedene Urteile. Wenn ich, wie Sie glauben, schuldig wäre, dann würde ich mir im Gegenteil von Ihnen die Erlaubnis erbitten, sie heiraten zu dürfen. Aber, da die kleine Fadette noch so unschuldig ist, wie meine Schwester Nanette, habe ich mir jetzt noch nichts von Ihnen zu erbitten, als dass Sie mir den Kummer verzeihen mögen, den ich Ihnen verursachte. Später werden wir dann von ihr reden, wie Sie es mir versprochen haben.«

Unter dieser Bedingung musste der Vater Barbeau sich für jetzt zufrieden geben. Er war zu klug, um die Dinge zu überstürzen und wusste sich mit dem zu begnügen, was er erlangt hatte.

Seit dieser Zeit war im Zwillingshofe von der kleinen Fadette nicht mehr die Rede. Man vermied es sogar ihren Namen zu nennen, denn Landry wurde blass und rot zugleich, sobald es geschah, dass in seiner Gegenwart irgendeinem der Anwesenden ihr Name entschlüpfte, und es war leicht zu bemerken, dass er sie so wenig vergessen hatte, wie am ersten Tage nach ihrer Abreise.

Dreißigstes Kapitel

Anfangs empfand Sylvinet eine Art selbstsüchtiger Befriedigung, als er erfuhr, dass die kleine Fadette fort sei. Er schmeichelte sich damit, dass sein Zwillingsbruder künftig nur noch ihn allein lieben werde und ihn für niemanden in der Welt mehr verlassen würde. Allein die Dinge verhielten sich ganz anders. Wohl war es Sylvinet, den Landry nächst der kleinen Fadette am meisten liebte, aber dennoch konnte es ihm in seiner Gesellschaft nicht lange behagen, denn Sylvinet wollte sich von seinem Widerwillen gegen die Fadette durchaus nicht lossagen. Sobald Landry nur versuchte in seiner Gegenwart von ihr zu reden und ihn mit in sein Interesse zu ziehen, wurde dieser betrübt darüber und machte ihm Vorwürfe, dass er so hartnäckig an einem Gedanken festhalte, der ihren Eltern so widerwärtig und auch ihm höchst unangenehm sei. Von da an hörte Landry auf mit ihm darüber zu sprechen; da er aber nicht sein konnte, ohne von seiner Geliebten zu reden, teilte er seine Zeit zwischen Cadet Caillaud und dem kleinen Jeanet, den er mit sich herumführte, seinen Katechismus aufsagen ließ und ihn nach besten Kräften tröstete. Wenn man ihn mit dem Kinde an der Hand begegnete, hätte man sich gern lustig über ihn machen mögen, wenn man es nur gewagt hätte. Aber, ganz abgesehen davon, dass Landry sich niemals eine Verspottung gefallen ließ, worin es auch sein mochte, war er viel eher stolz darauf, als dass er sich geschämt hätte, seine Freundschaft für den Bruder von Fränzchen Fadet offen zu zeigen, und grade dadurch widersprach er dem Geschwätz von Leuten, welche da behaupten wollten, er habe wohlweislich seiner Liebe beizeiten den Zügel anzulegen gewusst. Mit großem Kummer sah Sylvinet, dass sein Bruder sich ihm nicht in dem Maße, wie er es wünschte, wieder zuwandte, und dass er sich nun gar darauf beschränken musste seine Eifersucht gegen Cadet Caillaud und den kleinen Jeanet zu richten. Zu alledem musste er es auch noch erleben, dass seine Schwester Nanette, welche ihn bisher immer getröstet und durch ihre zärtliche Fürsorge und zarten Aufmerksamkeiten wieder erquickt hatte, jetzt großes Wohlgefallen an der Gesellschaft eben jenes Cadet Caillaud zu finden schien, und dass diese Neigung von beiden Familien sehr gebilligt wurde. Der arme Sylvinet, der sich einbildete, er müsse die Gefühle von allen, die er liebte, nur ganz allein für sich besitzen, verfiel endlich in einen tödlichen Kummer. In ein sonderbares Hinbrüten versunken, verdüsterte seine Stimmung sich so sehr, dass man nicht mehr wusste, was man mit ihm anfangen sollte, um ihn nur etwas zufriedener zu sehen. Kein Lächeln trat auf seine Lippen, an nichts fand er mehr Geschmack und er vermochte kaum noch zu arbeiten, so sehr verzehrte er sich in seinem Schmerz. Schließlich welkte er dahin, sodass man endlich für sein Leben zu fürchten begann; das Fieber verließ ihn fast nicht mehr, und wenn er es etwas mehr als gewöhnlich hatte, führte er Reden, als ob der Gram ihm die Vernunft zu erschüttern beginne, und die für das Herz der Eltern grausam anzuhören waren. Er, den man stets gehätschelt und verzogen hatte, mehr als alle anderen in der Familie, behauptete, dass er von niemanden geliebt werde. Er wünschte den Tod herbei, weil er ja doch zu nichts tauge; dass man ihn damit verschonen möge, ihn wegen seines Zustandes zu bemitleiden; er sei nur noch eine Last für seine Eltern, und es würde die größte Gnade sein, die der liebe Gott ihnen erzeigen könnte, wenn er sie von ihm erlösen wolle.

Manchmal, wenn der Vater Barbeau diese wenig christlichen Reden vernahm, tadelte er ihn streng deshalb. Es wurde aber nichts dadurch gebessert. Mitunter beschwor der Vater seinen Sohn unter Tränen, dass er seine Liebe doch besser erkennen solle. Dies machte die Sache noch schlimmer: denn Sylvinet fing an zu weinen, empfand heftige Reue und bat seinen Vater, seine Mutter, seinen Zwillingsbruder, ja die ganze Familie um Verzeihung. Wenn er bei solchen Gelegenheiten der übergroßen Zärtlichkeit seines kranken Gemütes einen freien Erguss gestattet hatte, kehrte das Fieber um so stärker zurück.

Man befragte aufs Neue die Ärzte um Rat. Sie wussten nicht, was sie raten sollten. An ihren Mienen war es aber zu erkennen, dass sie der Meinung waren: das ganze Übel entstamme der Zwillingschaft, die dem einen oder dem anderen tödlich sein müsse, folglich den Schwächsten von beiden hinwegraffen werde. Man befragte auch noch die Badefrau von Clavières, welche nächst der Sagette, die gestorben war, und nächst der Mutter Fadet, welche begann kindisch zu werden, die weiseste Frau des Bezirkes war.

Diese geschickte Frau gab der Mutter Barbeau die folgende Auskunft:

»Es gibt nur ein Mittel Euer Kind zu retten, und dies ist: dass er die Frauen liebt.«

»Und grade die kann er nicht leiden,« sagte die Mutter Barbeau. »Nie hat es einen Burschen geben können, der stolzer und verständiger gewesen wäre; aber seit dem Augenblick, wo sein Zwilling sich die Liebe zu einer Frau in den Kopf gesetzt hat, begann er von allen Mädchen unserer Bekanntschaft nur noch böses zu reden. Er missachtet sie alle, weil eine von ihnen, – und unglücklicherweise ist dies nicht die Beste, – wie er behauptet, ihm das Herz seines Bruders geraubt hat.«

»Nun wohl,« sagte die Badefrau, die alle Krankheiten des Körpers und der Seele recht gut zu beurteilen wusste, »von dem Tage an, wo Euer Sohn Sylvinet eine Frau zu lieben beginnt, wird er sie noch viel heftiger lieben, als er jetzt seinen Bruder liebt. Das lasst Euch von mir im Voraus gesagt sein. Er hat in seinem Herzen ein Übermaß von Liebesbedürfnis, und da er dies bis jetzt immer auf seinen Zwillingsbruder übertragen hat, vergaß er darüber, sozusagen, sein Geschlecht, und darin hat er sich gegen das Gebot des lieben Gottes verfehlt, nach dessen Willen der Mann eine Frau mehr lieben soll als Vater und Mutter, als Schwester und Bruder. Indessen tröstet Euch, denn es kann ja nicht lange auf sich warten lassen, dass die Natur in ihm erwachen muss. Und dann zögert nur nicht, die Frau, die er lieben wird, – mag sie nun arm oder reich, hässlich oder schön, gut oder böse sein, – ihm zum Weibe zu geben. Denn, allem Anscheine nach, wird er in seinem Leben nicht eine zweite lieben. Sein Herz ist einer außerordentlichen Treue und Ergebenheit fähig, und wenn schon ein Wunder geschehen muss, um seine Gefühle nur ein wenig von seinem Zwilling abzulenken, so würde es eines noch viel größeren bedürfen, um ihn von einer Frau zu trennen, der es gelungen wäre, jenen aus seinem Herzen zu verdrängen.«

Die Ansicht der Badefrau schien dem Vater Barbeau sehr richtig zu sein, und er suchte Sylvinet bei den Familien einzuführen, wo es schöne und brave Töchter zu verheiraten gab. Aber, obgleich Sylvinet gewiss ein hübscher und wohlerzogener Bursche war, fühlten sich die Mädchen doch durchaus nicht zu ihm hingezogen, wegen seiner eignen gleichgültigen und traurigen Miene. Sie kamen ihm also nichts weniger als aufmunternd entgegen, und er selbst, der so schüchtern war, begann sie zu fürchten und bildete sich dazu noch ein, dass sie ihn gar verabscheuten. Der Vater Caillaud, welcher der aufrichtigste Freund und der bewährteste Ratgeber der Familie war, trat jetzt mit einer anderen Meinung hervor:

»Ich habe es euch immer gesagt, dass es kein besseres Heilmittel gibt, als ihn fortzuschicken. Da seht einmal Landry! Er raste für die kleine Fadette, und doch hat er durch die Entfernung derselben weder an Vernunft noch an Gesundheit irgendwie eingebüßt; er ist sogar weniger traurig, als er dies, wie wir selbst bemerkten, ohne die Ursache davon zu wissen, schon oft gewesen ist. Jetzt scheint er nun ganz vernünftig geworden zu sein und sich gefügt zu haben. Grade so würde es mit Sylvinet gehen, wenn er einmal fünf oder sechs Monate lang seinen Bruder nicht mehr zu Gesichte bekäme. Ich werde euch das Mittel angeben, wie man sie ganz allmählich voneinander entwöhnen kann. Mit meiner Meierei in la Priche steht es gut; aber mit meinem Anwesen, das nach Arton zu liegt, steht es dagegen um so schlechter. Mein Großknecht, den ich dort habe, ist schon seit ungefähr einem Jahre krank und kann sich nicht wieder erholen. Ich will ihn gewiss nicht beiseite schieben, denn er ist wirklich ein tüchtiger und fleißiger Mann. Aber wenn ich ihm einen guten Arbeiter zur Unterstützung schickte, würde er sich gewiss wieder erholen, weil er vielleicht nur durch Überanstrengung krank geworden ist. Wenn es euch also recht ist, werde ich Landry dahin schicken, damit er den Rest des Jahres dort zubringen kann. Wenn er geht, darf aber Sylvinet nichts davon erfahren, dass es für längere Zeit ist. Wir sagen im Gegenteil, dass er nur auf acht Tage fort geht. Und, wenn diese acht Tage vergangen sind, sprechen wir von noch weiteren acht Tagen, und so treiben wir es fort, bis Sylvinet sich an die Trennung gewöhnt hat. Tut nach meinem Rat, statt immer der Laune eines Kindes zu stöhnen, das ihr zu viel verwöhnt habt, bis es euch über den Kopf gewachsen ist.«

Der Vater Barbeau war geneigt diesen Rat zu befolgen, aber die Mutter Barbeau erschrak davor. Sie fürchtete, dies könne für Sylvinet der Todesstoß sein. Es war daher nötig, dass man sich auf eine Unterhandlung mit ihr einließ. Sie verlangte, dass man zuerst den Versuch machen solle, Landry vierzehn Tage lang hintereinander im elterlichen Hause zu behalten, um zu sehen, ob es sich zunächst mit Sylvinets Gesundheit nicht bessern würde, wenn er seinen Bruder zu jeder Stunde um sich habe. Sollte sich im Gegenteil der Zustand des Leidenden verschlimmern, dann wollte sie sich den Ratschlägen des Vaters Caillaud ergeben.

Man kam also überein, in dieser Weise einen Versuch zu machen. Landry war gern bereit, wie man es von ihm verlangte, die bestimmte Zeit auf dem Zwillingshofe zuzubringen. Unter dem Vorwande, dass Sylvinet nicht mehr arbeiten könne, und dass der Vater seiner bedürfe, um den Rest des Getreides zu dreschen, ließ man ihn dahin kommen. Landry bot nun alles auf, seinen Bruder durch Sorgfalt und Güte zufriedenzustellen. In jeder Stunde suchte er ihn auf, schlief mit ihm in demselben Bette und pflegte ihn, als ob er ein kleines Kind gewesen wäre. Am ersten Tage zeigte sich Sylvinet hocherfreut; aber schon am zweiten behauptete er, Landry langweile sich bei ihm, und Landry war nicht imstande ihn von diesem Gedanken wieder abzubringen. Am dritten Tage geriet Sylvinet in Zorn, weil der Grashüpfer sich einfand, um Landry zu besuchen, und dieser es nicht über das Herz bringen konnte, das Kind wieder fortzuschicken. Endlich, gegen den Schluss der Woche musste man die Sache wieder aufgeben, denn Sylvinet wurde immer ungerechter und anmaßender, und war zuletzt eifersüchtig auf seinen eignen Schatten. Man dachte also jetzt daran, den Plan des Vaters Caillaud zur Ausführung zu bringen. Landry, der so sehr an seiner Heimat hing, der seine Arbeit so gern verrichtete und seiner Familie und seiner Dienstherrschaft so ergeben war, war keineswegs besonders geneigt, nach Arton unter lauter Fremde zu gehen. Dennoch unterwarf er sich allem, was man im Interesse seines Bruders von ihm verlangte.

Einunddreißigstes Kapitel

Diesesmal wäre Sylvinet am ersten Tage nach Landrys Entfernung fast gestorben; aber am zweiten war er ruhiger, und am dritten verließ ihn sogar das Fieber. Anfangs fügte er sich mit Ergebung, und bald darauf zeigte er eine frische Entschlossenheit. Gegen das Ende der Woche war es klar, dass die Abwesenheit seines Bruders wohltätiger für ihn war, als dessen Gegenwart. Er fand bei seinen Grübeleien, zu denen er im Geheimen durch seine Eifersucht gedrängt wurde, einen Grund auf, der ihn sozusagen mit Landrys Entfernung versöhnte. »Wenigstens,« sagte er sich, »wird er an dem Ort, wo er jetzt weilt, und wo er niemanden kennt, nicht gleich neue Freundschaften schließen. Er wird sich langweilen, und dann an mich denken und sich nach mir sehnen.«

So waren schon drei Monate verflossen, seit Landry fortgegangen war, und, beinah ein Jahr, seitdem die kleine Fadette die Gegend verlassen hatte, als diese plötzlich dahin zurückkehrte, weil ihre Großmutter vom Schlage getroffen war. Sie pflegte die alte Frau mit unermüdlicher Sorgfalt und Treue, aber das Alter ist die schlimmste aller Krankheiten, und nach Verlauf von vierzehn Tagen gab die Mutter Fadet den Geist auf, noch ehe man es vermutet hatte. Drei Tage später, nachdem sie den Körper der armen Alten zur letzten Ruhestatt geleitet hatte und das Haus wieder geordnet war, saß die kleine Fadette sehr traurig vor ihrem dürftigem Feuer, das die Gegenstände im Zimmer nur matt erhellte. Ihren Bruder hatte sie entkleidet und ins Bett gelegt, und ihre gute Patin, die sich in das andere Zimmer zurückgezogen hatte, um zu schlafen, hatte sie mit einem Kuss entlassen. Sie allein saß also wachend da und hörte in ihrem Kamin den Gesang der Grille, die ihr zu sagen schien:

Grille, Grille, Grille klein,
Die Hexe will beim Kobold sein!

Der Regen fiel und rieselte gegen die Scheiben, und die Fadette dachte an ihren Geliebten, als es plötzlich an die Türe klopfte und eine Stimme zu ihr sprach:

»Fränzchen Fadet, bist du da und erkennst du mich?«

Sie zögerte nicht zu öffnen, und groß war ihre Freude sich an das Herz ihres Freundes Landry gedrückt zu fühlen. Landry hatte von der Krankheit der Großmutter gehört und auch die Rückkehr der Fadette erfahren. Er hatte dem Verlangen sie zu sehen nicht widerstehen können und kam jetzt in so später Stunde, um mit Tagesanbruch wieder fortzugehen. So verbrachten sie die ganze Nacht am Herde in ernsthaftem und verständigem Geplauder, denn die kleine Fadette erinnerte Landry daran, dass das Sterbebett ihrer Großmutter noch kaum erkaltet sei, und dass weder die Zeit noch der Ort dazu angetan seien, sich dem Glück hinzugeben. Aber trotz ihrer guten Vorsätze saßen sie glückselig beieinander und fühlten, dass sie sich noch viel lieber hatten, als je zuvor.

Als der Tag zu grauen begann, wurde es Landry etwas seltsam zumute, und er bat Fränzchen ihn doch auf dem Heuboden zu verbergen, damit er sie auch die folgende Nacht noch sehen könne. Aber, wie es noch jedes Mal geschehen war, brachte sie ihn auch jetzt wieder zur Vernunft. Sie gab ihm zu verstehen, dass sie nicht lange mehr getrennt sein würden, dass sie entschlossen sei, in der Heimat zu bleiben.

»Ich habe meine Gründe dafür,« sagte sie, »die ich dir später mitteilen werde, und die der Aussicht auf unsere Verbindung nicht im Wege sein werden. Geh, bringe die Arbeit zu Ende, die dir von deinem Herrn anvertraut wurde, weil es, wie meine Pate mir gesagt hat, zur Genesung deines Bruders notwendig ist, dass er dich für einige Zeit nicht sieht.«

»Dieser Grund allein kann mich dazu bewegen dich zu verlassen,« sagte Landry; »mein armer Bruder hat mir viele Sorgen und Kummer gemacht, und ich fürchte, dass er mir noch größeren machen wird. Du Fränzchen, du bist so klug, du wüsstest gewiss ein Mittel zu finden, das ihn heilen könnte.« »Ich weiß kein anderes Mittel, als ihm Vernunft zu predigen,« erwiderte sie; »denn es ist seine Seele, die ihm den Körper krankmacht; wie könnte man da den einen heilen, ohne die andere. Aber sein Widerwille gegen mich ist ja so groß, dass ich gar nicht wüsste, wie ich je die Gelegenheit finden sollte, mit ihm zu reden und ihm Trost zu bringen.«

»Und doch hast du so vielen Verstand, Fadette; du weißt so gut zu sprechen und hast eine ganz besondere Gabe zu überreden, sobald du nur willst. Er würde gewiss die Wirkung davon empfinden, wenn du nur einmal, auch nur eine einzige Stunde lang mit ihm reden wolltest. Ich bitte dich, versuche es doch. Lasse dich nicht zurückstoßen durch seinen Hochmut und seine üble Laune. Bewege ihn dich anzuhören. Überwinde dich dazu, um meinetwillen, tue es mein Fränzchen; und auch um unserer Liebe willen, denn das Widerstreben meines Bruders ist nicht das geringste Hindernis, dass wir zu unserem Ziele kommen.«

Fränzchen gab ihre Zusage, und so trennten sie sich unter mehr als tausendmal wiederholten Beteuerungen, wie sehr sie sich liebten, und dass sie es ewig tun würden.

Zweiunddreißigstes Kapitel

Kein Mensch in der Gegend erfuhr etwas davon, dass Landry da gewesen war. Wenn Sylvinet nur eine Ahnung davon gehabt hätte, würde er gleich wieder in seine Krankheit verfallen sein, und seinem Bruder würde er es nie verziehen haben, dass er in die Gegend gekommen war, um die Fadette zu sehen, ohne nicht auch zu ihm gekommen zu sein.

Etwa zwei Tage später, legte die kleine Fadette ein sehr sauberes Gewand an, denn sie war jetzt nicht mehr ohne einen Kreutzer in der Tasche, und ihr Trauerkleid war von feiner schöner Sarsche. Sie nahm ihren Weg durch den ganzen Flecken von la Cosse, und da sie viel größer geworden war, wurde sie anfangs von denen, die sie vorübergehen sahen, nicht erkannt. Sie hatte sich in der Stadt außerordentlich verschönert; denn, da sie die bessere Nahrung gehabt und überhaupt mehr gepflegt war, hatte sie an Farbe und Fülle soviel gewonnen, wie es ihrem Alter zukam, und man konnte sie nicht mehr für einen verkleideten Knaben halten, eine so schöne schlanke Taille hatte sie, und so lieblich war sie anzusehen. Die Liebe und das Glück hatten ihrem Gesicht und ihrer ganzen Erscheinung ein gewisses Etwas aufgeprägt, das man wahrnimmt, ohne es genau bestimmen zu können. Sie war nicht grade das schönste Mädchen von der Welt, wie Landry sich dies einbildete; aber sie war das anmutigste, das zierlichste, das frischeste und vielleicht das begehrenswerteste im ganzen Lande.

Sie trug einen großen Korb am Arme und ging auf den Zwillingshof, wo sie mit dem Vater Barbeau zu reden verlangte. Sylvinet war der erste, der sie erblickte, und er wandte sich sofort von ihr ab, so sehr verdross es ihn, ihr in den Weg zu geraten. Sie aber fragte ihn mit so vielem Anstand, wo sein Vater sei, dass er gezwungen war, ihr zu antworten und sie in die Scheune zu führen, wo der Vater Barbeau mit Schleifen beschäftigt war. Die kleine Fadette ersuchte den Vater Barbeau sie an einen Ort zu führen, wo sie unbehorcht mit ihm reden könne. Er schloss darauf die Thür der Scheune und sagte dann, dass sie nun alles mit ihm reden könne, was sie immer wolle.

Die Fadette ließ sich durch die frostige Miene des Vaters Barbeau nicht im Mindesten aus der Fassung bringen. Sie setzte sich auf ein Bündel Stroh, und als er sich dann auch auf ein anderes gesetzt hatte, sprach sie in folgender Weise zu ihm:

»Vater Barbeau, trotzdem meine verstorbene Großmutter gegen Sie eingenommen war, so wie Sie es gegen mich sind, so ist es darum doch nicht weniger wahr, dass ich Sie für den gerechtesten und zuverlässigsten Mann in der ganzen Gegend halte. Es gibt darüber nur eine Stimme, und sogar meine Großmutter ließ Ihnen darin Gerechtigkeit widerfahren, wenn sie auch in demselben Atem Sie des Stolzes beschuldigte. Sie wissen, dass ich seit langer Zeit eine Freundschaft mit Ihrem Sohne Landry habe. Er hat mir oft von Ihnen erzählt, und durch ihn weiß ich noch mehr, als durch andere, wer Sie sind und welchen Wert Sie haben. Deshalb komme ich jetzt zu Ihnen, um mir einen Dienst von Ihnen zu erbitten, und Ihnen mein Vertrauen zu schenken.«

»Reden Sie Fadette,« antwortete der Vater Barbeau; »ich habe noch nie jemandem meinen Beistand verweigert, und wenn es etwas ist, dass mein Gewissen mir nicht verbietet, so können Sie auf mich zählen.«

»Hier ist es, um was es sich handelt,« sagte die kleine Fadette, indem sie den Korb aufhob und ihn zwischen die Beine des Vaters Barbeau stellte. »Meine verstorbene Großmutter hat während ihres Lebens dadurch, dass sie Rat erteilte und Heilmittel verkaufte, mehr Geld erworben, als man denken sollte. Da sie fast gar keine Ausgaben machte und auch kein Kapital anlegte, konnte niemand etwas davon wissen, was sie in einem versteckten Loche ihres Kellers verborgen hatte. Sie hat es mir oft mit den Worten gezeigt: »Hier wirst du finden, wenn ich nicht mehr bin, was ich hinterlassen habe. Es ist dein Hab und Gut, sowie das deines Bruders; und wenn ich euch jetzt etwas knapp halte, so werdet ihr dafür eines Tages desto mehr finden. Aber lasset nur nicht die Leute des Gesetzes daran rühren, denn sie würden es durch ihre Forderungen von Gebühren verschlingen. Behüte es wohl, wenn es in deinen Besitz gekommen ist; dein Leben lang halte es verborgen, damit es dir zugutekommt in deinen alten Tagen und du keinen Mangel zu leiden brauchst.«

»Als nun das Begräbnis vorüber war, bin ich dem Befehl meiner armen Großmutter nachgekommen. Ich nahm die Schlüssel zum Keller und habe an der von ihr bezeichneten Stelle die Steine aus der Mauer gelöst. Ich habe dort gefunden, was ich hier in diesem Korbe mitgebracht habe, und ich bitte Sie nun, Vater Barbeau, es für mich anzulegen, wie es Ihnen gut dünkt, nachdem dem Gesetze, von dem ich nicht viel verstehe, Genüge geleistet ist, und ich vor den großen Kosten, die ich fürchte, bewahrt bleibe.«

»Ich danke dir, Fadette, für dein Vertrauen,« sagte der Vater Barbeau, ohne den Korb zu öffnen, trotzdem er eine Anwandlung von Neugierde hatte; »aber es steht mir nicht zu, dein Geld in Bewahrung zu nehmen, so wenig wie deine Angelegenheiten zu überwachen. Ich bin ja nicht dein Vormund. Jedenfalls wird deine Großmutter ein Testament gemacht haben.«

»Sie hat kein Testament gemacht, und nach dem Gesetz fiele meiner Mutter die Vormundschaft über mich zu. Nun habe ich aber, wie Sie wissen, seit langer Zeit nichts mehr von ihr gehört, sodass ich nicht weiß, ob die Arme überhaupt noch am Leben ist. Außer ihr habe ich keine weitere Verwandtschaft, als meine Patin Fanchette, die eine brave und rechtschaffene Frau ist, aber durchaus unfähig mein Vermögen zu verwalten, oder auch nur in Bewahrung zu nehmen und darüber zu schweigen. Sie würde sich nicht enthalten können, davon zu reden und jedermann davon in Kenntnis setzen; auch möchte ich fürchten, dass sie es schlecht anlegen würde. Oder, sie könnte auch den Neugierigen und Aufdringlichen zu vielen Einfluss gestatten und es dadurch, ohne nur selbst darum zu wissen, vermindern. Dabei ist meine arme Pate gar nicht in der Lage, dass man sie zur Rechenschaft ziehen könnte.«

»So ist der Nachlass wohl bedeutend?« fragte der Vater Barbeau, indem seine Augen sich ihm zum Trotze auf den Deckel des Korbes hefteten; er griff sogar nach dem Henkel, um sich von seinem Gewichte zu überzeugen. Er fand ihn so schwer, dass er darüber staunen musste, und er sagte:

»Wenn dies altes Eisen ist, so fehlt nicht viel daran, um ein Pferd damit beschlagen zu können.«

Die kleine Fadette, die an Schlauheit dem Teufel nichts nachgab, belustigte sich heimlich darüber, wie sehr es ihn stachelte, den Inhalt des Korbes zu sehen. Sie tat, als ob sie ihn öffnen wollte, aber der Vater Barbeau würde geglaubt haben seiner Würde etwas zu vergeben, wenn er sie hätte gewähren lassen.

»Das geht mich ja gar nichts an,« sagte er, »und da ich den Korb nicht in Bewahrung nehmen kam, brauche ich ja auch nichts von deinen Verhältnissen zu wissen.«

»Dennoch ist es durchaus nötig, Vater Barbeau,« sagte die kleine Fadette, »dass Sie mir diese kleine Gefälligkeit erzeigen. Ich bin nicht viel klüger in solchen Dingen, als meine Pate, und kann nicht über hundert hinaus zählen. Auch kenne ich den Wert aller dieser alten und neuen Münzsorten nicht, und ich kann mich nur auf Sie verlassen, um mich über den Betrag meines Vermögens in Kenntnis zu setzen und mir zu sagen, ob ich reich oder arm bin.«

»Sehen wir einmal nach,« sagte der Vater Barbeau, der sich nicht länger bezwingen konnte. »Es ist kein so großer Dienst, den du von mir verlangst, und ich kann ihn dir nicht verweigern.«

Die kleine Fadette schlug darauf rasch die beiden Deckel des Korbes zurück, und zog zwei große Säcke daraus hervor, von denen jeder zweitausend Francs in blanken Talern enthielt.

»Nun! Das lass ich mir gefallen,« sagte Vater Barbeau, »das ist eine hübsche Mitgift, die dir manchen Freier herbeilocken wird.«

»Das ist noch nicht alles,« sagte die kleine Fadette; »da ist noch etwas auf dem Boden des Korbes, so ein kleines Ding, das ich nicht recht kenne.«

Dabei zog sie eine Börse von Fischhaut hervor, und schüttelte den Inhalt derselben in Vater Barbeaus Hut. Es waren hundert Louisdors von altem Gepräge, und der gute Mann betrachtete sie mit großen Augen. Als er sie gezählt und in den Beutel zurückgetan hatte, zog sie einen zweiten mit demselben Inhalte hervor, und dann noch einen dritten und einen vierten, sodass zuletzt in Gold und Silber und kleiner Münze, alles zusammengenommen, nicht viel weniger als vierzigtausend Francs in dem Korbe enthalten waren.

Dies war nun ungefähr um ein ganzes Dritteil mehr, als was der Vater Barbeau überhaupt an Vermögen besaß, die Gebäude und alles zusammengerechnet. Da die Landleute selten viel bares Geld in ihrem Besitz haben, hatte er noch nie in seinem Leben eine so große Summe beisammen gesehen.

So rechtschaffen und uneigennützig ein Bauer auch sein mag, so kann man doch nicht sagen, dass ihm beim Anblick des Geldes nicht das Herz aufginge. So geschah es auch dem Vater Barbeau; für einen Augenblick trat ihm der Schweiß auf die Stirn. Nachdem er alles gezählt hatte, sagte er:

»Es fehlen dir, um ein Vermögen von vierzigtausend Francs zu haben, nur zweiundzwanzig Taler, und das heißt also: Du hast für dein Teil zweitausend schöne Pistolen in klingender Münze geerbt. Das macht dich zur besten Partie in der ganzen Gegend, und wenn dein Bruder, der Grashüpfer, auch sein Leben lang elend und hinkend bleibt, so macht das nichts: Er kann ja im Wagen fahren, um seine Ländereien zu besichtigen. Sei also frohen Mutes; du kannst sagen, dass du reich bist, und brauchst dies nur bekannt werden zu lassen, um rasch einen schönen Mann zu finden.«

»O! Damit hat es gar keine Eile,« fiel die kleine Fadette rasch ein; »und ich bitte Sie im Gegenteil, diesen Reichtum sorgfältig geheim zu halten. Hässlich, wie ich es bin, habe ich mir in den Kopf gesetzt, dass ich nicht meines Geldes wegen geheiratet sein will, sondern meines guten Herzens und meines guten Rufes wegen. Da ich nun hier in meiner Heimat in einem sehr schlechten stehe, will ich einige Zeit in der Gegend verweilen, damit man sich überzeugen kann, dass ich ihn nicht verdiene.«

»Was deine Hässlichkeit betrifft, Fadette,« sagte Vater Barbeau, indem er seine Augen unverwandten Blickes an dem Korbe haften ließ, – »so kann ich dir mit gutem Gewissen die Versicherung geben, dass man verteufelt wenig mehr daran erinnert wird, und dass du dich in der Stadt so gut herausgemacht hast, dass du jetzt für ein sehr hübsches Mädchen gelten kannst. Und was nun deinen üblen Ruf betrifft, wenn du ihn, wie ich gern glauben möchte, auch durchaus nicht verdient hast, so stimme ich dir doch bei, wenn du noch ein wenig wartest und deinen Reichtum einstweilen noch geheim hältst. Es gibt ja Burschen genug, die dadurch verblendet, dich zum Weibe begehren würden, ohne dir gleich anfangs die Achtung entgegenzubringen, die eine Frau von ihrem Manne verlangen muss.

Und schließlich, wenn du mir nun auch gern dein Geld anvertrauen willst, so würde dies gegen das Gesetz sein und könnte mich später dem Argwohn und allerlei Verdächtigungen aussetzen, denn es fehlt nicht an bösen Zungen. Außerdem, wenn dir auch wirklich das Recht zustände über das, was dir gehört zu verfügen, so darfst du doch keineswegs so ohne Weiteres über das verfügen, was deinem minderjährigen Bruder gehört. Alles, was ich tun könnte, wäre, dass ich mich bei der Behörde, ohne dich zu nennen, erkundigte, was man zu tun hat. Wenn dies geschehen ist, setze ich dich davon in Kenntnis, wie wir es anzufangen haben, das Erbteil deiner Mutter, sowie das deinige in Sicherheit zu bringen, und wie es am vorteilhaftesten anzulegen ist, ohne dass die Rechtsverdreher, die noch lange nicht alle von der ehrlichsten Sorte sind, ihre Hände dabei im Spiel zu haben brauchen. So, nun trage für jetzt deine Schätze wieder heim und halte sie einstweilen verborgen, bis du wieder von mir gehört hast. Wenn es nötig sein sollte, erbiete ich mich dir, vor den Mandataren deines Miterben Zeugnis abzulegen über die Höhe der Summe, welche wir miteinander gezählt haben, und die ich, um sie nicht zu vergessen, mir in einem Winkel meiner Scheune aufschreiben werde.«

Dies war alles, was die kleine Fadette wünschte; der Vater Barbeau hatte wissen sollen, wie die Dinge standen. Wenn sie sich etwas einbildete, vor ihm als reich zu erscheinen, so hatte dies keinen anderen Grund, als dass er sie nicht mehr im Verdacht haben sollte, sie könne es darauf abgesehen haben Landry auszubeuten.

Dreiunddreißigstes Kapitel

Als der Vater Barbeau sich überzeugte, wie klug sie war, und wie sie alles so klug anzustellen wusste, kam es ihm weniger darauf an sie zu drängen, dass sie ihr Geld in Sicherheit bringen oder gut anlegen sollte. Vielmehr lag es ihm am Herzen seine eignen Erkundigungen darüber einzuziehen, in welchem Rufe sie in Château Meillant gestanden hatte, wo sie sich während des vergangenen Jahres aufgehalten hatte. Wenn die schöne Mitgift ihm auch verführerisch genug erschien, um sich über die niedrige Verwandtschaft hinwegzusetzen, so war es doch etwas anderes, sobald es sich um die persönliche Ehre des Mädchens handelte, das er sich als Schwiegertochter wünschte. Er ging deshalb selbst nach Château Meillant und stellte genaue Erkundigungen an. So erfuhr er nun, dass die Fadette bei ihrer Ankunft nicht nur nicht in der Hoffnung gewesen sei, sondern dass auch ihr Betragen während der ganzen Zeit ihres dortigen Aufenthaltes so durchaus lobenswert gewesen sei, dass man ihr auch nicht das Geringste zu ihrem Nachteile nachsagen könne. Sie hatte bei einer alten adeligen Klosterfrau gedient, die soviel Vergnügen an ihrer guten Aufführung, ihren artigen Manieren und an ihrem verständigen Gespräch gefunden hatte, dass sie sie mehr als Gesellschafterin wie als Dienerin behandelt hatte. Sie sehnte sich nach ihr zurück und sagte von ihr, dass sie eine vollkommene Christin gewesen sei, stets gefasst und mutig, sparsam, reinlich und höchst aufmerksam, kurz von so liebenswürdigem Charakter und Wesen, dass gewiss niemals eine so gute Dienerin wieder zu finden sein würde. Da diese alte Dame ein ziemlich bedeutendes Vermögen besaß, war sie sehr wohltätig, wobei die kleine Fadette ihr außerordentlich behilflich gewesen war, indem sie sich in der Pflege der Kranken und bei der Bereitung von Medikamenten als sehr geschickt bewährt hatte. Dazu hatte sie noch manches schätzbare Geheimmittel kennengelernt, mit dem ihre Herrin vor Ausbruch der Revolution in ihrem Kloster vertraut geworden war.

Der Vater Barbeau kehrte sehr befriedigt nach la Cosse zurück, und war entschlossen sich in dieser Angelegenheit jede mögliche Aufklärung zu verschaffen. Er versammelte also seine ganze Familie und beauftragte seine ältesten Kinder, seine Brüder, sowie überhaupt alle seine Verwandten, dass sie sich in behutsamer

Weise nach der Aufführung erkundigen sollten, welche die Fadette seit der Zeit, dass sie als erwachsen zu betrachten sei, gepflogen habe. Wenn das Böse, das ihr früher nachgesagt wurde, nur in kindischen Streichen bestanden hatte, so konnte man darüber lachen. Wenn sich aber jemand fand, der behaupten konnte, sie bei Ausübung irgendeiner schlechten Handlung betroffen zu haben, oder dass sie sich irgendeiner Unanständigkeit schuldig gemacht hatte, dann wollte der Vater Barbeau das früher schon Landry gegebene Verbot, sie nicht mehr besuchen zu dürfen mit aller Strenge aufrechterhalten. Die Nachforschung wurde, seinem Wunsche gemäß, mit aller Vorsicht betrieben, ohne dass in Bezug auf die reiche Mitgift auch nur etwas zur Sprache gekommen wäre, denn Vater Barbeau hatte nicht einmal seiner Frau auch nur ein Sterbenswort davon gesagt.

Während dieser ganzen Zeit lebte die kleine Fadette sehr eingezogen in ihrem Häuschen. Sie wollte alles darin unverändert lassen, nur dass sie es so reinlich hielt, dass die ärmlichen Hausgeräte spiegelblank waren. Auch ihrem kleinen Grashüpfer zog sie anständige Kleider an, und ohne viel davon zu reden versorgte sie ihn, wie auch sich selbst und ihre Patin mit kräftiger Nahrung, welche in kurzer Zeit ihre gute Wirkung auf das Kind nicht verfehlte. Es machte sich bald so heraus, dass man darüber staunen musste, und seine Gesundheit kräftigte sich so sehr, dass man es nicht besser wünschen konnte. Das Wohlsein brachte auch bald eine günstige Veränderung in seiner Gemütsart hervor. Da er nicht mehr von seiner Großmutter bedroht und ausgezankt wurde, und nur noch Liebkosungen und sanfte Worte, kurz eine gute Behandlung erfuhr, gewannen seine Glieder an Kraft und Fülle. Er wurde ein sehr hübscher Junge, voll allerliebster, drolliger Einfälle, der trotz seines Hinkens und seiner kleinen Stumpfnase niemanden mehr missfallen konnte.

Andererseits bewirkte die große Veränderung in der Erscheinung und in den Gewohnheiten von Fränzchen Fadet, dass die früheren bösen Nachreden in Vergessenheit gerieten, sodass mehr als ein Bursche, wenn er sie so behände und zierlich dahinschreiten sah, gewünscht hätte, es möchte mit ihrer Trauer zu Ende sein, um ihr den Hof machen und sie zum Tanze führen zu können.

Nur Sylvinet Barbeau wollte in Bezug auf sie durchaus nicht anderer Meinung werden. Er bemerkte recht gut, dass man in seiner Familie etwas Besonderes vorhabe; denn der Vater Barbeau konnte sich nicht enthalten oft von ihr zu reden, und wenn er erfuhr, dass irgendeine der ehemaligen Lügen, die man Fränzchen Fadet angehängt hatte, widerlegt sei, freute er sich darüber in Landrys Interesse. Er pflegte dann zu sagen, dass er es nicht leiden könne, dass man seinen Sohn beschuldigt habe, ein so junges unschuldiges Blut ins Unglück gebracht zu haben.

Es war auch die Rede davon, dass Landry bald zurückkehren würde, und der Vater Barbeau schien zu wünschen, dass der alte Caillaud seine Zustimmung dazu geben möchte. Endlich wurde es Sylvinet klar, dass man der Liebe Landrys nicht mehr entgegen war, und er empfand aufs Neue seinen alten Verdruss. Die Meinung der Menge, die mit jedem Winde wechselt, hatte sich seit Kurzem zu Fadettes Gunsten gewandt; man hatte noch keine Ahnung von ihrem Reichtum, aber sie gefiel, und grade deshalb missfiel sie Sylvinet umsomehr, der in ihr seine Nebenbuhlerin im Herzen seines Bruders erblickte. Von Zeit zu Zeit ließ der Vater Barbeau vor ihm ein Wort von Heirat fallen, und sagte dabei, dass seine Zwillinge nun bald in dem Alter ständen, daran zu denken sich einen eigenen Hausstand zu gründen. Der Gedanke, dass Landry heiraten könne, war von jeher für Sylvinet trostlos gewesen und hatte ihn gleichsam wie das Stichwort zu ihrer Trennung berührt. So kam es, dass er wieder vom Fieber ergriffen wurde, und seine Mutter wandte sich aufs Neue an die Ärzte um Rat.

Eines Tages begegnete ihr die Pate Fanchette; als diese sie in ihrer Kümmernis so heftig klagen hörte, fragte sie, warum denn die Mutter Barbeau so weit gehe, um Rat und Hilfe zu suchen und so viel Geld damit verschwende, da sie doch ganz in der Nähe eine viel geschicktere Heilkünstlerin habe, als alle anderen im Lande, und die gar kein Geld für ihren Beistand verlange, wie ihre Großmutter dies allerdings getan habe. Sie nannte nun die kleine Fadette, die alles nur um Gottes willen und aus Liebe zu ihrem Nächsten tue.

Die Mutter Barbeau überlegte nun die Sache mit ihrem Manne, und dieser fand nichts dagegen einzuwenden. Er sagte ihr, dass die Fadette in Château Meillant im Rufe stehe, sehr viel zu wissen, und dass man von allen Orten herbeigekommen sei, sie um Rat zu fragen, sie sowohl wie auch ihre gnädige Frau.

Die Mutter Barbeau bat also die Fadette, Sylvinet, der das Bett hütete, zu besuchen und ihm ihren Beistand angedeihen zu lassen.

Fränzchen hatte schon wiederholt die Gelegenheit gesucht mit ihm zu reden, wie sie es Landry versprochen hatte; allein ihre Versuche waren stets vergeblich gewesen, da er nicht darauf eingehen wollte. Trotzdem ließ sie sich jetzt nicht lange bitten, sondern eilte herbei den armen Zwilling zu besuchen. Sie fand ihn schlummernd im Fieber liegen, und bat die Familie sie mit ihm allein zu lassen. Da es die Gewohnheit der Heilkünstlerinnen ist, ihre Mittel im Verborgenen anzuwenden, fand sie keinen Widerspruch, und alle entfernten sich.

Zunächst legte die Fadette ihre Hand auf die des Zwillings, welche schlaff über den Rand der Bettstatt hing; aber sie tat dies so zart, dass er nichts davon wahrnahm, obgleich sein Schlaf so leicht war, dass die Bewegung einer Fliege ihn hätte wecken können. Sylvinets Hand brannte wie Feuer, und unter der Hand der Fadette wurde sie noch glühender. Er schien in eine Aufregung zu geraten, aber ohne den Versuch zu machen seine Hand zurückzuziehen. Darauf legte ihm Fadette ihre andere Hand auf die Stirn, ebenso zart, wie sie die Hand berührt hatte, und er bewegte sich noch mehr. Aber nach und nach beruhigte er sich wieder, und sie fühlte, dass die Hitze im Kopf und in der Hand des Kranken sich mit jeder Minute verminderten, und dass sein Schlaf so ruhig wurde, wie der eines kleinen Kindes. Sie blieb an seinem Bette sitzen, bis sie bemerkte, dass er bald erwachen würde. Dann trat sie hinter dem Bettvorhang hervor und verließ das Zimmer und das Haus, indem sie der Mutter Barbeau beim Abschied sagte: »Gehen Sie jetzt zu Ihrem Sohn hinein und geben Sie ihm etwas zu essen, denn das Fieber hat ihn verlassen. Sagen Sie ihm aber nur ja nichts von mir, wenn Sie wollen, dass die Heilung gelingen soll. Am Abend werde ich wiederkommen, um die Zeit, in der, wie Sie mir gesagt haben, das Übel sich zu verschlimmern pflegt; ich versuche dann wieder dieses böse Fieber zu bannen.«

Vierunddreißigstes Kapitel

Die Mutter Barbeau war sehr erstaunt, als sie sah, dass Sylvinet kein Fieber mehr hatte. Sie brachte ihm rasch zu Essen, das er mit einigem Appetit verzehrte. Da er seit sechs Tagen nicht mehr fieberfrei gewesen war, und an Speise und Trank nicht das Geringste hatte zu sich nehmen wollen, geriet man in einen wahren Enthusiasmus über die Kunst der kleinen Fadette. Ohne ihn aufzuwecken, ohne ihn irgendeinen Trank einnehmen zu lassen, hatte sie ihn einzig und allein durch die Kraft ihrer Beschwörungen, wie man die Sache sich vorstellte, auf den Weg der Besserung gebracht.

Als es Abend geworden war, stellte sich das Fieber wieder ein und sogar sehr stark. Sylvinet schlummerte ein, arbeitete aber im Traume heftig mit den Armen umher, und als er erwachte, fürchtete er sich vor den Personen, die ihn umstanden.

Die Fadette fand sich, wie am Morgen wieder ein und blieb etwa eine Stunde lang mit ihm allein. Die ganze Zauberei, die sie anwendete, bestand darin, dass sie ihm die Hände hielt und sehr sanft seinen Kopf berührte, und dass sie sein glühendes Gesicht von ihrem frischen Atem streifen ließ.

Wie am Morgen befreite sie ihn von seinem Fieber und den damit verbundenen Fantasien; als sie ging, bat sie wiederum, dass man Sylvinet nichts von ihrem Beistande sagen solle, und man fand ihn dann still und friedlich entschlummert, in gesundem Schlafe liegend. Von seinem Gesicht war die Fieberröte verschwunden, und er schien überhaupt nicht mehr krank zu sein.

Ich weiß nicht, wie die Fadette auf diesen Gedanken der Heilmethode gekommen war. Hatte der Zufall sie darauf gebracht, oder hatte sie ihn durch Erfahrung gewonnen, etwa am Krankenbette ihres kleinen Bruders, den sie mehr als zehnmal vom Tode errettet hatte. Ohne irgendein anderes Mittel anzuwenden, hatte sie dann durch bloßes Auflegen ihrer Hände und durch den Hauch ihres Atems ihn wieder gesund gemacht und ihm Kühlung verschafft, oder ihn in derselben Weise wieder erwärmt, wenn der Fieberfrost ihn schüttelte. Ihrer Meinung nach waren die Liebe und der gute Wille einer gesunden Person, durch die Berührung einer reinen, von frischem Leben durchpulsten Hand, imstande die Krankheit zu bannen, vorausgesetzt, dass diese Person von einem gewissen Geiste beseelt war, und ein großes Vertrauen auf die Güte Gottes hatte. Auch erhob sie jedes Mal, so oft sie die Hände auflegte, ihre Seele in andächtigen Gebeten zu Gott. Und was sie für ihren kleinen Bruder getan hatte, das tat sie jetzt für den Bruder Landrys. Bei keiner anderen Person, die ihr weniger teuer gewesen wäre und für die sie nicht ein so großes Interesse gehabt hätte, würde sie dasselbe Verfahren angewendet haben. Sie glaubte nämlich, die kräftige Wirksamkeit dieses Heilverfahrens beruhe auf der innigen und starken Zuneigung, welche man im Herzen für den Kranken hegen müsse, und dass dem, welchem dieselbe fehle, von Gott auch keine Macht über die Krankheit verliehen werde.

Und als die kleine Fadette in dieser Weise bei Sylvinet das Fieber besprach, wandte sie sich in ihrem Gebet mit denselben Worten an Gott, wie sie es getan hatte, als sie das Fieber ihres Bruders gebannt hatte: »Lieber Gott, lasse es geschehen, dass die Gesundheit meines Körpers sich auf dicht Leidenden übertrage, und wie der sanfte Christus dir sein Leben zum Opfer brachte, um die Menschheit zu erlösen, so nimm, wenn es dein Wille ist, auch mein Leben dahin, um es diesem Kranken zu übertragen; für seine Genesung, die ich hier von dir erstehe, gebe ich es bereitwillig in deine Hand zurück.«

Die kleine Fadette hatte wohl daran gedacht die Kraft dieses Gebetes auch am Sterbebette ihrer Großmutter zu versuchen; aber sie hatte es nicht gewagt, weil es ihr schien, dass bei dieser alten Frau das Leben der Seele und des Körpers, durch die Wirkung des Alters und nach dem Gesetze der Natur, wie es der Wille Gottes selbst vorgeschrieben hat, – im Zustande des Verlöschens begriffen waren. Die kleine Fadette, welche, wie man sieht, mehr fromme Gläubigkeit als Zauberkünste in ihre Besprechungen mischte, hatte gefürchtet Gott zu missfallen, wenn sie etwas von ihm erflehen würde, das er anderen Christen, ohne ein Wunder geschehen zu lassen, nicht gewähren konnte.

Ob nun ihr Verfahren nutzlos oder unfehlbar sein mochte, so viel ist gewiss, dass Sylvinet nach drei Tagen vom Fieber befreit war. Er würde nie erfahren haben, auf welche Art dies geschehen war, wenn er nicht das letzte Mal, als die Fadette kam, plötzlich erwacht wäre und gesehen hätte, wie sie sich über ihn beugte und ihre Hände sanft von ihm zurückzog.

Anfangs glaubte er eine übernatürliche Erscheinung zu erblicken, und er schloss die Augen wieder, um sie nicht mehr zu sehen. Als er gleich darauf seine Mutter fragte, ob es denn wahr sei, dass die Fadette ihm den Kopf und den Puls betastet habe, oder ob er das alles nur geträumt habe, antwortete die Mutter ihm, dass die Fadette wirklich drei Tage hintereinander morgens und abends gekommen sei, und dass sie ihn wunderbarerweise durch ihre geheimnisvolle Behandlung von seinem Fieber geheilt habe. Der Vater Barbeau, welcher lebhaft wünschte, dass Sylvinet von seiner Abneigung gegen die Fadette ablassen möchte, hatte nämlich endlich seiner Frau einige Winke bezüglich seiner weiteren Pläne gegeben.

Sylvinet schien von alledem, was er da durch seine Mutter erfuhr, nichts zu glauben; er behauptete sein Fieber sei von selbst vergangen, und die Worte und Geheimnisse der Fadette seien nichts als eitle Torheiten. Während einiger Tage verhielt er sich ruhig und befand sich sehr wohl; der Vater Barbeau glaubte diese Zeit benutzen zu müssen, um ihm etwas von der Möglichkeit einer Verheiratung seines Bruders zu sagen, ohne jedoch den Namen derjenigen zu verraten, auf die er es abgesehen hatte.

»Ihr braucht mir den Namen der Zukünftigen, die ihr Landry bestimmt habt, nicht zu verschweigen,« antwortete Sylvinet. »Ich weiß es recht gut, dass es die Fadette ist, die es euch allen angetan hat.«

Die geheimen Nachfragen des Vaters Barbeau hatten in der Tat für die kleine Fadetta so günstige Resultate gehabt, dass er keinerlei Bedenken mehr trug und nichts sehnlicher wünschte, als Landry zurückrufen zu können. Er fürchtete nur noch die Eifersucht des Zwillings, und er gab sich alle Mühe diesen von seiner Verkehrtheit zurückzubringen; er stellte ihm vor, dass sein Bruder ohne die kleine Fadette niemals glücklich sein würde, und Sylvinet antwortete darauf:

»So mag es also geschehen, denn mein Bruder muss glücklich sein.«

Aber man wagte noch nicht irgendeinen weiteren Schritt zu tun, denn gleich nach dem Sylvinet sich in das Unvermeidliche gefügt zu haben schien, verfiel er wieder in das Fieber.

Fünfunddreißigstes Kapitel

Vater Barbeau fürchtete indessen, dass die kleine Fadette wegen der früheren Kränkungen noch einen heimlichen Groll gegen ihn bewahrt haben könnte, und ob sie nicht vielleicht durch die lange Abwesenheit Landrys allmählich abgekühlt, schon einen anderen im Sinn haben möchte. Als sie auf den Zwillingshof gekommen war, um Sylvinet zu pflegen, hatte er einen Versuch gemacht mit ihr von Landry zu reden; aber sie hatte getan, als ob sie ihn gar nicht verstehe, und er geriet dadurch in große Verlegenheit.

Eines Morgens endlich fasste er einen bestimmten Entschluss und machte sich auf, die Fadette zu besuchen.

»Fränzchen Fadet,« sprach er zu ihr, »ich komme zu Ihnen, um Sie über etwas zu befragen, worauf ich Sie bitte mir eine ehrliche und aufrichtige Antwort zu geben. Haben Sie vor dem Tode Ihrer Großmutter eine Ahnung davon gehabt, dass diese Ihnen ein so großes Vermögen hinterlassen würde?«

»Ja, Vater Barbeau,« lautete die Antwort der kleinen Fadette, »ich habe eine Ahnung davon gehabt, weil ich oft gesehen habe, wie die Großmutter Gold und Silber zählte, und doch sah ich nie etwas anderes für unsere Ausgaben verwenden als grobe Sousstücke. Auch sagte die Großmutter mir oft, wenn die anderen Kinder mich wegen meiner zerlumpten Kleider verspotteten: ›Mache dir keine Sorge deshalb, Kleine. Du wirst einst reicher sein, als sie alle und der Tag wird kommen, wo du vom Kopf bis zu den Füßen in Seide gekleidet einhergehen kannst, wenn es dir so gefallen sollte.‹«

»Und dann noch eins,« hob der Vater Barbeau wieder an, »hast du dies Landry erzählt, und wäre es da nicht möglich, dass es dein Geld war, weshalb mein Sohn so tat, als ob er in dich verliebt sei?«

»O, deshalb! Vater Barbeau, wo denken Sie hin?« antwortete die kleine Fadette, »da ich immer geglaubt habe, dass er mich meiner schönen Augen wegen liebte, die das Einzige sind, was man mir niemals abgesprochen hat, so war ich doch nicht so dumm Landry jemals wissen zu lassen, dass meine schönen Augen eine mächtige Unterstützung in der ledernen Tasche meiner Großmutter haben würden. Dennoch hätte ich es ihm ohne Gefahr sagen können, denn Landry liebte mich so in allen Ehren und von ganzem Herzen, dass er sich nie darum bekümmert hätte, ob ich reich oder bettelarm gewesen wäre.«

»Mein liebes Fränzchen,« nahm der Vater Barbeau wiederum das Wort, »kannst du mir dein Ehrenwort darauf geben, dass Landry weder durch dich noch durch sonst irgendjemanden etwas davon erfahren hat, wie es eigentlich mit deinen Verhältnissen steht.«

»Darauf gebe ich Euch mein Wort,« sagte die Fadette. »So wahr ich Gott liebe, seid Ihr, außer mir, auf der ganzen Welt die einzige Person, die etwas von dieser Sache weiß.«

»Und was nun Landrys Liebe betrifft, glaubst du wohl, dass er sie dir bewahrt hat? Und hast du seit dem Tode deiner Großmutter Wohl irgendein Zeichen erhalten, dass er dir auch nicht untreu gewesen ist?«

»Darüber habe ich den besten Beweis erhalten,« antwortete sie; »denn ich will Ihnen nur gestehen, dass er drei Tage nach dem Tode meiner Großmutter gekommen ist, mich zu besuchen, und dass er geschworen hat, er werde vor Kummer sterben, wenn ich nicht seine Frau würde.«

»Und, was hast du ihm darauf geantwortet, Fadette?«

»Das wäre ich nun wohl nicht verpflichtet Ihnen zu sagen, Vater Barbeau; aber, um Sie zufriedenzustellen, werde ich es tun. Ich antwortete ihm, dass es mit uns noch Zeit hätte, ans Heiraten zu denken, und dass ich mich aus freien Stücken nie für einen Burschen entscheiden würde, der gegen den Willen seiner Eltern um mich werben würde.«

Da die kleine Fadette dies alles in einem stolzen und sicheren Ton gesagt hatte, wurde der Vater Barbeau etwas beunruhigt dadurch. »Es steht mir nicht zu, Sie auszufragen, Fränzchen Fadette,« sagte er, »und ich kann ja auch nichts davon wissen, ob Sie die Absicht haben meinen Sohn für sein ganzes Leben glücklich oder unglücklich zu machen, aber das weiß ich, dass er über die Maßen in Sie verliebt ist, und wenn ich an Ihrer Stelle wäre und glaubte, dass er mich nur, um meiner selbst willen liebe, dann würde ich sagen: Landry Barbeau hat mich geliebt, als ich in Lumpen einherging und die ganze Welt mich zurückstieß, und als sogar seine Eltern so weit gingen, ihm seine Liebe zu mir als eine Sünde vorzuwerfen. Er hat mich schön gefunden, als die ganze Welt mir die Möglichkeit absprach es je werden zu können; er hat mich geliebt trotz alle der peinlichen Leiden, welche diese Liebe über ihn brachte; er hat mich geliebt, gleichviel ob ich hier in der Heimat oder in der Fremde abwesend war; und schließlich hat er mich so aufrichtig und selbstlos geliebt, das ich ihm nicht misstrauen kann, und dass ich niemals einen anderen zum Manne haben will.«

»Das alles habe ich mir schon lange selbst gesagt, Vater Barbeau,« gab die kleine Fadette zur Antwort; »aber ich wiederhole es Ihnen noch einmal, dass es mir höchlichst zuwider wäre, in eine Familie einzutreten, die sich meiner schämt, und die nur aus Schwachheit und Mitleiden der Neigung ihres Sohnes nachgeben würde.«

»Wenn es nur das ist, was dich abhält, Fränzchen,« hob der Vater Barbeau wieder an, »so entschließe dich. Landrys Familie achtet dich und wünscht dich aufzunehmen. Denke nicht, dass wir unseren Sinn geändert hätten, weil du reich geworden bist. Nicht deine Armut war es, weshalb wir gegen dich eingenommen waren, sondern die üblen Reden, die über dich geführt wurden. Wenn sie einen Grund gehabt hätten, würde ich niemals, und wenn auch mein Landry darüber zugrunde ginge, einwilligen, dass du meine Schwiegertochter werden solltest. Aber ich habe keine Mühe gescheut, mir über alle diese Reden Aufschluss zu verschaffen. Ich bin deshalb nur in dieser Absicht nach Château Meillant gegangen und habe in dieser Gegend so gut wie in der unsrigen über die geringste Nachrede meine Erkundigungen eingezogen. Jetzt weiß ich, dass man mich belogen hatte, und dass du, wie Landry es mir so eifrig versichert hatte, ein verständiges und ehrenhaftes Mädchen bist. Ich komme also, Fränzchen Fadet, dich zu bitten, meinen Sohn zu heiraten, und wenn du »Ja« dazu sagst, ist er in acht Tagen wieder hier.«

Über diese Eröffnung, die sie allerdings wohl erwartet hatte, fühlte die kleine Fadette sich sehr befriedigt, aber sie wollte sich dies nicht zu sehr anmerken lassen, weil sie von ihren künftigen Verwandten für immer geachtet sein wollte, und so antwortete sie nur mit großer Zurückhaltung. Der Vater Barbeau sagte ihr darauf:

»Ich sehe, meine Tochter, dass du gegen mich und die Meinigen noch etwas auf dem Herzen hast. Verlange nicht, dass ein Mann in reifen Jahren dir Entschuldigungen machen soll; begnüge dich mit einem guten Worte, und wenn ich dir sage, dass du bei uns geachtet und geliebt sein wirst, so kannst du dich auf das Wort des Vaters Barbeau verlassen, der noch niemals jemand hintergangen hat. Komm, bist du bereit dem Vormund, den du dir erwählt hattest, oder dem Vater, der dich als Tochter aufnehmen will, den Friedenskuss zu geben?«

Die kleine Fadette konnte sich nicht länger zurückhalten; sie schlang ihre beiden Arme um den Nacken des Vaters Barbeau, dessen altes Herz hocherfreut darüber war.

Sechsunddreißigstes Kapitel

Die Ehepackte wurden alsbald abgeschlossen. Gleich, nachdem Fränzchens Trauerzeit vorüber sein würde, sollte die Hochzeit stattfinden. Es handelte sich nur noch darum, Landry zurückkommen zu lassen. Als aber an demselben Abend die Mutter Barbeau sich aufmachte, um Fränzchen zu besuchen und sie zu umarmen und ihr ihren mütterlichen Segen zu geben, machte sie ihr zugleich Vorstellungen darüber, dass Sylvinet auf die Nachricht von der bevorstehenden Hochzeit seines Bruders wieder krank geworden sei. Sie bat also, dass man noch einige Tage warten möchte, bis er entweder wieder genesen oder getröstet sein würde.

»Sie haben etwas Verkehrtes getan, Mutter Barbeau,« sagte die Fadette, »als Sie Sylvinet darin bestärkten, dass es kein Traum gewesen sei, als er mich beim Erwachen aus dem Fieberschlafe an seinem Bette sah. Jetzt werden seine Vorstellungen den meinigen widerstreben; und ich werde nicht mehr dieselbe Kraft besitzen, ihn während seines Schlafes zu heilen. Es könnte sogar sein, dass er mich zurückstößt, und dass meine Gegenwart sein Übel verschlimmert.«

»Das glaube ich nicht,« erwiderte die Mutter Barbeau; »denn, sobald er sich nicht wohlfühlte, legte er sich nieder und sagte dabei: ›Wo ist denn die Fadette? Mir ist, als ob sie mir Erleichterung verschafft hätte. Wird sie denn nicht wieder kommen?‹ Darauf habe ich ihm gesagt, dass ich dich holen würde, womit er nicht nur einverstanden war, sondern er schien sogar darnach zu verlangen.«

»Ich werde kommen,« sagte die Fadette; »allein dieses Mal werde ich es anders anfangen müssen; denn das kann ich Ihnen sagen, das Verfahren, mit dem es mir bei ihm gelungen ist, solange er nicht wusste, dass ich da war, wird nicht mehr wirksam sein.«

»Aber nimmst du denn weder Kräuter noch andere Arzneien mit?« fragte die Mutter Barbeau.

»Nein,« sagte die Fadette; »sein Körper ist eigentlich nicht krank; ich habe es nur mit seinem inneren Menschen zu tun. Ich werde versuchen seinen Willen dem meinigen zu unterwerfen, aber ich kann Ihnen durchaus nicht versprechen, dass es gelingen wird.

Alles, was ich versprechen kann, ist geduldig die Rückkehr Landrys zu erwarten, und nicht zu verlangen, dass Sie ihn benachrichtigen sollen, bevor wir nicht alles aufgeboten haben, seinen Bruder wieder gesund zu machen. Landry hat mir dies selbst so ans Herz gelegt, dass ich weiß, er wird mir beistimmen, seine Rückkehr zu verzögern.«

Als Sylvinet die kleine Fadette an seinem Bette erblickte, schien er unzufrieden darüber, und wollte ihr auf ihre Fragen nach seinem Befinden durchaus nicht antworten. Sie wollte ihm den Puls fühlen, aber er entzog ihr seine Hand und wandte sein Gesicht von ihr ab. Fadette machte darauf ein Zeichen, dass man sie mit ihm allein lassen solle, und als die Anwesenden alle hinausgegangen waren, verlöschte sie die Lampe und ließ das Zimmer nur vom Schein des Mondes beleuchten, der in diesem Augenblick in seiner ganzen Fülle am Himmel stand. Als sie sich dann wieder zu Sylvinet wandte, sagte sie ihm im Tone des Befehls, dem er wie ein Kind gehorchte:

»Sylvinet, legen Sie Ihre beiden Hände in die meinigen, und antworten Sie mir der Wahrheit gemäß, denn es geschieht nicht um Geld, dass ich mich bemühe. Wenn ich gekommen bin, um Sie zu pflegen, so will ich nicht schlecht und undankbar von Ihnen behandelt sein. Geben Sie also wohl acht auf das, was ich Sie fragen werde, und was Sie mir darauf antworten, denn es würde Ihnen nicht gelingen mich zu täuschen.«

»Fragen Sie mich, wie es Ihnen angemessen scheint, Fadette,« erwiderte der Zwilling, der ganz erstaunt war, sich so streng von der spöttischen kleinen Fadette angeredet zu hören, der er in früherer Zeit so oft mit Steinwürfen geantwortet hatte.

»Sylvain Barbeau,« ergriff sie wieder das Wort, »es scheint, dass Sie gern sterben möchten.«

Sylvain fühlte sich innerlich etwas erschüttert und es dauerte ein wenig, bis er sich zu einer Antwort sammeln konnte. Als die kleine Fadette ihm die Hand etwas kräftig drückte, damit er die Kraft ihres Willens empfinden sollte, sagte er in großer Verwirrung:

»Wäre es nicht das Beste, was mit mir geschehen könnte, wenn ich stürbe, da ich doch wohl einsehe, dass ich für meine Familie eine Plage und eine Last bin ... durch meine Kränklichkeit und durch ...«

»Sprich es aus, Sylvain; du darfst nichts vor mir verhehlen.«

»Und durch meine traurige Gemütsart, die ich nicht zu ändern vermag,« sprach der Zwilling ganz überwältigt.

»Und durch dein verstocktes Herz,« sagte die kleine Fadette in einem so harten Tone, dass er darüber in Zorn und gleich darauf in Furcht geriet.

Siebenunddreißigstes Kapitel

»Warum werfen Sie mir vor, dass ich ein verstocktes Herz haben soll?« sagte er; »Sie sprechen Beleidigungen gegen mich aus, und sollten doch sehen, dass ich nicht die Kraft habe, mich zu verteidigen.«

»Ich sage Ihnen nur die Wahrheit,« entgegnete die Fadette; »und ich werde Ihnen noch ganz andere Dinge sagen. Ich habe gar kein Mitleiden mit Ihnen wegen Ihrer Krankheit, weil ich genug davon verstehe, um zu wissen, dass es nicht viel damit auf sich hat; und wenn es überhaupt eine Gefahr für Sie gibt, so ist es die verrückt zu werden, worauf Sie selbst mit allen Kräften hinarbeiten, ohne zu bedenken, wohin Ihre Bosheit und Ihre Charakterschwäche Sie noch bringen können.«

»Meine Charakterschwäche können Sie mir vorwerfen,« sagte Sylvinet; »was aber meine Bosheit betrifft, so ist dies ein Vorwurf, den ich durchaus nicht zu verdienen glaube.«

»Machen Sie keinen Versuch sich zu verteidigen,« wandte die kleine Fadette ein; »ich kenne Sie etwas besser, als Sie sich selbst kennen, Sylvain; und ich sage Ihnen, dass aus der Schwachheit die Falschheit entsteht; und so kommt es, dass Sie selbstsüchtig und undankbar sind.«

»Wenn Sie so schlecht von mir denken, Fränzchen Fadet, so kommt dies gewiss daher, weil mein Bruder Landry mir in seinen Reden über mich, übel mitgespielt haben wird. Daraus hätten Sie erkennen sollen, wie wenig Freundschaft er für mich hat. Wenn Sie mich kennen, oder zu kennen glauben, so kann dies nur durch ihn sein.«

»Dies ist der Punkt, auf dem ich Sie haben wollte, Sylvain. Ich wusste recht gut, dass Sie nicht drei Worte reden können, ohne sich über Ihren Zwilling zu beklagen und Ihre Anklagen gegen ihn zu erheben. Dies kommt daher, weil die Freundschaft, welche Sie für ihn haben zu wahnsinnig und zu zügellos ist, und sich deshalb in Groll und Zorn verwandelt. Eben daran erkenne ich, dass Sie schon halb wahnsinnig und nichts weniger als gut sind. Wohlan! Ich, ich bin es, die Ihnen sagt, dass Landry Sie tausendmal mehr liebt, als Sie ihn lieben; zum Beweis dafür erinnern Sie sich daran, dass er Ihnen niemals einen Vorwurf daraus macht, wenn Sie ihn auch noch so sehr betrüben, während Sie ihm aus allem einen Vorwurf machen, wenn er auch nichts tut, als dass er Ihnen immer nachgibt und Ihnen gefällig sein möchte. Können Sie sich einbilden, dass ich den Unterschied zwischen ihm und Ihnen nicht erkennen sollte? Je mehr mir Landry Gutes von Ihnen gesagt hat, um so schlimmer habe ich Sie beurteilt, weil ich mir bei einigem Nachdenken sagen musste, dass nur ein ungerechtes Herz einen so guten Bruder verkennen kann?«

»So hassen Sie mich also, Fadette? Ich habe mich darüber nie getäuscht, und ich wusste recht gut, dass Sie es sind, die mir die Liebe meines Bruders entzieht, indem Sie ihm Böses von mir sagen.«

»Auch diesen Vorwurf habe ich von Ihnen erwartet, Meister Sylvian; und es freut mich, dass endlich auch die Reihe an mich kommt. Wohlan! ich antworte Ihnen darauf, dass Sie ein böses Herz haben und mit Lügen umzugehen wissen, da Sie eine Person, die Ihnen stets gedient und Sie in ihrem Innern entschuldigt hat, trotzdem sie recht gut wusste, dass Sie ihr feindselig gesinnt waren – also verkennen und beleidigen können. Eine Person, die sich hundertmal der größten und einzigen Freude, die es auf der Welt für sie gab, des Vergnügens Landry zu sehen und in seiner Gesellschaft verweilen zu können, beraubte, nur damit Landry bei Ihnen bleiben konnte und Sie das Glück genießen sollten, das ich mir selbst entzog. Und doch war ich Ihnen gar nichts schuldig, denn Sie sind von jeher mein Feind gewesen. So weit meine Erinnerung zurückgeht, ist mir niemals ein Knabe vorgekommen, der so hart und hochmütig gewesen wäre, wie Sie es gegen mich waren. Der Wunsch, mich dafür zu rächen, hätte mir wohl nahe liegen können, und an Gelegenheit dazu hat es mir nicht gefehlt. Wenn ich es nicht getan habe, und Ihnen, ohne dass Sie darum wussten, das Böse mit Gutem vergolten habe, so kommt das daher, weil es nach meinen Begriffen zu den ersten Pflichten des Christen gehört, aus Liebe zu Gott seinem Nächsten zu verzeihen. Aber, wenn ich Ihnen von Gott rede, so werden Sie mich gewiss kaum verstehen, denn, wie Sie ein Feind Ihres eigenen Heils sind, so sind Sie auch der Feind Gottes.«

»Ich habe mir von Ihnen manches sagen lassen, Fadette; aber jetzt ist es mir doch zu arg; Sie klagen mich an, dass ich ein Heide sei.«

»Haben Sie mir nicht eben jetzt gesagt, dass Sie sich den Tod wünschen? Glauben Sie denn, das dieser Gedanke etwa christlich sei?«

»Das habe ich nicht gesagt, Fadette; ich habe gesagt, dass ...« Sylvinet verstummte ganz entsetzt, indem er daran dachte, was er gesagt hatte; und dies schien ihm jetzt den Vorstellungen der Fadette gegenüber etwas Gotteslästerliches zu sein.

Aber sie ließ ihm keine Ruhe und fuhr fort ihn ins Gebet zu nehmen.

»Es ist möglich,« sagte sie, »dass Ihre Worte schlimmer waren, als Ihre Gedanken, denn ich glaube wohl, dass Sie nicht so sehr den Tod herbeiwünschen, als es Ihnen ein Vergnügen macht, dies Ihre Umgebung glauben zu machen, um den Herrn in Ihrer Familie zu spielen. Ihre arme Mutter, die untröstlich darüber ist, quälen Sie damit; ebenso Ihren Zwillingsbruder, der unerfahren genug ist, daran zu glauben, dass Sie wirklich Ihrem Leben ein Ende machen wollen. Mich aber, Sylvain, mich täuschen Sie nicht. Ich glaube, dass Sie den Tod ebenso sehr, und sogar noch mehr fürchten als jeder andere. Sie treiben nur ein Spiel mit der Furcht, die Sie den Ihrigen dadurch einstoßen. Sie haben ein Vergnügen daran zu sehen, wie die vernünftigsten und notwendigsten Beschlüsse immer wieder aufgegeben werden müssen, vor der Drohung, dass Sie sich das Leben nehmen wollen. Wahrhaftig, es ist sehr bequem und angenehm, wenn man nur so eine Redensart hinzuwerfen braucht, um sich seine ganze Umgebung willfährig zu machen. Auf diese Art sind Sie hier Herr und Meister über alle. Aber, da dies wider die Natur ist, und Sie auch nur durch Mittel dazu gelangen, die von Gott verworfen sind, finden Sie zugleich Ihre Strafe darin. Sie sind noch viel unglücklicher dadurch, als Sie es sein würden, wenn Sie, anstatt zu befehlen, gehorchen müssten. So kommt es, dass Ihnen ein Leben, das man Ihnen zu leicht machte, zum Überdruss geworden ist. Ich will Ihnen jetzt sagen, Sylvain, woran es Ihnen gefehlt hat, um ein guter verständiger Mensch zu werden. Sie hätten recht strenge Eltern, nicht immer das tägliche Brot und recht häufig Züchtigungen haben müssen. Wären Sie in derselben Schule groß geworden, wie ich und mein Bruder Jeanet, dann würden Sie, statt undankbar zu sein, für die geringste Gabe erkenntlich sein. Berufen Sie sich auch nicht zu sehr darauf, dass Sie ein Zwilling sind. Ich weiß, dass man in Ihrer Umgebung viel zu viel davon gesprochen hat, dass diese Zwillingsliebe ein Naturgesetz sei, und dass Sie sterben würden, wenn man Ihrem Gefühl entgegentreten wollte. So glaubten Sie Ihrer Bestimmung zu gehorchen, indem Sie diese Liebe bis aufs Äußerste trieben. Gott aber ist nicht so ungerecht uns schon im Mutterschoße für ein schweres Schicksal zu bezeichnen. Er ist nicht so erbarmungslos, uns mit Vorstellungen zu erfüllen, die es nicht in unsere Macht gegeben wäre, überwinden zu können. In Ihrem Aberglauben fügen Sie dem lieben Gott eine Beleidigung zu, wenn Sie annehmen, das böse Geschick und die Fähigkeit dagegen anzukämpfen, seien mehr in dem Blute Ihres Körpers begründet, als dass die Kraft des Widerstandes und der Vernunft in Ihrem geistigen Wesen Ihrem eigenen Willen zur Verfügung gestellt sind. Niemals, wenigstens nicht, solange Sie noch im Besitz Ihrer Vernunft sind, werde ich glauben, dass Sie Ihre Eifersucht nicht bekämpfen können, sobald Sie den Willen dazu haben. Aber Sie wollen es nicht, weil man Sie bei der Schwäche Ihres Gemütes zu sehr verhätschelt hat, und weil Sie Ihre Pflicht geringer achten als Ihre Laune.«

Sylvinet antwortete nichts, und ließ sich die Zurechtweisungen der Fadette, die ihm auch nicht einen einzigen Vorwurf ersparte, noch lange gefallen. Er empfand, dass sie im Grunde recht habe, und dass es ihr, einen einzigen Punkt ausgenommen, auch nicht an Nachsicht fehle. Dieser Punkt bestand darin, dass sie zu glauben schien, dass er nie versucht habe, seinen bis zur moralischen Schwäche gesteigerten Schmerz zu bekämpfen, und dass er stets nur seiner Selbstsucht gefrönt habe, während er doch nur, ohne es zu wollen und ohne es zu wissen, selbstsüchtig gewesen war. Dies schmerzte und demütigte ihn sehr, und er hätte gewünscht, ihr eine bessere Meinung von seinem Gewissen beibringen zu können. Was sie selbst betraf, so wusste sie recht gut, dass sie übertrieben hatte; aber sie hatte dies absichtlich getan, um ihm den Geist tüchtig zu bestürmen, bevor sie ihn durch Sanftmut und tröstlichen Zuspruch gewinnen wollte. Sie zwang sich sogar dazu streng mit ihm zu reden, und ihm zornig zu erscheinen; denn im Herzen empfand sie so große Teilnahme und Liebe für ihn, dass sie sich von dem Zwang der Verstellung ganz elend fühlte, und als sie sich entfernte, war sie selbst viel angegriffener, als sie ihn zurückließ.

Achtunddreißigstes Kapitel

Die Wahrheit ist, dass Sylvinet nicht halb so krank war, als es den Anschein hatte, und dass er sich darin gefiel, sich selbst dafürzuhalten. Als die kleine Fadette ihm den Puls fühlte, hatte sie gleich erkannt, dass das Fieber nicht stark war, und wenn er auch ein wenig fantasiert hatte, so fand dies seine hinlängliche Erklärung in dem aufgeregten Zustande seines Gemütes. Da er also ihrer Überzeugung nach weniger krank am Körper, als krank und geschwächt im Gemüt war, glaubte sie von der geistigen Seite auf ihn einwirken zu müssen, und trachtete zunächst dahin, sich so zu verhalten, dass er mit großer Furcht vor ihr erfüllt werden musste. Am folgenden Morgen kehrte sie mit Tagesanbruch zu ihm zurück. Er hatte fast gar nicht geschlafen, aber er war ruhig und sehr matt. Sobald er sie erblickte, streckte er ihr die Hand entgegen, statt sie ihr zu entziehen, wie er es am Abend vorher noch getan hatte.

»Warum reichen Sie mir die Hand, Sylvain?« fragte sie; tun Sie es, damit ich prüfen soll, wie es mit Ihrem Fieber steht? Ich sehe schon an Ihrem Gesicht, dass Sie es nicht mehr haben.«

Ganz beschämt darüber, dass er seine Hand, die sie nicht einmal berühren wollte, zurücknehmen musste, sagte er darauf: »Ich tat es, um Sie zu begrüßen, Fadette, und Ihnen für alle die Mühe zu danken, die Sie meinetwegen gehabt haben.«

»So lasse ich mir Ihre Begrüßung gefallen,« sagte sie, indem sie seine Hand ergriff und in der ihrigen behielt; »denn ich weise niemals eine Höflichkeit zurück, und ich halte Sie auch durchaus nicht für so falsch, dass Sie mir mit Freundlichkeit entgegenkommen würden, wenn Sie mir nicht auch wirklich ein wenig freundlich gesinnt wären.«

Obgleich Sylvinet vollkommen wach war, so erfüllte es ihn doch mit großem Behagen, dass seine Hand in der Fadettes ruhte, und er sprach zu ihr in sehr sanftem Tone:

»Sie haben mir gestern Abend doch arg zugesetzt, Fränzchen, und ich weiß wirklich nicht, wie es kommt, dass ich Ihnen deshalb nicht böse bin. Ich finde es sogar sehr liebenswürdig von Ihnen, dass Sie, nach allem, was Sie mir vorzuwerfen haben, noch kommen, mich zu besuchen.«

Die Fadette setzte sich an sein Bett und redete in ganz anderer Weise zu ihm, als sie es am vergangenen Abend getan hatte. Sie sprach mit so viel Güte, Sanftmut und Zärtlichkeit, dass Sylvinet sich dadurch umsomehr getröstet und sogar freudig gestimmt fühlte, als er sich gedacht hatte, sie würde noch sehr aufgebracht sein. Er vergoss viele Tränen, gestand sein ganzes Unrecht ein, und bat sie so artig und liebenswürdig ihm zu verzeihen und ihm freundlich gesinnt zu sein, dass sie wohl erkannte sein Herz müsse besser sein als sein Kopf. Sie ließ ihn sich aussprechen, gab ihm auch noch einige leichte Verweise, und als sie dann ihre Hand zurückziehen wollte, hielt er sie fest, weil es ihm war, als ob dieser Hand zugleich mit der Heilung für seine Krankheit auch die Linderung seines Kummers entströme.

Als sie nun sah, dass es mit ihm bis zu dem Punkte gekommen war, auf dem sie ihn haben wollte, sagte sie:

»Ich gehe jetzt, Sylvain, und Sie stehen auf, denn Sie haben kein Fieber mehr und müssen sich nicht länger verweichlichen, während Ihre Mutter sich abmüht, Sie zu bedienen und ihre Zeit damit verbringt, Ihnen Gesellschaft zu leisten. Und Sie werden jetzt auch essen, was ich Ihnen durch Ihre Mutter schicken werde. Es wird Fleisch sein, von dem Sie, wie ich weiß behaupten, dass es Ihnen widersteht, weil Sie sich nur noch von schlechten Kräutern nähren wollten. Aber das schadet nichts, Sie werden sich kräftigen, und wenn Sie auch noch einigen Widerwillen empfinden sollten, so lassen Sie sich wenigstens nichts davon merken. Ihrer Mutter wird es eine große Freude sein, Sie etwas Nahrhaftes essen zu sehen, und wenn Sie Ihren Widerwillen einmal überwinden, wird er schon das nächste Mal sich sehr vermindert haben und beim dritten Mal ganz verschwunden sein. Sie werden sehen, dass ich recht habe. Nun behüte Sie Gott! und dass man mich Ihretwegen nicht sobald wiederzuholen braucht, denn ich weiß, Sie werden nicht mehr krank sein, sobald Sie es nicht mehr sein wollen.«

»Sie wollen also heute Abend nicht wieder kommen?« sagte Sylvinet. »Ich hatte mir doch gedacht, Sie würden wieder kommen.«

»Ich bin kein Arzt, der sich bezahlen lässt, Sylvain; außerdem habe ich was anderes zu tun, als Sie zu pflegen, da Sie ja doch nicht krank sind.«

»Sie haben recht, Fadette; aber glauben Sie denn das Verlangen Sie zu sehen, sei nur Selbstsucht gewesen? Es war etwas ganz anderes: Es gewährte mir Trost, mit Ihnen zu reden.«

»Nun gut, Sie können sich ja bewegen und wissen, wo ich wohne. Es ist kein Geheimnis mehr für Sie, dass ich durch meine Verheiratung Ihre Schwester werde, wie ich es aus Freundschaft schon bin. Sie können mich also besuchen, um mit mir zu plaudern, ohne dass etwas Anstößiges darin zu finden wäre.«

»Ich werde kommen, da Sie es mir erlauben,« sagte Sylvinet. »Also auf Wiedersehen, Fadette; sogleich stehe ich auf, trotzdem ich heftiges Kopfweh habe, weil ich die ganze Nacht hindurch sehr traurig war und gar nicht geschlafen habe.«

»Ich bin bereit Ihnen dieses Kopfweh noch zu vertreiben; aber denken Sie daran, dass es zum letzten Mal geschieht, und dass ich Ihnen befehle in der nächsten Nacht gut zu schlafen.«

Sie legte ihm die Hand auf die Stirn und nach fünf Minuten fühlte er sich so erfrischt und gestärkt, dass er überhaupt nichts mehr von Kranksein wusste.

»Ich sehe wohl, Fadette,« sagte er, »dass ich unrecht tat, mich gegen Sie zu sträuben, denn Sie sind eine große Wunderdoktorin und verstehen es die Krankheit nur so fortzuzaubern. Alle anderen haben durch Ihre Tränke mein Übel nur verschlimmert, und Sie brauchten mich nur zu berühren, um mich zu heilen. Ich glaube, wenn ich immer in Ihrer Nähe sein könnte, würden Sie mich für immer vor Krankheit und Sünde behüten. Aber sagen Sie mir nur Fadette, Sie sind mir doch nicht mehr böse? Und wollen Sie sich auch darauf verlassen, wie ich Ihnen mein Wort gegeben habe, dass ich mich Ihnen ganz und gar unterwerfe?«

»Ich verlasse mich darauf,« sagte sie; »wenigstens werde ich Sie lieben, als ob Sie mein Zwilling wären, solange Sie Ihrem Vorsatz treu bleiben.«

»Wenn Sie empfinden könnten, was Sie mir da sagen, Fränzchen, dann würden Sie mich »du« nennen und nicht mehr »Sie«. Unter Zwillingen ist es nicht Brauch, so viele Umstände untereinander zu machen.«

»Gut, Sylvain, stehe auf, iss und trink, gehe spazieren und schlafe,« sagte sie, indem sie sich selbst erhob. »Dies ist's, was ich dir für heute zu tun befehle. Morgen sollst du arbeiten.«

»Und ich werde mich aufmachen, dich zu besuchen,« sagte Sylvinet.

»So sei's,« sagte sie; und indem sie sich zum Gehen wandte, betrachtete sie ihn mit einem Ausdruck der Liebe und der Versöhnung, dass er sich davon berührt fühlte, als ob durch diesen Blick die Kraft und die Lust, sich von dem Lager des Müßigganges und des Kummers zu erheben, plötzlich in ihm entzündet würden.

Neununddreißigstes Kapitel

Die Mutter Barbeau konnte sich über die Geschicklichkeit der kleinen Fadette nicht genug wundern, und am Abend sagte sie zu ihrem Manne: »Sylvinet geht es besser, als er sich seit sechs Monaten befunden hat; von allem, was ich ihm heute vorgesetzt habe, hat er gegessen, ohne wie gewöhnlich seine Gesichter dazu zu schneiden; und das Merkwürdigste ist, dass er von der kleinen Fadette wie vom lieben Gott spricht. Alles, was man nur Gutes von jemanden sagen kann, hat er mir von ihr erzählt, und er wünscht sehr, dass sein Bruder heimkehrt, um Hochzeit zu halten. Es ist wirklich, als ob ein Wunder geschehen wäre, und ich weiß nicht, ob es nur ein Traum ist oder Wahrheit.«

»Mag's nun ein Wunder sein, oder kein's,« sagte der Vater Barbeau, »so viel ist gewiss, dies Mädchen hat einen mächtigen Verstand, und ich glaube sicherlich, dass es Glück bringen muss, sie in der Familie zu haben.«

Sylvinet begab sich drei Tage später auf den Weg nach Arthon, um seinen Bruder zu holen. Er hatte es sich von seinem Vater und der Fadette als eine besondere Belohnung erbeten, dass er der Erste sein dürfe, Landry sein Glück zu verkündigen.

»Da kommt mir ja das Glück von allen Seiten,« rief Landry, außer sich vor Freude den Bruder in die Arme schließend; »da du es bist, der da kommt, um mich zu holen, und da du ebenso zufrieden zu sein scheinst, wie ich selbst es bin.«

Wie man sich denken kann, kehrten die beiden Brüder, ohne weiteren Aufenthalt, miteinander nach Hause zurück. Es gab keine glücklicheren Menschen als die Leute auf dem Zwillingshofe, als sie alle miteinander sich zum Abendessen, die Fadette und den kleinen Jeanet in ihrer Mitte, um den Tisch versammelt hatten.

So führten sie unter sich, während eines halben Jahres, ein stilles glückliches Leben, denn auch die kleine Nanette wurde dem Kadet Caillaud zugesagt, dem Landry, nächst den Mitgliedern seiner eignen Familie, am meisten befreundet war. Es wurde beschlossen, dass die beiden Hochzeiten zugleich gefeiert werden sollten. Sylvinet hatte für die Fadette eine so große Freundschaft gefasst, dass er nichts tat, ohne sie um Rat zu fragen, und sie hatte einen so großen Einfluss auf ihn, dass er sie als seine leibliche

Schwester zu betrachten schien. Er war nicht mehr krank, und auch von Eifersucht konnte nicht weiter die Rede sein. Wenn er hin und wieder noch mal traurig zu werden und in Träumerei zu versinken schien, ermahnte ihn die Fadette, und gleich wurde er wieder heiter und gesprächig.

Die beiden Trauungen fanden an demselben Tage vor derselben Messe statt. Da es den beiden Familien nicht an Mitteln fehlte, wurden die Hochzeiten mit solchem Überfluss abgehalten, dass der Vater Caillaud, der in seinem Leben noch nie aus der Fassung gekommen war, am dritten Tage doch einen kleinen Rausch zu haben schien. Nichts wäre imstande gewesen die Freude Landrys und der ganzen Familie, ja man könnte sagen der ganzen Gegend zu trüben. Die beiden reichen Familien, und die kleine Fadette, die für sich allein so reich war wie die Barbeaus und die Caillauds zusammengenommen, bezeigten sich gegen alle Welt außerordentlich freigebig und mildtätig. Fränzchen hatte ein viel zu gutes Herz, um nicht von dem Wunsche beseelt zu sein, allen denen, die sie mit bösen Nachreden verfolgt hatten, das Böse mit Gutem zu vergelten. In der Folge, als Landry ein schönes Anwesen gekauft hatte, das er nach eigner Einsicht und den klugen Anweisungen seiner Frau aufs Beste bewirtschaftete, ließ sie dort sogar ein hübsches Haus erbauen, zu dem Zweck, um darin auf vier Stunden des Tages den unglücklichen und verlassenen Kindern der Gemeinde ein behagliches Unterkommen zu gewähren. Im Verein mit ihrem Bruder Jeanet unterzog sie sich der Mühe diese Kinder zu unterrichten, sie die wahre Religion zu lehren und sogar den dürftigsten in ihrer Not beizustehen. Sie erinnerte sich daran, dass sie selbst ein unglückliches, verlassenes Kind gewesen war, und ihre eignen schönen Kinder, denen sie das Leben gab, wurden frühzeitig dazu angehalten freundlich und mitleidig gegen solche zu sein, die nicht reich waren und der zärtlichen Pflege entbehren mussten.

Was aber wurde wohl aus Sylvinet inmitten des Glückes seiner Familie? Er wurde etwas, das niemand begreifen konnte, und was Vater Barbeau viel nachzudenken gab. Etwa einen Monat nach der Hochzeit seines Bruders und seiner Schwester, als sein Vater ihn aufforderte, sich auch nach einer Frau umzusehen, antwortete er, dass er keine Lust habe sich zu verheiraten; dass er aber seit einiger Zeit einem Gedanken nachhänge, den er ausführen werde, dass er sich nämlich als Soldat wolle anwerben lassen.

Da es bei uns zu Lande in den Familien keinen Überfluss an Männern gibt, und folglich nicht mehr Arme als für den Ackerbau nötig sind, gehört es zu den seltenen Erlebnissen, dass jemand freiwillig unter die Soldaten geht. So war auch jedermann sehr erstaunt über diesen Entschluss, für den Sylvinet selbst keinen anderen Grund anzugeben wusste, als seine Laune und seinen Geschmack am Militärwesen, den ihm bisher niemand zugetraut haben würde. Alles, was seine Eltern, seine Geschwister und selbst Landry auch sagen mochten, konnte ihn von seinem Vorhaben nicht abbringen, und man war gezwungen sich um Rat an Fränzchen zu wenden, die der feinste Kopf und der beste Berater in der Familie war.

Sie beredete sich zwei volle Stunden lang mit Sylvinet, und als sie sich trennten, sah man, dass er geweint hatte und ebenso Fränzchen. Sonst aber sprach aus ihren Mienen so viel ruhige Entschlossenheit, dass man keinen weiteren Einwand erhob, als Sylvinet mit aller Bestimmtheit erklärte, dass er bei seinem Vorhaben beharre, und auch Fränzchen dazu sagte, dass sie seinen Entschluss nur billigen könne, und dass sie glaube vorher sagen zu können, dass derselbe ihm im Laufe der Zeiten großes Glück bringen werde.

Da man nicht recht wissen konnte, ob sie in dieser Hinsicht nicht noch viel mehr voraussah, als sie sagen wollte, wagte man gewiss gar keinen Widerspruch mehr, und selbst die Mutter Barbeau fügte sich in das Unvermeidliche, freilich nicht, ohne viele Tränen zu vergießen. Landry war geradezu in Verzweiflung über den Entschluss seines Bruders, aber seine Frau sagte ihm:

»Es ist so Gottes Wille, und wir alle haben die Pflicht Sylvain gewähren zu lassen. Glaube nur, dass ich recht gut weiß, was ich dir da sage, und frage mich jetzt nicht weiter.

Landry gab seinem Bruder das Geleite so weit es nur möglich war, und als er ihm endlich sein Reisebündel übergab, das er ihm bis dahin auf seinen Schultern getragen hatte, war ihm nicht anders zumute, als ob er ihm das Herz aus dem Leibe hingegeben hätte, um es mit fortzunehmen. Als er zu seiner geliebten Frau zurückkehrte, hatte diese viel an ihm zu pflegen, denn einen ganzen Monat lang war er wirklich krank vor Kummer.

Sylvain aber wusste nichts von Kranksein und setzte seinen Weg fort bis an die Grenze, denn man war jetzt in der Zeit der großen und glorreichen Kriege des Kaisers Napoleon. Trotzdem er niemals den geringsten Begriff vom Militärwesen gehabt hatte, beherrschte er sich doch so vollkommen, dass man ihn bald vor allen anderen als einen tüchtigen Soldaten erkannte, der in der Schlacht tapfer war, wie jemand, der nur die Gelegenheit sucht, sich töten zu lassen; und doch war er dabei der Disziplin unterwürfig und sanft wie ein Kind, aber hart gegen sich selbst und seine körperlichen Bedürfnisse gering achtend, wie es nur bei den ältesten seiner Kameraden zu finden war. Da er eine genügende Bildung erhalten hatte, um zu höheren Graden befördert werden zu können, brauchte er auch nicht lange darauf zu warten. Und nach Verlauf von zehn Jahren, die allerdings der Strapazen, der Beweise des Mutes und der guten Führung genug enthielten, wurde er zum Kapitän ernannt und erhielt noch dazu das Kreuz der Ehrenlegion.

»Ach! Wenn er doch nur endlich wiederkäme,« sagte die Mutter Barbeau zu ihrem Manne, am Abend eines Tages, an dem sie einen allerliebsten Brief von ihm erhalten hatten, der voller Liebenswürdigkeiten war für die beiden Alten, für Landry, für Fränzchen und schließlich für Alt und Jung in der ganzen Familie.

»Jetzt ist er nun sozusagen General,« meinte die Mutter Barbeau, »und somit wäre es für ihn wohl an der Zeit, sich auszuruhen.«

»Der Rang, den er jetzt hat, ist schon hoch genug, ohne dass es noch einer weiteren Beförderung bedarf,« sagte der Vater Barbeau; »und für eine Familie von Landleuten, wie wir es sind, ist die Ehre wahrlich schon groß genug!«

»Die Fadette hat es ihm richtig prophezeit, dass es so kommen würde,« hob die Mutter wieder an. »Wie gut sie es gewusst hat!«

»Das ist alles einerlei,« sagte der Vater, »aber es wird für mich immer ein Rätsel bleiben, wie er nur so plötzlich auf diesen Gedanken gekommen ist, und wie eine solche Veränderung in seinem Wesen vor sich gehen konnte, da er doch sonst so ruhig war und seine Bequemlichkeiten liebte.«

»Ja, mein Alter,« sagte die Mutter, »darüber weiß unsere Schwiegertochter mehr, als sie sagen will; aber eine Mutter, wie ich es bin, hintergeht man nicht so leicht, und ich glaube, dass ich ebenso viel davon weiß, wie unsere Fadette.«

»Es wäre wirklich Zeit, auch mir etwas davon zu sagen,« erwiderte der Vater Barbeau.

»Nun gut,« sagte die Mutter, »unser Fränzchen ist eine gar zu große Zauberin, und in dem Grade, wie sie Sylvinet bezaubert hatte, das war wohl mehr, als sie selbst wünschte.

Als sie sah, dass der Zauber eine so starke Wirkung hervorbrachte, hätte sie ihn gern ganz aufheben, oder doch wenigstens abschwächen mögen. Aber dies stand nicht mehr in ihrer Macht, und als unser Sylvain merkte, dass er zu viel an die Frau seines Bruders dachte, folgte er dem Rufe der Ehre und der Tugend, indem er von uns fortging. Die Fadette hatte diesen Entschluss gebilligt und ihn darin bestärkt.«

»Wenn es so steht,« sagte der Vater Barbeau, indem er sich nachdenklich die Ohren rieb, »dann fürchte ich, dass er sich nie verheiraten wird; denn die Badefrau von Clavières hat damals gesagt, wenn er sich einmal in eine Frau verliebt hätte, dann würde er nicht mehr so übertrieben närrisch mit seinem Bruder sein. Aber, sie sagte zugleich, dass er in seinem ganzen Leben nur ein einziges Mal eine Frau lieben würde, weil er ein zu empfindsames und leidenschaftliches Herz habe.«